AF542579

Pasquali-film. Exclusivité Gaumont.

BIANCA, *la candide et pure enfant de la courtisane Imperia.*

MICHEL ZÉVACO

LE PONT DES SOUPIRS

Grand Roman de Passion

Illustré par les photographies du film

* *

LA GRANDE COURTISANE

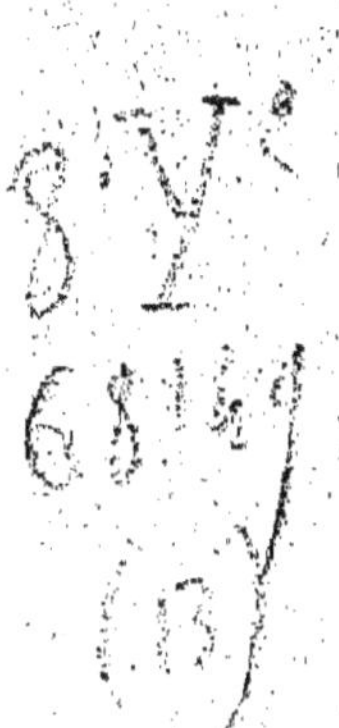

CINÉMA - BIBLIOTHÈQUE
ÉDITIONS JULES TALLANDIER
= 75, Rue Dareau, PARIS (XIVe) =

LE PONT DES SOUPIRS

DEUXIÈME PARTIE

LA GRANDE COURTISANE

I

LA GROTTE NOIRE

Bembo rentra dans son palais. Il ne prêta aucune attention à deux hommes mal vêtus qui l'avaient suivi jusqu'au palais ducal et qui l'accompagnèrent alors jusqu'à sa porte. C'étaient les deux espèces de lazzaroni qu'il avait aperçus de sa fenêtre. Un homme vêtu en barcarol les rejoignit alors et causa un instant avec eux.

— Eh bien ? demanda-t-il.

— Il est sorti pour aller au palais ducal.

— Seul ?

— Accompagné du faiseur de contes. Il vient de rentrer seul.

— Ne le perdez pas de vue, et ce soir à onze heures, n'oubliez pas le signal. La barque ?

— Est amarrée devant le palais de la courtisane.

Le barcarol fit un geste de satisfaction et s'éloigna.

La journée se passa pour Bembo sans incident. Les heures s'écoulèrent avec une lenteur qui l'exaspérait. Son esprit se tendait vers une pensée unique : Bianca. Le soir vint. A huit heures, Bembo s'habilla d'un costume à demi militaire, à demi civil. Il passa un pistolet à sa ceinture et s'assura qu'il était armé. Il plaça une dague à forte lame dans sa manche, et ainsi pourvu, sortit du palais en s'enveloppant d'un manteau.

Lorsqu'il arriva devant le palais d'Imperia, il n'était encore que huit heures et demie. Il faisait presque jour. Bembo sauta dans une gondole et dit au barcarol :

— Conduis-moi où tu voudras, et sois ici vers neuf heures.

— Bien, maître, fit le barcarol.

Au son de cette voix, Bembo tressaillit et regarda attentivement le gondolier qui ramait avec cette nonchalance et cette souplesse adroite des marins de Venise.

Rassuré, sans doute, il se coucha au fond de la tente, se laissant bercer par les mouvements moelleux de la barque. Il avait la tête en feu. Il frémissait d'impatience. Enfin, n'y tenant plus, au bout de vingt minutes, il jeta cet ordre :

— Ramène-moi où tu m'as pris.

Lorsque la gondole accosta, neuf heures venaient de sonner. Il faisait nuit. Les bruits de la ville s'éteignaient l'un après l'autre. Les quais se faisaient déserts.

— Enfin ! murmura Bembo.

Il paya le gondolier qui rattacha tranquillement sa barque, sauta à terre et disparut.

— Pourquoi, songea Bembo, cet homme a-t-il désiré que je sois là dès neuf heures ? Comment vais-je passer les deux heures qui me séparent du moment...

. . . .

Vers neuf heures et demie, la courtisane Imperia causait avec le secrétaire de l'Arétin. Celui-ci l'avait entraînée vers une fenêtre donnant sur le canal.

— Voyez ! dit-il en lui désignant une ombre qui allait et venait sur le quai.

— C'est lui ! murmura la courtisane en frissonnant.

— Oui, lui ! Lui qui rôde autour de votre fille, tous les soirs, et qui guette le moment propice....

— Oh ! vous m'avez promis de sauver ma fille !...

— Oui !... s'il en est temps encore !

— Que voulez-vous dire ? s'écria Imperia angoissée.

— Croyez-vous qu'il soit homme à filer le parfait amour à la clarté des étoiles ?... Non, non ! Il médite, il prépare son crime, il prend ses dispositions... Peut-être dans deux ou trois jours sera-t-il trop tard !... Mais dès demain, j'agirai !

— Sauvez ma fille, murmura Imperia en joignant les mains.

— Je vous le répète, madame ; dès demain, votre fille sera *sauvée*.

Il appuya étrangement sur ce mot, puis ajouta :

— J'espère qu'il n'est pas trop tard ! Avec un homme comme le cardinal, il faut toujours s'attendre aux coups les plus imprévus...

Dix heures sonnèrent.

Le secrétaire de l'Arétin prit congé d'Imperia. Dix minutes plus tard, sous la tente d'une grande gondole, Roland reprenait le costume de barcarol qu'il avait endossé pour promener Bembo.

Il fit alors le tour du palais d'Imperia. Tout était désert. Les fenêtres du palais s'étaient éteintes. Sur le quai, Bembo inquiet, agité, était adossé à une borne d'amarre, et pareil à une statue, attendait.

Dans le palais, après le départ de celui qu'on appelait maître Paolo, Imperia était revenue un instant à cette fenêtre qui donnait sur le quai.

— Il est toujours là ! murmura-t-elle.

Et de voir le cardinal, immobile dans l'ombre comme un carnassier à l'affût, une épouvante montait en elle. Imperia se sentait réduite à l'impuissance. A qui eût-elle pu demander aide et protection contre Bembo !... A Foscari ? A Altieri ? Mais ils étaient complices, eux aussi, et Bembo les eût fait trembler comme il la faisait trembler.

Elle prit un flambeau et se dirigea vers cette partie du palais qu'habitait Bianca.

L'appartement de la jeune fille était complètement isolé. Une seule porte le faisait communiquer avec le reste de la maison, et cette porte, Imperia en avait toujours la clef sur elle. Dans cette retraite, il n'y avait autour de Bianca que trois jeunes femmes, dont deux étaient des servantes et une remplissait l'emploi de ce qu'on appelle aujourd'hui une demoiselle de compagnie.

Imperia, en entrant, son flambeau à la main, ferma derrière elle la porte à clef. Il lui semblait à chaque instant que Bembo allait surgir devant elle, menaçant, réclamant sa proie. Dans l'appartement de sa fille elle se rassura. La porte était solide, et il n'y avait d'autre communication avec le dehors que des fenêtres haut placées.

Elle ouvrit une deuxième porte et se trouva dans la chambre de Bianca.

La jeune fille n'était pas couchée ; elle faisait de la musique avec sa compagne.

En apercevant sa mère, elle courut à elle. Imperia la serra passionnément dans ses bras.

— Tu ne crains donc pas de te fatiguer à veiller si tard, ma petite Bianca ?

— J'attendais votre visite comme tous les soirs, ma mère.

— Tu ne m'en veux donc plus ? Tu n'es donc plus triste ?

— Est-ce que je puis vous en vouloir longtemps, mère ?... Ah ! si vous vouliez m'écouter, comme vite nous nous en irions d'ici !...

Le front d'Imperia s'assombrit.

— Oui, oui, balbutia-t-elle... bientôt, mon enfant !

A ce moment, la fenêtre craqua, les vitraux volèrent en éclats, deux hommes sautèrent dans la chambre, puis deux autres, et d'autres encore. Imperia, avec un cri d'épouvante, avait saisi sa fille dans ses bras et bondi vers la porte en hurlant les noms de ses serviteurs qu'elle appelait au secours; mais elle s'arrêta, saisie d'horreur ; la porte était fermée en dehors !

Alors elle se retourna, furieuse, un poignard à la main.

Mais au même instant elle fut saisie par des bras vigoureux, ligotée et bâillonnée.

— A moi, mère, à moi ! cria Bianca.

Alors, une épouvantable vision passa devant les yeux de la courtisane.

Des hommes masqués, des démons s'emparaient de sa fille. Ils jetaient sur sa tête une écharpe qu'ils nouaient autour de sa bouche, puis ils l'enlevaient et se dirigeaient vers la fenêtre fracassée. Imperia poussa un sourd gémissement et s'évanouit. Lorsqu'elle revint à elle, au bout de quelques instants, elle vit les servantes de sa fille qui l'avaient déliée et s'empressaient autour d'elle. La vision avait disparu. L'horrible scène n'avait duré que quelques secondes.

— Ma fille ! Ma fille ! hurla Imperia.

Elle bondit vers la fenêtre, vit l'échelle par laquelle les ravisseurs étaient montés, se laissa glisser jusqu'au sol, rugissante, palpitante, terrible à voir. Elle courut comme une insensée autour de son palais. Ses serviteurs éveillés accouraient maintenant avec des torches...

Rien !... Tout avait disparu.

Imperia tendit ses deux poings crispés vers le ciel.

Une imprécation jaillit de ses lèvres écumantes.

Puis, avec un effrayant accent de haine, elle cria :

— Bembo !...

Et elle s'affaissa de nouveau, sans vie.

. . . .

Au pied de l'échelle, Roland, portant dans ses bras Bianca folle de terreur, murmura :

— Ne craignez rien, mon enfant. Je vous avais promis de vous sauver : je vous sauve...

Bianca reconnut la voix tendre et consolatrice qui lui parlait.

— Et ma mère !...

Ce fut le premier cri de cette charmante enfant qui, dans ce moment d'angoisse, à peine rassurée par les paroles de Roland, s'oubliait elle-même.

Roland tressaillit.

— Ayez confiance en moi, se contenta-t-il de dire. Ne craignez rien ni pour votre mère ni pour vous.

Il avait déposé la jeune fille à terre, avait pris son bras, et la soutenant, il l'entraînait.

Bianca, en proie à des sentiments de trouble qui agitaient sa jeune âme candide, suivait cet inconnu avec une confiance illimitée.

Il la fit monter dans une gondole et l'installa sous la tente.

— A bientôt ! dit-il.

— Oh ! ne me quittez pas ! supplia-t-elle en joignant les mains.

— Il le faut, dit Roland, mais nous nous reverrons bientôt. En attendant, je vous confie à cet homme que vous voyez. Ayez confiance en lui comme en moi-même... mieux qu'en moi... comme vous auriez confiance en votre père...

— Mon père ! murmura Bianca.

Et à la lueur d'une lanterne qui éclairait la tente, son regard se fixa sur un colosse qui la regardait avec des yeux extasiés et dont les joues tremblaient d'émotion...

A ce moment, la gondole se mit en route, rapidement.

Roland avait sauté dans une barque voisine. Sur un geste de lui, cette barque se mit à filer sur les traces de la gondole qui emportait Bianca.

Les quais demeurèrent déserts : les compagnons de Roland s'étalent évanouis dans la nuit. Au détour du canal, Roland entendit de grands cris désespérés, puis un nom hurlé comme par une folle : le nom de Bembo.

Il eut un sourire effrayant et ses yeux cherchèrent au fond de la barque un homme qui y était étendu, lié, bâillonné. Cet homme avait, lui aussi, entendu son nom, et il frissonna de terreur.

C'était Bembo en effet !

— Avez-vous entendu ? dit Roland. C'est Imperia qui vous maudit. C'est la mère qui cherche son enfant que vous enlevez... Malheur à vous si jamais vous vous retrouvez en sa présence !

Bembo poussa une sorte de grognement qui était peut-être une plainte ou peut-être une menace.

Roland ne disait plus rien.

La barque filait, rapide et silencieuse, le long des canaux. Bientôt elle atteignit le port du Lido et alla accoster une grande tartane qui venait de lever l'ancre et dont les voiles commençaient à se tendre au vent de la nuit.

Cinq minutes plus tard, Roland, Bembo, Bianca et Scalabrino étaient à bord.

— Tu vas retourner à Venise, dit Roland à Scalabrino. Tu iras trouver Pierre Arétin et tu lui diras que, quoi qu'il arrive, il m'attende trois jours.

Scalabrino jeta un dernier regard sur Bianca et, redescendant dans sa barque, s'éloigna.

Bembo avait été jeté tout ligotté dans une sorte de cabane. Il avait fermé les yeux et ne donnait plus signe de vie. Il paraissait évanoui. En réalité, il méditait profondément.

Roland conduisit Bianca dans la chambrette du patron de la tartane, où une installation sommaire avait été préparée.

— Mon enfant, dit-il en lui prenant la main, j'ai dû employer ce moyen violent pour vous arracher au grand péril qui vous menaçait. Ce danger est maintenant écarté...

— L'homme que j'ai rencontré ? demanda timidement Bianca.

— Vous voyez que vous lui échappez. Cet homme est tout-puissant, et il fallait, pour vous mettre à l'abri de ses atteintes, vous faire sortir de Venise sans que personne au monde sût ce que vous êtes devenue...

— Pas même ma mère ?...

— Pas même votre mère ! dit Roland avec fermeté.

Les yeux de la jeune fille se remplirent de larmes. Elle ne comprenait pas bien ce qu'on lui disait, mais elle avait le confus sentiment que sa mère n'aurait pu la sauver comme le faisait cet inconnu dont chaque parole, chaque geste la rassuraient.

Roland était sorti en faisant un signe amical à Bianca.

Il se mit à se promener avec agitation sur le pont de la tartane, qui à ce moment franchissait toutes voiles dehors la passe étroite du Lido et cinglait vers le nord.

— Ainsi, songea Roland, cette enfant adore sa mère !... Ai-je le droit, moi, pour atteindre Imperia, de faire souffrir cette petite ?... Ai-je le droit de séparer la fille de la mère, parce que la mère fut criminelle ?... Et, pour faire pleurer celle-ci, faut-il que l'autre aussi pleure ?...

Il alla se poster à l'avant, les bras croisés, présenta son front brûlant aux souffles de l'Adriatique, aux embruns qui le fouettaient en bruissant.

— A-t-on eu pitié de moi ? continua-t-il dans un rugissement de révolte. Lorsqu'on m'a pris, lorsqu'on m'a arraché à la vie pour me plonger dans une tombe, lorsqu'on a voulu me faire pleurer, Imperia s'est-elle inquiétée de savoir si d'autres pleureraient ? Se sont-ils demandé, tous, si en me frappant, on ne frappait pas en même temps mon père et ma mère ?...

Il ajouta plus sourdement :

— Je ne parle pas de l'*autre* !... puisqu'elle est consolée !...

Un sanglot déchira sa gorge, et brusquement il se tourna vers Venise. Mais les feux lointains de la ville avaient disparu. On ne voyait même plus la ligne de la côte qui se perdait dans la nuit.

Roland reprit sa promenade.

Et sans doute, dans cet esprit plus agité que les flots qui se soulevaient sous la proue de la tartane, plus profond et plus obscur que les profondeurs de la mer, une solution peu à peu se fit jour, car Roland se calma par degrés.

Au moment où l'aube commençait à blanchir à l'horizon, le patron de la tartane s'approcha de lui et demanda :

— Faut-il donner le signal, maître ?

Roland fit un signe.

Un instant plus tard, une flamme noire flotta au grand mât, et le patron allant se placer à l'avant, tira en l'air trois coups d'arquebuse. La côte basse apparaissait nettement. Au bout de quelques minutes, sur cette côte, un léger nuage de fumée fut visible, puis le bruit affaibli d'une détonation arriva jusqu'à la tartane. Deux fois encore, ce signal se renouvela également à des temps également espacés.

— Nous pouvons débarquer ! dit le patron, qui aussitôt cria quelques ordres à ses matelots.

La tartane cingla alors directement sur la côte. Une demi-heure plus tard l'ancre fut jetée et les voiles amenées.

— Devrai-je vous attendre ici ? demanda le patron à Roland.

— Non ; tu regagneras Venise sans m'attendre.

Le canot fut mis à l'eau. Bembo, toujours ligotté, y fut descendu. Il était livide, mais il gardait les yeux obstinément fermés. On l'avait débâillonné pour le laisser respirer. Le canot gagna rapidement la terre. Là, une voiture fermée attendait. Bembo y fut jeté et la voiture s'éloigna au galop de ses deux chevaux.

Alors le canot retourna à bord. Et ce fut au tour de Bianca d'être déposée à terre.

Roland avait pris place près d'elle. Une deuxième voiture, découverte celle-ci, attendait. Roland et la jeune fille y prirent place. La voiture partit rapidement, et arriva vers neuf heures du matin dans une petite ville.

Elle s'arrêta devant une maison isolée

d'un faubourg, puis repartit sans attendre, le postillon ayant sans doute reçu des ordres antérieures.

Cette maison, c'était celle où Roland avait installé son père et Juana.

Roland y séjourna environ deux heures. Lorsqu'il en sortit, il était seul ; désormais, autour du vieux Candiano aveugle et dément, il y avait deux femmes, c'est-à-dire deux dévouements.

Roland prit, à cheval, la route de Trévise, puis de Nervesa. Il arriva aux gorges de la Piave. De distance en distance, il apercevait entre des touffes d'arbustes sauvages tantôt un chevrier qui gardait paisiblement ses chèvres, tantôt un brave paysan qui avait l'air de chercher des champignons au pied des grands arbres. Il échangeait alors un signe avec l'humble chevrier ou avec le brave paysan qui, en se relevant, découvrait la crosse d'un pistolet.

Il mit enfin pied à terre devant la Grotte Noire où il pénétra aussitôt.

A l'entrée veillait un jeune paysan armé d'une arquebuse.

— L'homme est arrivé ? lui demanda Roland.

— Oui, maître.

— On l'a mis dans la salle que j'avais indiquée ?

— Oui, maître.

— Rien de nouveau dans les environs ?

— Sandrigo est revenu rôder par ici. Mais il nous a échappé encore.

Roland passa outre et s'enfonça dans les profondeurs de la grotte. Evidemment des travaux considérables avaient été exécutés. La caverne que la nature avait creusée sous la montagne s'était transformée.

Roland longea une sorte de couloir, descendit un escalier et s'arrêta enfin devant une porte massive. Là encore veillait un homme qu'éclairait une lanterne accrochée à la muraille.

— Les chefs sont-ils là ? demanda Roland.

L'homme répondit silencieusement par un signe de tête affirmatif.

— Bien. Dis-leur de venir.

L'homme s'éloigna. Roland prit la lanterne d'une main, s'assura de l'autre que son poignard fonctionnait dans sa gaine, puis il ouvrit la grande porte devant laquelle il s'était arrêté et entra.

La salle dans laquelle il se trouvait était une sorte de cachot où l'air pénétrait par une cheminée d'appel qui s'ouvrait en haut de la muraille et allait aboutir dans la grotte.

Roland examina attentivement le cachot et sourit comme il souriait parfois, c'est-à-dire comme pouvaient sourire les damnés de Dante.

— C'est parfait, murmura-t-il. Ici la porte, comme là-bas, avec les mêmes ferrures... oh ! je n'ai pas eu de mal à les reconstituer ! Dans cinquante ans, je les reverrais telles que je les ai vues, telles que j'y ai souvent déchiré mes ongles et ensanglanté mes doigts... Et voici le guichet pour la nourriture... le pain noir et la cruche d'eau... Et voici le lit de pierre, les dalles, les mêmes murs !... Tout y est bien !

Il frissonna devant cette évocation de ses années passées dans les puits de Venise.

En effet, cette salle de la Grotte-Noire, ce cachot presque sans air et tout à fait sans lumière, c'était la reconstitution exacte du cachot qu'il avait longtemps habité !...

Cependant six hommes étaient entrés dans le cachot.

Roland accrocha la lanterne et se retourna vers eux.

Ils le saluèrent gravement.

— Amenez le prisonnier ! dit Roland.

Quelques instants plus tard, deux hommes entrèrent, qui en traînaient un troisième par les bras. Ils l'assirent sur le lit de pierre. Le prisonnier, blême, la sueur de l'agonie au front, regardait autour de lui avec cet effarement d'épouvante qui dilate les prunelles.

D'abord, il ne vit rien.

Puis, ses yeux s'accoutumant à l'obscurité, il distingua à la lueur de la lanterne ces hommes debout, graves, immobiles, dont la silhouette se précisa, dont les visages lui parurent lentement sortir de l'ombre.

— Que me voulez-vous ? gronda-t-il d'une voix rauque, haletante.

— Vous allez le savoir, Bembo ! dit une voix.

— Le secrétaire de l'Arétin ! murmura Bembo terrifié. Ah ! je savais bien que cet homme me serait fatal !

Et, machinalement, il leva les yeux vers celui qui venait de parler et qui, s'avançant d'un pas, s'était placé de manière que la lumière de la lanterne éclairât son visage.

Bembo poussa un cri d'horreur et se mit à trembler de tous ses membres. Il chercha à se relever, mais il avait les jambes liées et retomba pantelant sur le lit de pierre en bégayant :

— Lui ! lui !...

— Détachez-le, dit Roland.

Les cordes des jambes et des mains furent déliées. Bembo, dès qu'il fut libre de ses mouvements, se réfugia en titubant dans un angle du cachot.

— Tu me reconnais, Bembo ! dit Roland avec une sorte de tristesse.

— Roland Candiano !

Ce fut un cri, ou plutôt un gémissement sourd qui jaillit des lèvres tuméfiées de Bembo.

Il se laissa lourdement tomber à genoux, et, dans un geste instinctif, tendit ses bras suppliants.

— Oui, dit Roland, je vois que tu me reconnais maintenant.

— Grâce ! balbutia Bembo.

— Tu te reconnais donc coupable ?

— Oui ! oui... J'ai été coupable ! Je fus criminel... Mais vous ! vous qui m'aimiez, vous qui étiez l'incarnation même de la générosité, vous me ferez grâce !...

— Nous allons voir ! dit Roland d'une voix rauque.

Les souvenirs que Bembo venait d'éveiller soulevaient en lui une furieuse colère. Il fit un effort, se domina, et se tourna vers les chefs.

Et il dit :

— Mes bons compagnons, je vous ai assemblés afin que vous soyez juges et témoins des résolutions que je vais prendre vis-à-vis de cet homme. Vous vivez tous hors la société. Cet homme représente la société. Vous luttez sans haine contre ceux qui possèdent la richesse, parce que vous aimez votre indépendance plus que votre vie. Cet homme a lutté, poussé par la haine, pour asservir d'autres hommes. Ceci soit dit pour établir que vous êtes de cœur assez noble et d'esprit assez généreux pour comprendre en peu de mots ce que je veux faire.

Roland Candiano, calmé maintenant, parlait avec une sorte de majesté paisible.

Les chefs l'écoutaient attentivement.

Les paroles qu'il venait de prononcer ne leur semblèrent pas étranges. Il les entendaient pour la première fois, mais les idées qu'elles exprimaient leur étaient familières.

Au mot d'indépendance, ils frémirent et leurs yeux étincelèrent.

C'étaient des chefs de bande.

Ils tenaient la montagne et la plaine ; ils avaient détroussé maint seigneur, et, les armes à la main, attaqué mainte forteresse. Ils vivaient dans l'ignorance des lois qui régissaient les villes et les provinces ; ils ignoraient la religion, la justice, la police, l'impôt, les différences de castes. Mais ils étaient naturellement justes et leur bonté farouche poussée en leurs âmes primitives comme un myrte sauvage et robuste leur indiquait sans erreur possible ce qu'ils devaient faire et ne pas faire : *Fas et nefas*.

Nous disons donc qu'ils comprirent du premier coup les paroles de Roland Candiano, et ils les approuvèrent d'un grave signe de tête. Nous sentons que nombre de nos lecteurs refuseront de croire à cette scène dont nous ne sommes que le narrateur. Ceux-là, nous les prierons de dépouiller un instant par un travail qui devient vite facile les idées qui leur ont été imposées par éducations de toutes sortes ; nous les prierons de se placer en présence d'une belle et chaude nature violemment colorée où les aromes dégagés par les plantes sont des parfums d'amour et de liberté ; nous les prierons de se transporter en une époque où des luttes affreuses dévastaient la plus magnifique contrée, presque de village à village ; et ils admettront que des hommes aux instincts d'indépendance aient pu saisir et admettre des pensées à la fois simples et compliquées, qu'ils aient compris qu'ils n'étaient pas seulement des bandits lancés à la conquête du bien-être par les moyens alors en usage, mais qu'ils étaient un épisode de l'éternelle révolte.

Roland s'était tu pour laisser aux chefs le temps d'éclairer leurs pensées de cette lumière nouvelle qu'il versait en eux.

Il reprit :

— Un des vôtres, un homme d'une large bonté de cœur, un brave, redoutable à la société ennemie, pitoyable aux faibles, impitoyable aux méchants, tel enfin qu'on avait dû lui faire une réputation de brigand féroce, votre compagnon Scalabrino, vint un jour à Venise. Il eut foi dans les paroles de l'être que vous voyez là ! Il a payé de six ans de torture cette faiblesse.

Bembo jeta un faible gémissement.

— A cette époque, reprit Roland, je connaissais Bembo. J'étais riche et puissant. Je le voyais pauvre, déshérité. J'en fis mon ami. Je cherchai à relever dans son cœur l'espoir dans la vie et le bonheur. Il fut le compagnon de mes plaisirs et le confident de mes joies. Je l'avais choisi, lui, parce que nul ne voulait de lui pour ami. Il vivait comme un paria. Du jour où je le connus et où j'eus pitié de lui, il vécut comme un homme. Voici comment il m'a récompensé ; par lui, mon père est devenu fou après avoir subi le supplice de l'aveuglement ; par lui, ma mère est morte de désespoir ; par lui, je suis demeuré six ans dans une tombe ; par lui, ma fiancée m'a abandonné ; par lui, d'heureux que j'étais, je suis devenu si malheureux qu'à peine osé-je contempler, face à face mon malheur. Je suis sorti de mon enfer. J'ai su par preuves certaines le rôle de cet homme. Je l'ai saisi au moment où il allait commettre un nouveau crime, briser une nouvelle existence. Que dois-je lui faire ?...

— Grâce ! grâce ! gémit Bembo.

— Qu'il meure ! dit l'un des chefs.

Les autres approuvèrent.

— Qu'il meure, oui ! reprit Roland. Mais qu'il meure damné comme je le suis ! qu'il meure souffrant ce que j'ai souffert, pleurant et suppliant dans le cachot même où il m'avait fait descendre ! Qu'il meure sachant que la pure jeune fille qu'il a osé aimer ne sera jamais à lui !

Roland fit un pas :

— Bembo, je te fais grâce de la vie, comme autrefois on me fit grâce de la vie. Bembo, je te condamne à vivre perpétuellement dans ce cachot, comme tu me fis condamner, moi, à vivre éternellement dans les puits...

— Mais c'est injuste ! hurla Bembo. Je ne fus pas seul !...

Roland devint livide.

— Prends patience, Bembo, ajouta-t-il. Tes complices Foscari, Altieri et Dandolo auront leur tour !

— Grâce ! se lamenta le cardinal. Grâce ! Laissez-moi espérer !...

Les chefs, sur un signe de Roland, étaient sortis.

Lui-même jeta un dernier regard sur Bembo qui se roulait sur le sol en meurtrissant son front, puis, à son tour, il sortit et ferma la lourde porte.

Bembo se vit seul, dans une obscurité profonde.

Alors, par un choc de mémoire, il se rappela soudain le jour où il était descendu dans le cachot de Roland. Il reconstitua avec une précision impitoyable cette joie terrible qu'il avait éprouvée à voir le malheureux enchaîné à son désespoir comme Prométhée à son rocher.

Un hurlement jaillit de sa gorge enflammée ; il se rua sur la porte qu'il se mit à lacérer de ses ongles, puis tomba à la renverse, évanoui...

II

SANDRIGO

Roland, ayant fermé la porte du cachot, s'était éloigné rapidement. La clameur de désespoir poussée par Bembo, disparaissait de son esprit.

Il entra dans une partie de la grotte qui se trouvait à l'opposé du cachot.

C'était une pièce étroite dans laquelle les six chefs de bandes venaient de se réunir.

Un pan de la muraille étant entr'ouvert comme une armoire. Au fond de cette armoire étaient scellés plusieurs coffres.

— Il faut que je retourne sur-le-champ à Venise, dit Roland. Vous viendrez m'y rejoindre, et nous causerons là-bas. Combien avons-nous de la dernière campagne ?

— Trois mille écus, dit l'un.

— Dix mille, ajouta le deuxième.

— Sept mille, fit le troisième.

Le compte fait pour les six chefs, il y avait quarante-deux mille écus.

— Vous m'apporterez là-bas vingt mille écus, dit Roland. Il suffira qu'ils soient à bord de la tartane...

Roland s'entretint un quart d'heure avec les chefs. Les paroles, les attitudes et les regard de ces hommes révélaient l'affection admirative qu'ils avaient pour celui qu'ils appelaient tous le maître.

Puis il sauta à cheval, descendit les flancs de la montagne et prit le chemin de Mestre, où il arriva à la nuit tombante.

A cinq ou six cents mètres par derrière lui, trottait un autre cavalier qui ne le perdait pas de vue. Lorsque Roland s'arrêta, cet homme s'arrêta aussi, mit pied à terre, attacha son cheval au plus épais d'un bosquet de cyprès géants et se rapprocha de la maison où était entré Roland.

Toute la nuit, l'homme demeura en surveillance.

Au point du jour, il vit Roland sortir de la maison, accompagné d'une femme à laquelle il parla quelques instants à voix basse, puis, montant à cheval, s'éloigner dans la direction des lagunes.

— Juana ! murmura Sandrigo.

Ce cavalier inconnu était en effet le bandit. A deux ou trois reprises, déjà, il avait essayé de suivre Roland à la piste, mais il avait toujours perdu ses traces.

Cette fois, il laissa Roland s'éloigner sans le suivre.

— Il va à Venise ! fit-il en tressaillant de joie. Voyons d'abord ce que Juana peut bien faire à Mestre dans cette maison écartée.

Pendant toute la journée, Sandrigo rôda autour de la maison sans avoir été remarqué. Le soir, il prit à son tour la route des lagunes et de Venise.

. . . .

Nous transporterons nos lecteurs dans le palais du grand inquisiteur Dandolo. Il était dix heures du soir, et le grand inquisiteur s'apprêtait à se coucher lorsqu'on vint lui dire qu'un homme demandait à lui parler pour affaire urgente.

Dandolo donna l'ordre de le faire entrer dans son cabinet où il se rendit lui-même. Il se vit alors en présence d'un homme dans la force de l'âge, aux traits énergiques et durs, au regard acéré.

— Qui êtes-vous ? demanda Dandolo.

L'homme jeta son poignard et son pistolet sur une table, et dit :

— Monseigneur, je suis le bandit Sandrigo, ancien compagnon de Scalabrino, et je viens me rendre à vous... mais à certaines conditions.

Le grand inquisiteur jeta un regard étonné sur le bandit :

— Vous parlez de conditions !... vous !...

— Qu'y a-t-il là de surprenant, monseigneur ? Je ne suis pas un captif, je suis un prisonnier volontaire. Vous ne me ferez arrêter que si je le veux bien. Et d'ailleurs, entendons-nous : Je me rends ! Cela veut dire que je quitte la montagne et que je veux redevenir un honnête homme.

Dandolo songea :

— Je suis curieux de voir comment, de bandit, on peut se faire honnête homme !

— D'ailleurs, acheva Sandrigo, si vous me faisiez arrêter, vous ne sauriez rien de ce que je suis venu vous dire.

Sandrigo se redressa et jeta sur le grand inquisiteur un regard dont la hardiesse n'excluait pas une sorte de majesté rude et sauvage. Dandolo l'admira en connaisseur, et songea que ce bandit, qui voulait devenir un honnête homme, serait peut-être un auxiliaire précieux pour sa police. Il prit donc un visage moins sévère et dit :

— Soit ! je consens à traiter avec vous. Votre arrivée spontanée dans ma maison me prouve que vous n'avez pas renoncé à tout bon sentiment. Causons donc d'homme à homme. Voici vos armes. Reprenez-les.

D'un geste, le grand inquisiteur repoussa le poignard et le pistolet que Sandrigo avait jetés sur la table. Quelque chose comme une rapide émotion plissa le front du bandit. Il saisit son poignard avec une joie passionnée et le passa à sa ceinture.

— Maintenant, dit-il, je vois que nous sommes en effet d'homme à homme. Cette générosité vous sera comptée, monseigneur.

Dandolo fit un geste hautain.

— Voyons les conditions, dit-il d'une voix brève.

— D'abord la vie et la liberté assurées par votre serment.

— Sur le Christ, votre vie et votre liberté seront respectées. Ensuite ?

— Ensuite ?... Ici, monseigneur, il faut que je parle. Vous êtes, vous, le grand inquisiteur de Venise, c'est-à-dire un homme plus redoutable peut-être que le doge lui-même (Dandolo sourit amèrement), disposant d'une puissance qui fait trembler les plus forts. Un signe de vous peut envoyer le plus noble Vénitien au fond des puits (Dandolo tressaillit). Je ne suis, moi, qu'un bandit réduit à l'impuissance. En effet, monseigneur, mes hommes se sont révoltés contre moi. Je suis aussi faible et aussi désarmé dans la montagne que le dernier pâtre.

— Ah ! ah ! voilà donc le secret de votre repentir...

— Monseigneur, dit Sandrigo d'une voix sombre, il n'y a pas de repentir en moi. Le repentir est pour les lâches. Et y eût-il même dans ma pensée ce que vous nommez du repentir, que ce ne serait pas encore là le motif de ma démarche. Mais je poursuis. Je voulais vous dire que moi, Sandrigo, chef sans troupe, bandit désarmé, roi découronné, je puis rendre à la république un service que ni vous, ni le doge, ni personne dans Venise ne pourrait lui rendre en ce moment. Pour ce service

Pasquali-film. Exclusivité Gaumont.

Roland, portant dans ses bras Bianca, se laissa glisser jusqu'au sol.

Pasquale-... ...

Après avoir confié Bianca à Scalabrino, Roland les fit monter dans une gondole qui s'éloigna rapidement, tandis que lui-même sautait dans une barque voisine.

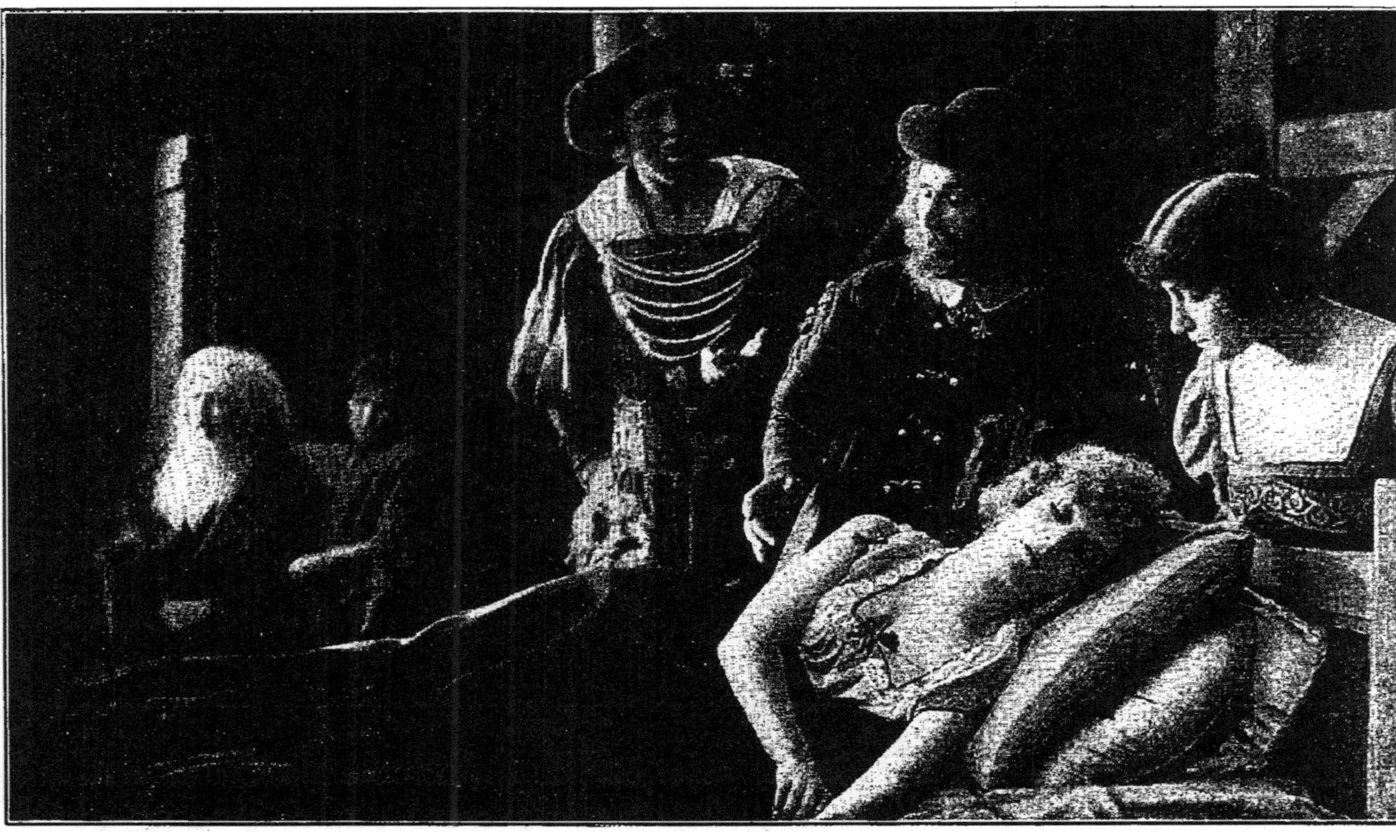

Pasquali-film. Exclusivité Gaumont.

Désormais, auprès du vieux Candiano aveugle et dément, il y aurait deux femmes : Juana et Bianca.

immense, inappréciable, je demanderai une récompense...

— Parle ! que veux-tu ?... De l'or ?

Sandrigo secoua dédaigneusement la tête.

— Je vous dirai tout à l'heure ce que je veux, monseigneur. Mais il faut que vous puissiez d'abord apprécier le service que je puis rendre à la république, au doge, à vous-même.

Le bandit s'arrêta. Un combat se livra en lui à ce moment où sa trahison allait devenir un fait accompli. Mais cela dura peu ; la passion l'emportait. Il continua :

— Je vous ai dit, monseigneur, que mes hommes s'étaient révoltés contre moi. Ils ont choisi un autre chef. Mais ce chef, devenu maître de ma bande, n'est lui-même qu'un comparse. Il obéit à un autre homme auquel obéissent en ce moment tous les chefs et toutes les bandes de la montagne et de la plaine. La domination effective de cet homme s'est étendue en peu de temps depuis les Alpes jusqu'à l'Adige en suivant la ligne qui va de Trieste à Rovigo, c'est-à-dire qu'il entoure Venise d'un vaste demi-cercle qui va se rétrécissant de plus en plus.

— Comment savez-vous tout cela ? s'écria Dandolo stupéfait.

— J'ai gardé quelques accointances, et mon intérêt était de me renseigner complètement avant de venir ici. Mais je poursuis. Je connaissais toutes les bandes disséminées jadis dans la plaine. Je ne crois pas me tromper en évaluant à deux mille le nombre des bandits qui obéissent aujourd'hui à cet homme et ont formé une vaste association.

— Une véritable armée ! s'écria le grand inquisiteur terrifié.

— C'est le mot. Le grand chef — le maître, comme ils l'appellent tous — est un véritable général d'armée qui est arrivé à discipliner ces hommes indisciplinés, à tel point que pas un d'eux n'oserait agir pour son propre compte. Il lui a fallu trois mois pour arriver à ce résultat !...

— Trois mois !... Il est donc bien fort ! Il dispose donc d'une arme bien terrible !...

— Oui, monseigneur : la parole !

— La parole !...

— Cet homme parle, et les plus rudes natures sont conquises. Il leur dit des choses qui les bouleversent. Il leur parle d'indépendance, de liberté, de conquêtes...

— Son nom !... Le nom de cet homme, Sandrigo !... Et en effet, tu auras bien mérité de la république !

— Tout à l'heure, monseigneur. Voici maintenant le plan de ce chef. Ce plan, je l'ai surpris en écoutant, en réfléchissant, en comparant... Il ne s'agit plus, monseigneur, d'une association de brigandages. Les opérations sont réglées. Le chef taxe tel prince, tel duc, à tant de milliers d'écus ; une bande marche, rapporte la somme indiquée sans une baioque de plus ou de moins. Il y a un fond de trésor dont, malheureusement, je n'ai pu découvrir la place... Avec cette armée, avec le navire dont il dispose, avec les sommes qui s'accumulent, que pensez-vous que cet homme veuille faire ?...

Dandolo frémit.

— Il veut s'emparer de Venise, monseigneur ! Garde à vous ! Je viens, moi bandit, vous crier que jamais la république n'a couru un pareil danger, et que si vous ne prenez pas cet homme, c'est lui qui vous prendra !...

— Son nom ! son nom !...

— Patience ! D'abord le nom de l'homme qui est devenu le chef de ma bande, à moi...

— Eh bien ?

— Scalabrino, monseigneur !

Dandolo devint très pâle. Il se tut. Maintenant, il ne demandait pas le nom de l'autre ! Ce nom résonnait dans son esprit !

— Et le grand chef, le maître, acheva Sandrigo, c'est Roland Candiano.

— Fatalité ! murmura le grand inquisiteur.

Ainsi, Roland Candiano ne s'était pas à tout jamais éloigné de Venise, comme il l'avait espéré depuis la nuit où il avait poignardé et jeté à la mer l'agent secret qui venait lui dénoncer la retraite du fugitif ! Ainsi, ce meurtre était inutile, puisqu'on venait à nouveau lui dénoncer Roland !

— Marche ! lui criait la Fatalité. Tu as acheté la puissance au prix d'une trahison, d'un crime ! Et maintenant, cette puissance est attachée à ta peau comme la robe de Nessus ! Marche ! Il faut que tu réunisses le Conseil des Dix ! Il faut que tu retombes dans tes nuits sans sommeil que hante le remords ! Marche ! Il faut que tu saisisses l'homme qui t'aimait, qui t'appelait son père, et que tu aimais toi-même comme un fils !... Marche, Dandolo ! Assure ta puissance. Tu es grand inquisiteur, tu es loup ! Agis en loup et en grand inquisiteur ! Marche, dénonce Roland, fais-le mourir sous les yeux de ta fille, afin que tu sois encore le juge redoutable ! Ta fille te maudira, ta fille mourra, mais tu seras plus puissant que jamais, car tu auras sauvé la république !...

Une sorte de rire âpre éclata sur les lèvres de Dandolo.

Il jeta sur le bandit étonné de son silence et de son attitude un regard empreint d'un farouche désespoir. Il se leva, essuya son front ruisselant de sueur froide. Un instant, il se demanda s'il n'allait pas saisir ce pistolet que le bandit avait laissé sur la table, et tuer Sandrigo comme il avait tué l'agent. Mais il haussa les épaules. A quoi bon !... L'inéluctable devait s'accomplir ! Tôt ou tard, Roland Candiano se dresserait devant lui et lui crierait :

— Misérable père, qu'as-tu fait de ta fille ? Qu'as-tu fait de moi ?...

Il se tourna brusquement vers Sandrigo.

— Tu viens de rendre à la république et à moi-même un grave service, lui dit-il avec une amertume que le bandit ne saisit pas. Il te reste à exposer la récompense à laquelle tu prétends, puisque tu ne veux pas d'or !

— Monseigneur, dit Sandrigo, vous allez sans doute envoyer quelques compagnies pour vous emparer de Roland Candiano et de Scalabrino ?

— Sans doute, dit vaguement Dandolo.

— Eh bien, pour Roland Candiano, c'est inutile.

— Pourquoi ? fit Dandolo qui attendit la réponse en frémissant.

— Parce que Roland Candiano est à Venise : il n'y a qu'à l'arrêter.

— Où est-il ? demanda le grand inquisiteur avec désespoir.

— Cela, je l'ignore. Mais, ajouta Sandrigo avec un sourire, je connais assez les agents de votre police pour être sûr qu'avant trois jours cet homme sera dans vos mains.

Dandolo respira. Il avait au moins quelques heures pour réfléchir et prendre une décision.

— Quant à ma récompense, reprit le bandit, vous allez voir qu'elle ne vous causera pas un grand dommage. Lorsque Roland Candiano sera retrouvé, lorsqu'on saura où il se terre à Venise, je demande à diriger et à conduire les gens chargés de l'arrestation.

— C'est tout ?...

— C'est tout, monseigneur, dit Sandrigo d'une voix sinistre. Mais il reste Scalabrino.

— Que demandes-tu pour Scalabrino ? Voyons !

— Je demande à être placé près du bourreau et à lui servir d'aide, le jour où Scalabrino sera exécuté. J'ai à lui dire certaines choses qui n'auront toute leur valeur que sur un échafaud...

— Ce que tu demandes sera fait. Maintenant, où te retrouverai-je, si j'ai besoin de toi ?

— Monseigneur, vous n'aurez qu'à vous mettre à votre fenêtre qui donne sur le canal. Un homme, un barcarol sera là en permanence. Vous n'aurez qu'à appeler cet homme et lui dire mon nom. Un quart d'heure plus tard, je serai devant vous...

— C'est bien, tu peux t'en aller.

Sandrigo fit un signe de tête, ramassa son pistolet et se retira, droit et ferme, sans regarder derrière lui.

Le grand inquisiteur demeura seul.

III

DEUX FEMMES

Ainsi que Sandrigo l'avait prévu et annoncé au grand inquisiteur, Roland était rentré à Venise, où Scalabrino l'attendait avec une impatience bien rare chez lui. Mais tel était le respect et pour ainsi dire la vénération du colosse que, lorsqu'il vit enfin son maître, il n'osa l'interroger. Roland lui donna différents ordres pour être transmis à ceux des compagnons qui étaient demeurés à Venise. Tout en parlant, il arrangeait sa tête devant un miroir. Il avait rapidement acquis une habileté extraordinaire dans l'art du déguisement. C'est, en effet, un art psychique, si nous osons dire. Celui qui veut « se faire une tête » doit avoir l'esprit subtil et l'intelligence profonde qui permettent de deviner les signes extérieurs de l'être, de l'individu spécial qu'ils veulent représenter. Signes à peine visibles, et qui pourtant modifient profondément une physionomie. De là vient que les comédiens savent si mal se grimer : ils emploient les mêmes procédés pour exprimer le visage de personnages divers. Les mêmes rides stéréotypées représentent les mêmes vieillards. C'est un art qui s'en va. Et ceci n'est pas un regret : simple constatation.

Roland, esprit intuitif, observateur profond, poète au large sens du mot, savait admirablement se grimer. Il avait poussé, presque d'instinct, et sans effort, cette science curieuse aussi loin qu'on pouvait la pousser à une époque où l'art des pommades de toilette était à son apogée. Lorsque son travail fut terminé et qu'il se tourna vers Scalabrino, celui-ci ne le reconnut pas.

— Eh bien ? dit Roland, tu ne me demandes pas de nouvelles du voyage que je viens de faire ?

— Que voulez-vous dire, monseigneur ? fit Scalabrino frémissant.

— Depuis une heure que je suis là, tu attends la minute où je te parlerai de Bianca...

— C'est vrai, monseigneur !

— Tu aimes donc bien ta fille ! C'est à peine si tu l'as entrevue... Il est vrai qu'elle est assez belle pour qu'il soit impossible de l'oublier quand une fois on l'a vue.

— Ah ! monseigneur, je la voudrais laide ; sa beauté m'épouvante, et il me semble qu'elle porte le sceau du malheur... Laide, elle serait toute à moi... Vous me demandez si je l'aime... Je ne sais au juste ce que j'éprouve. Moi qui n'ai jamais eu d'affection, monseigneur, il me semble maintenant que j'entends mon cœur battre pour la première fois. Je ressens un trouble, un charme, un étonnement à me dire que je ne suis pas seul dans la vie, que mon être se rattache à un être qui est de mon sang.

Scalabrino se tut subitement ; puis, avec une sorte de timidité, il demanda :

— Ainsi, monseigneur, elle est maintenant en sûreté ?

Roland jeta sur le colosse un regard profond et, sans répondre, demanda à son tour :

— Et si je te disais que tu ne dois plus la voir ! Si l'heure était venue de nous expatrier ! Si je te disais : Scalabrino, je souffre trop à Venise. Il faut que je m'en aille au bout du monde, et j'ai besoin d'un fidèle ami comme toi pour m'empêcher de maudire l'humanité, pour consoler une douleur qui ne finira qu'avec ma vie !... Oui, si je te disais que nous partons ce soir, qu'un navire nous attend... Voyons, Scalabrino, parle selon ton cœur, et choisis en toute liberté...

Scalabrino pâlit. Mais ce fut sans hésitation qu'il répondit :

— Monseigneur, vous avez fait de moi un homme. Ma vie vous appartient. Je ne me donne pas deux fois. Ordonnez. Je suis prêt à vous suivre.

L'effort que faisait le colosse pour ne pas éclater en sanglots était visible.

Roland lui prit la main, et de cette voix de tendresse qui pénétrait jusqu'au cœur :

— Tu es un bon ami, un fidèle compagnon. Toi, du moins, tu ne me trahiras jamais. Et je te jure que de savoir cela, c'est en ce moment ma plus grande fierté, ma force et mon courage... Aime ta fille. Tu la reverras. Elle t'aimera aussi. Car je crois avoir pénétré l'âme de cette enfant. Et j'ai compris quels trésors de tendresse candide il y a sous cette éclatante beauté.

Scalabrino buvait ces paroles.

Amèrement, Roland ajouta, sans être compris du colosse :

— C'est une exception, voilà tout. Il y a des femmes qui sont belles et pures. Le tout est de les rencontrer. Moi, je n'ai pas eu ce bonheur, voilà tout... Ta fille, reprit-il en secouant la tête comme pour écarter la pesante tristesse qui l'envahissait, ta fille est auprès de mon père et de Juana. Toutes les fois qu'il te plaira d'aller la voir, tu partiras... et cela jusqu'au jour où nous n'aurons plus rien à faire à Venise et où plus rien ne vous séparera...

Scalabrino jeta un cri de joie, et Roland, lui faisant un signe amical, sortit.

Une demi-heure plus tard, il se trouvait dans l'île d'Olivolo et marcha droit à la maison Dandolo. C'était la première fois qu'il la revoyait en plein jour. Mais si de violentes émotions vinrent assaillir son cœur, si des souvenirs atroces se levèrent sur ses pas lorsqu'il pénétra dans le jardin abandonné, aucun signe extérieur ne vint trahir les sentiments qui l'oppressaient.

Un vieillard s'avança à sa rencontre et salua l'élégant seigneur étranger dont Roland avait revêtu la physionomie et le costume.

Le visiteur reconnut le vieux Philippe, ce serviteur qui lui avait ouvert la porte la nuit, — la terrible nuit où il était venu.

— Vous êtes, demanda-t-il le maître de cette maison ?...

— Non, monsieur, répondit le vieillard, je n'en suis que le gardien.

Le seigneur étranger parut vivement contrarié.

— Mais, reprit le serviteur, s'il vous convient de vous y arrêter un moment, mon noble maître, le seigneur Dandolo, sera heureux que j'aie exercé à votre égard les lois de l'hospitalité.

Roland fit un signe d'acquiescement, entra et s'assit, tandis que Philippe demeurait debout.

— Belle maison ! reprit Roland. Et entourée d'un jardin, ce qui est rare à Venise...

— Très rare, monsieur. Il n'y a guère que deux ou trois jardins dans la ville, et celui-ci est le plus beau, sans contredit.

— Pourquoi ne le soignez-vous pas mieux, en ce cas ?...

— Tels sont les ordres de mon maître, ou plutôt ceux de sa fille, la signora Altieri...

— Ah ! vraiment ? Voilà des goûts bizarres pour une femme !

— Mlle Léonore... pardon ! la signora Altieri a voulu que tout demeurât dans l'état du jour où elle a quitté la maison pour aller habiter celle du capitaine général qu'elle a épousé.

Roland se leva vivement et alla ouvrir une porte-fenêtre, comme pour examiner le jardin.

— Oui, c'est dommage ! reprit le vieux Philippe en hochant la tête. Mais elle le veut ainsi, et même elle vient parfois s'assurer que je n'ai touché à rien, ni dans le jardin, ni dans la maison !

Les poings de Roland se crispèrent. Un râle déchira sa gorge.

Il dompta cette émotion, et d'une voix assurée, indifférente, reprit :

— Comment ! cette noble dame ne veut même pas que vous touchiez à la maison ?

— Non, monsieur. Les moindres objets doivent rester à la même place où ils étaient jadis... quand elle était heureuse, acheva le vieillard dans un murmure.

— Que dites-vous ?, fit Roland.

— Rien... ce sont de vieilles histoires de famille, et je radote...

Roland assura sa voix, chercha à la rendre aussi calme qu'il pouvait et demanda :

— Et vous dites que votre maîtresse vient quelquefois ici ?

— Oui, monsieur, la nuit ; elle vient, et va s'asseoir là-bas, sous ce grand cèdre que vous voyez ; à minuit, elle s'en va... Mais tout cela ne vous intéresse guère, sans doute...

— En effet, dit Roland, qui se mit à tousser.

Il se fit un silence de quelques minutes pendant lesquelles le vieux Philippe eût été épouvanté de l'expression du visage de cet étranger s'il eût pu le voir. Mais l'étranger lui tournait le dos et semblait très attentif à examiner le cèdre qui lui avait été signalé.

Enfin, Roland se tourna vers le vieillard.

— Tout ce que vous me dites, fit-il, est fort ennuyeux pour moi, car mon intention était de louer cette maison...

— Non seulement vous pouvez la louer, mais encore, l'acheter, s'écria le vieux Philippe.

— Ah ! ah ! voilà qui ne se concilie guère avec ce que vous me disiez des ordres que vous avez reçus...

— Monsieur, la maison appartient au seigneur Dandolo et je suis bien obligé d'exécuter sa pensée. Or, autant sa fille, la signora Altieri, paraît désireuse de ne rien changer à la maison, autant le seigneur Dandolo est désireux de s'en défaire. Il m'a positivement donné l'ordre de chercher un acquéreur, et la dernière fois qu'il est venu, il a même ajouté que si je n'en trouvais pas, il ferait détruire la maison et raser le jardin...

— Ah çà ! il s'est donc commis un crime ici !...

Cette fois, Roland avait parlé d'une voix si vibrante que le vieillard eut un tressaillement.

— Aucun crime, monsieur, je vous le jure !... Mais il s'est passé entre le père et la fille des choses qui les font penser de différente manière sur cette maison...

— Quelles choses ?...

Le serviteur s'inclina, comme un homme décidé à ne rien dire.

— Eh bien ! reprit alors Roland, tout ce que vous venez de m'apprendre m'intéresse au plus haut point. Cette maison, qui m'était en somme assez indifférente, m'apparaît maintenant comme une chose respectable...

— Ah ! monsieur...

— Oui, malgré moi, je prends parti pour la signora... comment avez-vous dit ?...

— La signora Léonore Altieri...

— Justement. Eh bien, il me déplairait que cette maison fût démolie contre son gré. Vous direz donc à votre maître que vous avez trouvé un acquéreur qui achète la maison et le jardin, tels qu'ils sont, c'est-à-dire avec tous les meubles que peut contenir la maison. Et d'autre part, vous direz à la signora que je ne toucherai à rien. C'est un caprice, mais il me plaît de me passer ce caprice. Donc, je laisserai tout en état. Vous ajouterez que je compte habiter Venise une quinzaine de jours à peine, et que je m'en irai alors, peut-être pour ne plus jamais revenir. Elle sera donc libre de venir ici toutes les fois que cela lui fera plaisir, sans risque d'être dérangée. Enfin, je vous dirai à vous, que si vous voulez continuer à être le gardien de la maison, vous y resterez aux mêmes conditions qu'avec votre ancien maître, avec la seule différence que je doublerai vos gages quels qu'ils soient. Le marché vous convient-il ?...

— Ah ! monseigneur ! s'écria le vieillard, s'il m'avait fallu quitter cette maison, j'en serais mort !

— Vous acceptez donc ?

— Si j'accepte, Jésus Maria !... Mais quant aux gages, ceux que j'ai maintenant me suffisent..

— Nous verrons. C'est bien, vous êtes un brave homme. Maintenant, écoutez-moi, je ne mets à tout ceci qu'une seule condition...

— Laquelle ? s'écria Philippe inquiet.

— C'est que la vente me soit faite le plus tôt possible...

— Dès aujourd'hui !... Il n'y a aucun empêchement.

— Vous comprenez... n'ayant que peu de jours à passer ici, je veux au moins jouir de ma nouvelle acquisition.

— Ce soir, je puis vous remettre les clefs.

— Bien ! ce soir, je serai donc ici avec l'argent. Combien ?...

— Le seigneur Dandolo m'a dit de demander dix mille écus... mais...

— Ce soir, je serai ici avec les dix mille écus. Faites préparer l'acte qui me rendra propriétaire.

— Il est tout prêt, et il n'y a que votre nom à y mettre.

— Ah ! oui, j'oubliais de vous dire mon nom.

« Le voici, dit Roland, en écrivant un mot sur un papier qu'il remit au vieillard.

Puis il se retira, en répétant que le soir il reviendrait.

Quand il fut parti, le vieux Philippe s'empressa de lire le papier :

— Jean di Lorenzo, de Mantoue.

Roland regagna le quai et sauta dans une gondole en disant :

— Au Grand Canal.

Devant le palais d'Imperia, il fit arrêter son embarcation. Quelques instants plus tard, il pénétrait dans le palais et disait au valet qui gardait l'antichambre :

— Veuillez dire à la signora Imperia qu'un étranger désire la saluer.

— La signora est malade et ne reçoit personne.

— Insistez et dites que je lui apporte des nouvelles d'une personne qui lui est chère.

Le valet s'inclina et, sans quitter l'antichambre, dit quelques mots à un autre domestique qui s'éloigna. Dix minutes s'écoulèrent. Au bout de ce temps, pendant lequel Imperia se prépara sans doute à recevoir l'étranger, le domestique revint en disant :

— La signora est prête à recevoir le seigneur étranger, s'il veut bien me suivre.

Roland suivit le valet, qui lui fit traverser diverses pièces qu'il reconnut, et qui le laissa à l'entrée des appartements d'Imperia où une femme de chambre devint sa conductrice.

Imperia aimait ainsi à s'entourer de luxueuses précautions ; on n'arrivait à elle qu'après maints détours destinés dans sa pensée à donner une haute idée de l'organisation de sa maison et à permettre aux visiteurs d'admirer les merveilles amoncelées dans ses salons.

Roland se trouva enfin en présence de la célèbre courtisane.

Elle était à demi étendue dans un vaste fauteuil en bois de cèdre rembourré de coussins de soie.

Vêtue d'une robe blanche, lâche et flottante, ses magnifiques cheveux dénoués, pâle et la mine fatiguée, Imperia cherchait jusque dans sa douleur sincère à prendre des attitudes de séduction. Mais, à ce moment, ces attitudes étaient tout instinctives.

Elle considéra d'un œil ardent l'étranger qui s'inclinait devant elle, et dit :

— Asseyez-vous, monsieur. On m'a dit que vous vouliez me donner des nouvelles d'une personne qui m'est chère, et je ne sais quel espoir insensé s'est levé dans mon cœur. Il n'y a qu'une personne au monde qui me soit chère...

— Votre fille, n'est-ce pas, madame ?...

Imperia se redressa, plus pâle encore, avec un cri étouffé.

Elle joignit les mains, sans pouvoir prononcer une parole, et cette supplication muette était plus touchante que toute parole de douleur. En cette minute d'angoisse, la courtisane disparut, et le visage d'Imperia s'ennoblit de ce pur rayon de maternité qui semble si auguste sur le front des femmes. Roland l'examinait avec une profonde attention. Venu le cœur ulcéré, venu pour faire souffrir cette femme par qui il avait tant souffert, il hésitait maintenant.

— Monsieur, balbutia enfin la courtisane, si vous savez quoi que ce soit, parlez vite !...

— Elle souffre vraiment ! songea Roland.

Il faut noter que Roland, habile à transformer son visage, ne l'était pas moins à déguiser sa voix. En langue italienne, c'est d'ailleurs chose assez facile, les dialectes variant de contrée à contrée. Il avait adopté l'idiome mantouan qui, alors surtout, différait sensiblement du dialecte vénitien. Imperia était donc loin de se douter que cet étranger et le secrétaire de l'Arétin ne formaient qu'un seul et même personnage.

— Madame, dit-il, ce que je sais suffira, je l'espère, pour adoucir la douleur que je vois peinte sur votre figure. Je puis tout d'abord vous affirmer que votre fille Bianca est saine et sauve.

Imperia se rapprocha de l'étranger et saisit sa main :

— Soyez béni, dit-elle avec une effusion bien rare chez elle. Ce que vous me dites me sauve. Je me sens renaître. Mais comment avez-vous su... Pardonnez ces questions, monsieur... qui a pu vous dire ? Qui êtes-vous enfin ? Je ne vous ai jamais vu à Venise...

— Madame, vos questions me semblent toutes naturelles et je n'ai point à les pardonner. Je me nomme Jean di Lorenzo et je suis de Mantoue. J'ai entrepris récemment un voyage vers l'Allemagne et je me proposais de passer par Trévise lorsque non loin de Mestre, hier, je rencontrai sur la route un de mes amis... Vous n'êtes pas sans avoir entendu parler du fameux Arétin ?

— Je le connais... poursuivez ! dit Imperia haletante.

—Eh bien, il a un secrétaire, homme de beaucoup d'esprit et d'humeur bizarre... figurez-vous que ce digne Paolo...

— Paolo ! maître Paolo ! s'écria la courtisane.

— C'est mon ami... Je disais donc que ce brave Paolo, qui pourrait vivre heureux et paisible, s'est donné une sorte de mission dans ce monde ; c'est, comme je vous l'ai dit, une belle intelligence, mais il est fantasque, il a des idées singulières...

— Je le connais ! fit Imperia avec une sourde inquiétude. Et il s'est donné une mission ? Laquelle ?...

— C'est de rechercher autour de lui ceux qui ont un sujet de douleur et de les arracher à cette douleur, autant du moins qu'il est permis à un homme de le faire.

— Mission sublime ! dit Imperia palpitante.

« J'ai vu maître Paolo, je lui ai parlé, et j'ai deviné en lui un noble et grand caractère.

— Hum !... Il ne faut pas trop se fier aux apparences...

— Que voulez-vous dire ?...

— Vous allez le comprendre, et saisir du même coup tout ce qu'il y a de bizarre dans ce caractère que vous exaltez...

— Parlez, monsieur, s'écria la courtisane avec une angoisse croissante. Tout ce que je puis vous dire de mon côté, c'est que j'avais en cet homme une confiance illimitée. Me serai-je trompée ?...

— Non, madame, je puis vous affirmer que mon ami Paolo est digne de toute confiance ; seulement, il a une manière de comprendre les choses qui n'est peut-être pas celle de tout le monde et la vôtre. Enfin, bref, je le rencontrai donc, et, après que nous nous fûmes embrassés, car il y avait longtemps que nous ne nous étions vus, il me désigna dans sa voiture une jeune fille d'une éclatante beauté...

— Bianca !...

— C'est en effet le nom de cette jeune fille. Alors voici ce qu'il me raconta. Cette enfant vivait à Venise avec sa mère...

— Moi !...

— Avec sa mère, poursuivit Roland ; je répète les termes exacts dont s'est servi mon ami, et les circonstances sont assez graves pour qu'il soit important de n'y rien changer...

— Dites, monsieur, fit Imperia, avec une sorte de dignité amère ; je suis courtisane, et habituée à tout entendre...

Roland s'inclina en tressaillant. Un instant, il ferma les yeux, comme s'il eût eu à prendre avec lui-même une décision rapide. Puis il continua :

— La mère était assez aveuglée par son amour maternel — sa seule excuse ! — pour ne pas voir quelle inconvenance, quel danger il y avait à garder dans sa maison cette pureté angélique et immaculée qui s'appelle Bianca... Me saisissez-vous, madame ?

— Hélas ! gémit Imperia en joignant les mains.

Pour la deuxième fois, à ce cri de douleur humaine, à cette expression de dignité douloureuse, Roland tressaillit.

— Je continue, dit-il, ou plutôt, c'est Paolo qui parle par ma bouche. Le redoutable danger que courait Bianca près de sa mère se précisa un jour. Un homme, un monstre vit cette enfant et conçut pour elle une de ces effroyables passions qui ne reculent devant aucun crime.

— Bembo !... l'horrible Bembo !...

— C'est bien là le nom que me dit Paolo. Il paraît que cet homme est cardinal-évêque de Venise ?

— Il l'est !...

— Ce Bembo avait résolu de s'emparer de Bianca. Mon ami résolut de sauver la jeune fille. Malheureusement, lorsqu'il voulut agir, il était déjà un peu tard : Bembo avait tendu ses filets. Bianca fut enlevée.

— Mais votre ami la sauva, n'est-ce pas ?... oh ! dites...

— C'est ce que j'ai commencé par vous dire, madame, et je vous le répète, Bianca ne court plus aucun danger. Paolo assista à l'enlèvement, suivit Bembo pas à pas, le provoqua et le tua.

— Bembo est mort ! s'écria Imperia en frémissant de joie.

— Oui, vous et Bianca, vous êtes à jamais délivrées de cet homme.

— Mais alors, reprit Imperia d'une voix tremblante, pourquoi votre ami ne m'a-t-il pas ramené ma fille ?... Qu'attend-il ?...

Roland garda un instant le silence. Peut-être un dernier combat se livrait-il en lui !

Enfin, d'une voix si sombre qu'Imperia en fut comme glacée, il dit :

— Mon ami a jugé qu'après avoir sauvé Bianca de Bembo, il fallait la sauver de vous-même !

— De moi !... de moi, sa mère !

— Je vous ai dit le caractère bizarre de Paolo. Il m'a assuré qu'en vous arrachant Bianca...

— Il m'arrache ma fille !... Ah çà ! est-ce qu'il compte la garder ?...

— Oui, madame !

— Et je ne la verrai plus ?...

— Peut-être !

Imperia éclata d'un rire sauvage.

— Votre ami est fou, monsieur, dit-elle fiévreusement. Et vous-même vous êtes fou, vous qui venez annoncer à une mère qu'elle ne reverra plus sa fille. Voilà bien nos gens vertueux ! Par pudeur, substituant leur pensée à la mienne, ils veulent mettre ma fille à l'abri ! Et qui vous dit, monsieur, que ma fille courût ici un autre danger que celui qui l'a menacée un instant et qui pouvait tout aussi bien menacer n'importe quelle jeune fille !... Ah ! les misérables !... Ils veulent sauver la fille et tuent la mère !... Qui sait ? Ils tuent peut-être la fille aussi ! Car Bianca m'aime, monsieur, elle mourra de cette séparation !... Mais vous ne savez pas de quoi je suis capable ! Je bouleverserai le monde, je le retrouverai, votre Paolo... et alors, malheur à lui !

Imperia éclata en sanglots.

Roland la laissa pleurer, la contempla d'un regard grave et mélancolique.

— Pardonnez-moi, monsieur, reprit la courtisane, je vous accuse aussi, mais c'est une chose si horrible...

— Laissez-moi achever, madame, dit alors Roland.

— Parlez, dit Imperia, se raccrochant à un vague espoir.

— Mon ami a jugé que non seulement il fallait sauver votre fille, mais qu'il fallait vous punir, vous...

— Me punir... moi !...

— Oui ! Il paraît que vous auriez autrefois commis un crime que vous lui avez confessé...

Imperia bondit :

— Et de quel droit s'érige-t-il en juge ? De quel droit, après avoir surpris le secret de ma vie, prétend-il s'en servir pour me frapper ?

Roland se leva... Ses yeux flamboyèrent dans son visage d'une immobilité tragique.

— Vous invoquez le droit ! dit-il d'une voix basse et sifflante. Parlons-en donc, puisque vous prononcez ce mot. Lorsqu'un homme a été arraché du monde des vivants pour être enfermé six ans dans une basse fosse où il a failli devenir fou de douleur, où il a failli mourir de faim et de froid, où chaque seconde de sa misérable existence a été un hoquet de désespoir, où il a pu se croire abandonné du monde et jeté dans une nuit éternelle, lorsque cet homme, revenu parmi les vivants, apprend qu'il a tout perdu, père, mère, amante, — je ne parle pas de la fortune, de la haute situation qu'il occupait, lorsqu'il retrouve les êtres d'enfer qui ont voulu, agencé, combiné froidement son malheur, croyez-vous qu'il ait le droit de se dresser devant les misérables qui lui ont fait une existence de malédiction et de leur dire : A votre tour vous souffrirez dans votre chair et dans votre cœur, comme j'ai souffert dans mon cœur et ma chair ; à votre tour vous pleurerez, vous sangloterez, et puisqu'aucun de vous ne m'a fait grâce, n'attendez de moi ni grâce ni pitié !...

Imperia, rencoignée dans le fond de son fauteuil, livide, agitée d'un tremblement convulsif, regardait cet homme qui parlait ainsi, avec des yeux agrandis par la terreur.

— Qui êtes-vous ? oh ! qui êtes-vous ? bégaya-t-elle.

Roland reprit soudain tout son sang-froid.

— Il ne s'agit pas de moi, madame, mais de mon ami Paolo... Je ne fais que vous répéter ce qu'il m'a confié. Etes-vous l'un de ces êtres abominables qui l'ont damné ?... Je l'ignore ! Est-il bien lui-même l'homme qui a souffert, ou n'est-il que l'héritier d'une vengeance ? Je l'ignore aussi. Je vous ai simplement répondu sur la question des droits qu'il peut avoir. Peut-être a-t-il appris quelque crime que vous aurez commis jadis... Et, vous le savez, les crimes se payent tôt ou tard.

— Oui !... La Providence, n'est-ce pas ? fit Imperia en grinçant des dents.

— Non, madame, dit froidement Roland. Mon ami Paolo a sur ces matières une théorie fort curieuse et qui pourrait bien être exacte. Il dit donc, — notez que moi je ne m'occupe pas de haute philosophie et que je ne suis qu'un porte-parole — il dit donc qu'il ignore ce que vous appelez la Providence. Mais il croit que la bonté est la plus haute expression de l'intelligence humaine. En d'autres termes, plus un être est intelligent, plus il cultive sa bonté. Chez le méchant, chez le pervers, en dépit des apparences, il y a toujours une tare de l'esprit ; le criminel ne peut être d'une haute intelligence, sans quoi il ne serait pas criminel. Il peut être, il est vrai, doué de talent, mais toujours un coin de son cerveau demeure trouble. De là les fautes inévitables commises par le criminel. De là vient que tôt ou tard il expie son crime, puisqu'il n'a pu être assez intelligent pour tout prévoir.

Roland avait débité avec un calme féroce cette singulière leçon de philosophie.

Imperia le regardait en hochant la tête. Elle était brisée de fatigue. Elle se sentait prise dans un formidable engrenage. Son sein se soulevait sous l'effort d'un spasme douloureux...

— Et si j'avouais ! dit-elle avec un sanglot. Si je demandais grâce !... Ne peut-on avoir pitié d'une mère !... Oh ! songez, monsieur, que ma fille, c'est tout ce que je possède au monde. Adulée, flattée, flétrie, méprisée, je passe à travers les admirations et les dédains sans les voir. Je n'ai que ma fille, moi ! Si on me l'arrache, on commet un crime. On répond à un crime par un autre ! Que votre ami, à son tour, prenne garde de ne pas être l'homme de superbe intelligence qu'il croit être ! Et puisqu'il dit que l'intelligence suprême c'est la bonté, qu'il se demande si la bonté suprême ce n'est pas le pardon !...

— Le pardon ! murmura Roland. J'y ai songé !... mais j'ai trop souffert... je souffre trop encore !...

Ces paroles lui échappèrent sans qu'il en eût conscience. Imperia ne les entendit pas, absorbée qu'elle était dans l'attente, partagée entre l'espoir et le désespoir.

— Madame, reprit alors Roland, je considère ma mission comme terminée, je me contente de résumer votre situation et celle de mon digne ami.. Paolo a été assez heureux pour sauver Bianca des mains de Bembo ; mais il croit nécessaire de ne pas vous la rendre.

— Infamie ! infamie !... Et vous êtes infâme, vous, monsieur l'honnête homme qui vous prêtez à de telles combinaisons !

Ce cri avait échappé à la courtisane.

Roland se leva, s'inclina pour prendre congé, et ajouta :

— Je crois pouvoir vous dire, madame, que mon ami se fera un devoir de vous faire tenir des nouvelles de votre fille... mais je le sais obstiné...

— Je ne verrai donc plus ma Bianca !... Soyez maudits tous deux ! Et que soit maudit aussi ce Roland Candiano que j'ai aimé ! Oui, Roland Candiano, misérable !... Car c'est pour son compte que vous agissez ! C'est lui qui vous envoie ! C'est lui qui m'arrache mon enfant, qui m'arrache mon cœur !

A ces mots, à ce nom soudainement jeté dans cet étrange entretien, la physionomie de Roland fut bouleversée ; il saisit les poignets d'Imperia, pencha sur elle un visage flamboyant, et d'une voix rauque, presque féroce, il gronda :

— Vous maudissez Roland Candiano ! Il a suffi de votre contact impur pour qu'il fût à jamais maudit ! Rappelez-vous... Rappelle-toi ce que tes complices et toi vous avez fait de cet homme ! Oui, peu à peu, mon cœur s'ouvrait à la pitié... La pitié !... alors que si tu pouvais, tu m'étranglerais de tes mains ! La pitié !...

Il éclata d'un rire sauvage :

— Souffre donc, pleure et désespère !... Jamais tu ne reverras ta fille... Jamais !...

Imperia s'était écroulée à genoux.

Ses yeux exorbités demeuraient fixés sur cet homme avec une indicible épouvante. Elle eût voulu crier, supplier... aucun son ne sortait de sa gorge serrée.

Pour Roland, après cet éclat de colère furieuse, il s'était redressé, majestueux et serein comme une statue du châtiment, avait laissé tomber sur la malheureuse un regard glacial et s'était lentement éloigné.

Pendant quelques minutes, Imperia lutta contre l'angoisse et la terreur qui la terrassaient.

Elle revint à elle enfin...

Alors, elle se releva d'un bond, et s'élança, écumante, à travers son palais, en rugissant :

— Arrêtez cet homme !... C'est Roland Candiano !...

Roland descendait à ce moment les degrés de marbre du palais.

Il marcha sans hâte jusqu'à la gondole qui l'attendait et qui s'éloigna rapidement. Lorsque les serviteurs d'Imperia se précipitèrent sur le quai, Roland avait disparu...

Imperia rentra dans son appartement où, pendant une heure, elle demeura prostrée dans une attitude de désespoir avec des intermittences de rage et de fureur. Puis elle eut avec elle-même une longue discussion. Tout à coup elle appela ses femmes et se fit habiller.

Elle se fit habiller d'un costume sévère comme en portaient les matrones, sans ornements ni bijoux, et elle sortit, escortée d'un seul domestique. Bientôt sa gondole la déposa devant le palais de Dandolo, et quelques instants plus tard, elle était en présence du grand inquisiteur.

Alors, elle releva son voile, et son visage apparut, pâle, tourmenté par une violente résolution.

— Je ne sais si vous me reconnaissez, monseigneur, dit-elle ; nous ne nous sommes vus qu'une seule fois, il y aura bientôt sept ans... dans une circonstance...

— Inoubliable, répondit sourdement Dandolo ; et je vous reconnais, madame...

Il la considéra un instant avec une sombre curiosité ; puis, comme elle demeurait silencieuse, frissonnante, si agitée que ses lèvres ne pouvaient émettre aucun son, il continua :

— La première fois que nous nous sommes vus, madame, c'était dans votre palais où Altieri m'avait entraîné. Il y avait encore avec nous Foscari, aujourd'hui doge, et Bembo, maintenant cardinal-évêque. C'était vers minuit. Roland Candiano venait d'être arrêté, et nous y discutâmes ce que nous devions faire de lui, de son père et de sa mère. Est-ce bien cela, madame ? Un même pacte nous unit !... Et puisque vous voilà, je devine que c'est de ce pacte que vous venez me parler...

— Oui, monseigneur. Et voici ce que je viens vous dire : Un de ceux qui assistaient à la scène que vous évoquez n'est plus. Il vient d'être tué.

Dandolo n'eut pas un geste d'étonnement. Il s'attendait à tout depuis qu'il avait vu Sandrigo.

Seulement, il demanda d'une voix morne :

— Lequel ?... Qui de nous a été frappé le premier par Roland Candiano ?

Imperia tressaillit violemment. Dandolo savait donc que Roland était à Venise !... Et il n'agissait pas ! Il n'arrêtait pas le redoutable adversaire qui, sans aucun doute, avait juré de les exterminer !...

— Celui qui est tombé, dit-elle, c'est Bembo.

— Comment le savez-vous ?

— Par Roland Candiano.

Elle dit cela simplement, comme si son esprit eût été entraîné au delà des limites où l'épouvante et l'émotion se manifestent par des signes visibles.

Et si maître de lui que fût Dandolo, si préparé qu'il se crût à tout apprendre, il devint livide et se mit à trembler convulsivement lorsque la courtisane ajouta :

— Roland Candiano sort de chez moi.

Un soupir de profond découragement gonfla la poitrine du grand inquisiteur.

Alors Imperia, en quelques mots, raconta la passion de Bembo pour Bianca, l'intervention du secrétaire de l'Arétin, l'enlèvement de la jeune fille, et finalement l'entretien qu'elle avait eu avec l'homme qui s'appelait Jean di Lorenzo.

— Et maintenant, ajouta-t-elle en terminant, j'ai la conviction que Paolo, secrétaire du poète, Jean di Lorenzo et Roland Candiano sont le même personnage.

Dandolo réfléchissait profondément. Il cherchait un jour dans ces ténèbres qui l'entouraient, un fil pour l'aider à sortir du labyrinthe. Et comme la nuit précédente, il murmura accablé :

— Fatalité !...

Cependant Imperia continuait :

— Voilà le début de Roland : Bembo tué ; ma fille disparue pour toujours, cela, c'est le coup de poignard qu'il me destinait, à moi !... Malheureux ! ajouta-t-elle dans un paroxysme de désespoir qui fit frissonner le grand inquisiteur. Pourquoi ne m'a-t-il pas tuée aussi ?

— Prenez courage, madame, fit Dandolo.

— Vous ne savez donc pas ce que c'est que d'avoir une fille, et sur cette tête adorée, d'avoir concentré tout ce qu'on a de tendresse ! Vous ne savez donc pas que ma fille c'était le but de ma vie, que la vision lointaine de son bonheur m'a seule soutenue jusqu'à ce jour, m'a permis d'essuyer les admirations outrageantes que l'on prodiguait à la courtisane ! Mère, j'avais ma raison d'être ! Séparée de mon enfant, il ne me reste qu'à vieillir dans un coin et à me laisser mourir dans le regret et les larmes. Oh ! cet homme est vraiment fort, monsieur, puisqu'il a su pénétrer mon cœur, puisque parmi tant de châtiments, il a choisi pour moi celui qui me frappait jusqu'à l'âme !... Ah ! je vous jure qu'en ce moment la mort serait la bienvenue, et que l'espoir de me venger m'empêche seul de me précipiter dans le canal pour en finir avec une vie désormais maudite !

— Et moi aussi, j'ai une fille ! murmura Dandolo bouleversé par cette douleur.

— Oui ! reprit Imperia, et c'est pourquoi je suis accourue vers vous. Je viens vous dire que Roland Candiano n'est pas mort comme on l'a cru, qu'il est lancé sur nous...

— Je savais tout cela !

— Vous le saviez et vous ne m'avez pas prévenue...

— Je ne le sais que de cette nuit. On est venu me dénoncer la présence de Roland Candiano à Venise.

— Et je vous la confirme. Il s'est fait d'abord appeler Paolo. Il se fait maintenant appeler Jean di Lorenzo. Prenez garde, monseigneur ! Si vous n'arrêtez cet homme, prenez garde de me pousser à bout ! Prenez garde que je n'ameute contre vous le patriciat de Venise ! Je veux ma fille, entendez-vous ! Et s'il l'a entraînée si loin que je ne puisse la retrouver, je veux me venger... Je veux que Roland soit arrêté et je veux assister à l'interrogatoire. Qu'on lui applique la question, mais qu'il dise où est ma fille. Je le veux... et si vous n'agissez, prenez garde !...

— Eh ! qui vous dit, madame, que je ne veuille pas arrêter Candiano ! La douleur vous égare !...

— Oui, oui, pardonnez-moi... Je ne sais plus ce que je dis... Il m'avait semblé... j'avais cru que vous hésitiez... Je lisais dans vos yeux plus d'effroi que de résolution... mais c'est de la folie, n'est-ce pas, monseigneur ?...

— Soyez tranquille, dit le grand inquisiteur en essayant de donner à son visage l'expression de fermeté qui était bien loin de son esprit. A l'heure qu'il est, toute la police de Venise est sur pied, Roland Candiano sera dans nos mains avant trois jours...

— Trois jours ! C'est bien long !...

— Voyons, puisque vous venez de le voir, donnez-moi une description exacte du déguisement qu'il a adopté. Vous dites qu'il se fait appeler Jean di Lorenzo ?...

— Oui. Et voici son signalement.

Imperia, le front dans une main, l'esprit tendu, la voix rauque, se mit à dicter, tandis que Dandolo écrivait. Lorsque ce fut fini, la courtisane se leva, fit, en même temps qu'elle saluait, un dernier geste de recommandation menaçante, puis se retira.

Dans le vestibule, elle se croisa avec un vieillard qui, joyeusement, disait à un valet :

— Prévenez notre maître que j'ai trouvé un acquéreur pour la maison, et qu'il faut que je lui parle au plus tôt.

Imperia, parvenue à sa gondole, donna l'ordre de la ramener chez elle. Puis, comme la gondole se mettait en marche, elle jeta un regard chargé de soupçons sur la maison Dandolo, et changeant tout à coup d'avis cria :

— Non ! au palais Altieri !...

Avant de suivre Imperia dans la nouvelle démarche qu'elle tentait, revenons un instant dans le cabinet du grand inquisiteur.

Il s'était affaissé dans son grand fauteuil, et, la tête dans les deux mains, méditait :

— L'inéluctable s'accomplit donc !... Le cercle se resserre autour de moi... L'arrestation de Roland n'est plus qu'une affaire de quelques heures !... Impossible de tenir cette arrestation secrète... Et cette femme qui vient me crier qu'elle aime sa fille !... Et moi !... moi !... Oh ! Léonore se dressant devant moi et me demandant compte de mes trahisons et de mes mensonges !... C'est horrible, et je n'avais pas prévu l'aventure aussi effroyable... Je suis perdu... Voyons... si je me tuais !... Peut-être cela arrangerait-il tout !...

Il voulut se promener, faire quelques pas dans son cabinet ; mais il s'aperçut qu'il titubait, que ses jambes vacillaient. Il se rassit.

A ce moment, on vint lui annoncer que le vieux Philippe, le gardien de la maison d'Olivolo, demandait à lui parler et qu'il avait trouvé un acquéreur.

Il fit un geste qui signifiait : Qu'il attende.

Il songeait bien à cela vraiment... Et pourtant, que de fois n'avait-il pas ardemment souhaité se débarrasser de cette maison qui était son remords pétrifié, avec un dur visage chargé de muettes imprécations.

Pendant une heure, il continua à chercher une issue à la situation. Peu à peu, un vague espoir lui revenait par lambeaux :

— Il est impossible que Roland se laisse prendre à l'improviste... Et moi, de mon côté, si j'arrive à jeter mes agents sur une fausse piste... Oui, c'est cela... lui donner le temps de fuir... le prévenir au besoin !... Et alors qui sait si, satisfait de la mort de Bembo, il ne s'éloignera pas pour toujours !...

Il dressa un plan sur ces données primitives.

La vie pourrait s'arranger encore... Roland parti, Léonore demeurait dans l'ignorance de ce qui s'était passé... elle finirait par oublier !

Alors, un peu de calme revint en lui, et il donna l'ordre d'introduire le vieux Philippe.

— Eh bien ! dit-il presque joyeusement, tu as donc fini par trouver ?...

— Oui, monseigneur !

— Eh bien, il faut vendre au plus tôt... Qui est l'acquéreur ?

— Un seigneur étranger qui m'a engagé comme gardien pour continuer dans Olivolo les fonctions que j'y avais. Et si monseigneur le permet...

Pasquali-film. Exclusivité Gaumont.

Bembo, en reconnaissant Roland, poussa un cri d'horreur et se mit à trembler de tous ses membres.

Pasquali-film. Exclusivité Gaumont

Philippe plaça devant le grand inquisiteur Dandolo un parchemin que celui-ci signa aussitôt.

Alfieri demeura écrasé de stupeur, à la nouvelle d'un retour de Roland.

Pasquali imp. Exclusivité Gaumont.

En reculant, la courtisane tomba; Léonore fut sur elle au même moment.

Pasquali film. Exclusivité Gaumont.

Roland cessa de sourire; il se leva et marcha vers l'Arétin...

— Fais à ton gré, mon vieux Philippe, pourvu que tu sois heureux...

— Je n'aurais pas de plus grand bonheur que de rester dans la vieille maison, dit Philippe radieux.

— Tout est donc pour le mieux. Tu t'es entendu pour le prix ?

— Celui que vous aviez indiqué est accepté.

— Bon ! Il n'y a donc qu'à faire cette vente au plus tôt.

— Monseigneur, c'est pour aujourd'hui même. Ce soir, ce seigneur m'apportera la somme qui, une heure plus tard, sera chez vous.

— Bien. Tu garderas deux cents écus pour toi.

— Monseigneur est trop généreux, s'écria le vieillard en s'inclinant. Voici, j'ai apporté l'acte ; monseigneur n'a plus qu'à y apposer sa signature.

Philippe plaça devant le grand inquisiteur un parchemin que celui-ci signa aussitôt. Puis Dandolo le parcourut des yeux, cherchant par une machinale curiosité le nom de celui qui devenait propriétaire de la maison où il était né, où était née sa fille.

— Je ne vois pas le nom de l'acquéreur, dit-il.

— Je n'ai pas voulu l'écrire, ayant la main plus habile au rateau et à la bêche qu'à la plume. Mais j'ai apporté un papier où le seigneur étranger a donné son nom que monseigneur n'aura qu'à transcrire. Ce papier, le voici.

Dandolo prit le papier et y jeta un coup d'œil.

Il devint affreusement pâle.

— Lui ! murmura-t-il, glacé. Lui !... Oh ! la fatalité !...

Et il demeura écrasé, pantelant, les yeux hypnotisés par ce bout de papier qui ne contenait que ce nom :

— Jean di Lorenzo...

Jean di Lorenzo !... Roland Candiano !... C'était Roland Candiano le mystérieux acquéreur de la maison Dandolo !... Le grand inquisiteur leva sur le vieux Philippe stupéfait un morne regard qui semblait implorer grâce. Puis, se rendant compte de ce que son attitude pouvait avoir d'étrange aux yeux de son serviteur, il balbutia :

— A quelle heure cet homme doit-il venir ?...

— Ce soir, monseigneur, vers sept ou huit heures, à la nuit tombée.

— Bien. Laisse-moi cet acte. Tu reviendras le chercher dans deux heures.

Le vieux Philippe s'inclina et se retira...

Il faut maintenant que nous suivions la courtisane Imperia qui, on l'a vu, avait donné l'ordre à son gondolier de la déposer au palais du capitaine général.

A quelle pensée obéissait-elle en allant ainsi de Dandolo à Altieri ?

Nous l'allons voir.

Imperia traversa les vastes salons du capitaine général, semblables à des salles d'armes, remplies d'officiers affairés et bruyants. Autant le palais du grand inquisiteur était solitaire, silencieux, presque sinistre, autant celui d'Altieri était animé, vivant, tapageur. Un observateur déductif, allant de la surface au fond des choses, eût compris que ces deux palais si différents étaient deux faces d'un même sentiment qui animait les maîtres, et que si Dandolo se repliait en lui-même, Altieri cherchait à s'étourdir, mais chacun d'eux pour échapper à une préoccupation identique.

Ces réflexions, Imperia ne se les fit pas en traversant les antichambres à travers lesquelles un officier la guidait. Elle se trouva tout à coup en présence d'Altieri qui, sombre, hautain, lui désigna un siège, puis s'écria :

— Il faut, madame, qu'un grave événement se soit accompli, pour que vous n'hésitiez pas à venir ici en plein jour... Avez-vous songé à tout ce que l'on peut dire et penser d'une pareille visite ?... Nous avions convenu que nous ne nous reverrions jamais, depuis la nuit...

— La nuit où nous avons élaboré la fausse dénonciation, n'est-ce pas, monsieur ?

— Silence ! fit Altieri en regardant autour de lui avec terreur... On peut vous entendre !

— Qui donc ! Des soldats ? Qu'importe !...

— Non !... Pas des soldats !... Une femme !

— Léonore ! murmura sourdement Imperia.

Altieri fit un geste d'impatience.

— De grâce, madame, dit-il, hâtez-vous de m'exposer le motif de cette entrevue.

Elle le regarda en face :

— Roland Candiano est à Venise, dit-elle lentement.

A ce moment, derrière une tenture, une sorte de gémissement étouffé se fit entendre, — un cri où il y avait de l'horreur, de l'épouvante, un étonnement immense...

Mais ce cri, Imperia tout entière à sa pensée de haine ne l'entendit pas !

Altieri bouleversé, fou, écrasé de stupeur, ne l'entendit pas !

Le capitaine général avait blêmi. Sa bouche s'était ouverte pour laisser échapper une clameur, mais aucun son n'en jaillit en réalité. Son visage exprima l'hébétement, la rage et la terreur, dans ce que ces sentiments peuvent avoir d'excessif.

Altieri avait, en effet, la conviction profonde que Roland s'était noyé dans le canal. Il vivait avec cette pensée qu'il en était à jamais débarrassé.

Imperia vit l'effet prodigieux que sa nouvelle produisait.

— Eh bien, dit-elle, trouvez-vous encore, capitaine, que j'ai eu tort de venir ?

— Il faut... courir... chez le grand inquisiteur, bégaya Altieri livide... le prévenir...

— C'est fait !

— Toute la police sur pied...

— Ce doit être fait à l'heure qu'il est...

— Prévenir le doge...

— C'est votre affaire !

— Prévenir le cardinal Bembo...

— Il est mort !

— Mort !... Bembo !...

— Tué, assassiné par celui qui vient de reparaître...

Altieri se leva, alla décrocher deux pistolets, les amorça, les plaça tout armés sur une table, devant lui. Puis il se tâta pour s'assurer qu'il avait sa cotte de mailles ; puis, allant entr'ouvrir la porte, jeta un regard sur la foule des hommes d'armes qui encombraient sa maison.

Alors seulement, il parut se rassurer et revint s'asseoir. Il essuya son front blême, et, d'une voix rauque, brève, prononça :

— Dites-moi tout... n'oubliez rien !... ou, par le ciel, nous sommes perdus: Je connais Roland. Si nous ne le tuons pas, sa vengeance sera affreuse.

— Affreuse, c'est le mot ! dit Imperia en hochant la tête avec désespoir. Il a déjà frappé Bembo et moi...

— Vous !... Comment ?

— En m'arrachant ma fille ! C'est-à-dire en meurtrissant mon cœur, en éteignant mon âme comme on éteint une lampe, en faisant de moi un misérable corps sans vie, ni lumière, ni amour. La plus durement frappée, c'est moi !...

— Voyons, voyons ! dit fébrilement Altieri. Il faut mettre de l'ordre en tout ceci... faites-moi un récit exact et détaillé de ce que vous savez.

La courtisane, avec lenteur, avec précision, recommença le récit qu'elle avait fait au grand inquisiteur. Altieri l'écouta, les deux coudes sur la table, le menton dans les deux mains, tendu dans une attitude d'attention profonde, sans interrompre, ne donnant signe de vie que par un léger frémissement qui parfois l'agitait.

Quand elle eut fini, il médita longuement, et sa premièer parole fut celle-ci :

— Pourquoi, ayant déjà prévenu le grand inquisiteur, êtes-vous venue me prévenir, moi ?

Imperia répondit nettement :

— Parce que je me défie de Dandolo. C'est un homme faible, une figure énigmatique. Peut-être me suis-je trompée, mais il m'a semblé le voir hésitant.. Vous, je sais que vous n'hésiterez pas !

Altieri se rappela alors l'étrange attitude qu'avait eue Dandolo le jour où il avait couru lui annoncer l'évasion de Roland.

— Plus de doute ! songea-t-il, Dandolo recule !... Mais je saurai bien, moi, le faire marcher !

Et tout haut il répondit :

— Non, non, je n'hésiterai pas ! Soyez tranquille, madame. Il y en a un de nous deux qui est de trop. L'un de nous doit mourir. Et je vous jure que ce sera lui.

— Oui, dit Imperia. Mais avant que Roland ne meure, il faut que je sache où il a entraîné ma fille. Songez à cela !... Et dites-vous bien que si vous ne me rendez mon enfant, vous, Dandolo et Foscari, je vous tiens pour responsables.

La courtisane avait prononcé ces mots sur un ton de si farouche résolution que le capitaine général en eût un frisson. Il s'inclina en signe d'adhésion formelle et accompagna Imperia qui se retirait.

— Passez par ici, dit-il en ouvrant une porte. Droit devant vous, au bas de l'escalier, vous sortirez sans avoir été remarquée. Et pour le reste, comptez sur moi !

— J'y compte ! dit Imperia menaçante.

Elle s'éloigna.

Altieri referma la porte, et il eut un sourire tragique en caressant la pointe de son poignard.

— Lui d'abord, murmura-t-il, elle ensuite.

Et en toute hâte, il se rendit chez Dandolo, en se faisant escorter de sept ou huit de ses plus braves lieutenants. Il arriva jusqu'au cabinet du grand inquisiteur, dont il ouvrit la porte sans se faire annoncer par l'huissier de service qui demeura tout étourdi par un tel manquement aux règles de la sévère étiquette qui régnait dans ce palais.

Après le départ du vieux Philippe, Dandolo était demeuré penché sur ce parchemin où il devait lui-même inscrire le nom de Jean di Lorenzo — c'est-à-dire de Roland Candiano.

Il avait suivi le fil de sa morne pensée, et, machinalement, sans presque savoir ce qu'il faisait, avait fini par écrire le nom à l'endroit laissé en blanc sur l'acte de vente.

Il ne s'arrêtait à aucune résolution ferme, se laissant tantôt emporter par un torrent de désespoir, et tantôt se reprenant à espérer que le cauchemar se dissiperait...

Tout à coup, Altieri entra, referma soigneusement la porte, et dit :

— Monsieur le grand inquisiteur, je viens vous informer que Roland Candiano est à Venise où il se cache sous le nom de Jean di Lorenzo. Que comptez-vous faire, cette fois ?...

Dandolo était demeuré frappé de stupeur, les yeux invinciblement rivés sur l'acte que, par un mouvement convulsif, il avait essayé de cacher et sur lequel sa main se crispait.

Altieri aperçut le parchemin.

Il vit l'attitude terrifiée de Dandolo.

Avec l'intuition rapide que l'on a, en de certaines occurrences poignantes, avec la brutalité de sa nature violente, il comprit que ce papier sur lequel s'appuyait la main tordue du grand inquisiteur donnait la clef d'une énigme, il comprit qu'il devait le lire ; sa main à lui s'avança et se posa sur le parchemin.

Les yeux dans les yeux de Dandolo, le visage flamboyant de menace, à deux doigts du visage décomposé, il gronda :

— Ce papier...

— Monsieur ! voulut protester Dandolo en essayant de se ressaisir.

— Vous vouliez le cacher ?...

— C'est mon droit !

— Je veux le lire...

— Ce que vous faites est inimaginable !

— Et je le lis ! acheva Altieri, livide de ce choc soudain, imprévu, avec le père de sa femme.

Violemment, il se saisit du parchemin et le parcourut. Au nom de Jean di Lorenzo, il jeta un cri sourd. En cette seconde Dandolo passa de l'extrême irrésolution à l'extrême audace.

— Altieri, dit-il, vous venez, par violence, de m'arracher un secret d'Etat. Je suis arrivé à tendre un piège à Roland Candiano. Ce soir, il doit venir dans ma maison d'Olivolo. La maison sera cernée. L'homme tombera en mon pouvoir. Mais songez qu'un seul mot, une seule indiscrétion peut tout perdre !

Altieri s'était assis, pensif.

— Pardonnez-moi ma violence, dit-il. J'étais si troublé par cette nouvelle extraordinaire !

— Je vous pardonne, fit Dandolo en tendant la main à Altieri, — et en même temps ils échangèrent un regard de haine et de méfiance. — Puis-je d'ailleurs garder rancune au mari de Léonore ?... Mais puisque vous savez...

— J'ai été prévenu par Imperia...

— Oui, je sais. Elle sort d'ici, croyant m'avoir appris la nouvelle, alors que depuis cinq mois je suis pas à pas Roland Candiano, alors que c'est moi qui l'ai attiré à Venise, moi enfin qui ai eu la pensée de le pousser peu à peu vers cette maison où je supposais que... d'anciens souvenirs devaient infailliblement le faire venir...

Altieri, à ces allusions faites avec tranquillité à l'amour de Roland pour Léonore, esquissa un geste de rage.

— Mais vous ne savez pas tout ! continua Dandolo. Candiano est à la tête d'une véritable armée. Il commande à deux mille bandits armés. Il a des navires. Il rêve peut-être d'attaquer Venise !... Vous voyez, mon cher ami, que c'est véritablement un secret d'Etat qui est en votre discrétion.

— Et sans aucun doute, dit alors Altieri d'une voix mordante, le doge est prévenu...

Dandolo tressaillit.

— Le doge n'est pas prévenu, dit-il. Il sera temps de le mettre au courant, si Candiano m'échappe.

— Bien, bien... Ainsi, toutes vos mesures sont prises pour ce soir ?

— Pour ce soir, oui.

— En ce cas, vous ne voyez pas d'inconvénient à ce que j'assiste à l'opération ?

Dandolo jeta sur Altieri un regard foudroyant. Mais il se contint et répondit :

— Votre aide, Altieri, ne pourra que nous être précieuse.

— Ainsi, à ce soir !... Quelle heure ?

— Neuf heures précises.

Altieri serra de nouveau la main du père de Léonore et se retira en murmurant :

— Je crois que je suis arivé à temps !...

Tandis que ceci se passait chez le grand inquisiteur, une autre scène se déroulait dans le palais d'Altieri.

Sur les indications du capitaine général, Imperia s'était engagée dans un obscur couloir au bout duquel se trouvait en effet un escalier de quelques marches qui aboutissait à une petite porte pratiquée sur l'un des côtés du palais.

Comme elle allait atteindre la première marche de cet escalier, une main la toucha au bras.

Elle se retourna vivement et se vit en présence d'une femme voilée.

— Venez ! dit cette femme d'une voix faible comme un souffle.

Imperia hésita un instant, jeta autour d'elle un regard de défiance. Mais déjà l'inconnue l'avait saisie par le bras, l'entraînait et la faisait entrer dans une pièce retirée.

Là, elle retira son voile.

— Léonore ! murmura sourdement la courtisane.

Oui ! c'était Léonore !...

Comment se trouvait-elle sur le passage d'Imperia ?... Que voulait-elle ?... Léonore avait passé la matinée comme elle passait toutes ses matinées, toutes ses journées : en travaux d'intérieur. Comme l'avait dit Altieri, elle était une ménagère modèle, ne se contentant pas de surveiller, mais mettant elle-même la main à la besogne, sans hâte, mais sans trêve ni répit. On eût dit qu'à force d'occuper sa pensée à des travaux subalternes, elle espérait l'empêcher de s'élever, de s'envoler dans des régions de rêve. Le travail opiniâtre, humble, presque domestique, était en effet sa grande ressource. Dès qu'elle se sentait inoccupée, elle comprenait que le désespoir allait la gagner, qu'elle allait éclater en sanglots devant ses femmes. Elle ne pleurait que la nuit, lorsque dans le silence et l'obscurité ses souvenirs se levaient dans son âme et, pareils à des fantômes entourant un chevet d'agonisant, se dressaient autour d'elle. Parfois, lorsque son cœur était plein à éclater, lorsque l'amertume débordait, elle sortait secrètement du palais, se rendait à l'île d'Olivolo, s'asseyait sous le cèdre où Roland lui avait juré de l'aimer toujours ; à minuit, à l'heure où ils se quittaient dans le temps de son bonheur, elle s'en allait, non rassérénée, hélas, mais plus forte pour lutter contre le mal qui la minait lentement.

Ce matin-là, donc, elle se trouvait dans la lingerie située au deuxième étage du palais, et présidait à la visite d'une de ces grandes armoires à linge qui étaient le grand luxe des maisons vénitiennes.

A un moment, elle parut s'absorber dans ses pensées.

Puis, revenant tout à coup à elle, elle se leva, secoua la tête, se dirigea vers une fenêtre et s'efforça de s'intéresser à la vie de Venise qui palpitait, rutilante et dorée sous les caresses du soleil, au mouvement des gondoles bigarrées qui se croisaient sur le Grand Canal entraînant de jeunes seigneurs aux éclatants costumes, des femmes rieuses et belles, toute la splendeur fuyante, capricieuse et d'une si chaude couleur dont Titien a laissé d'impérissables souvenirs.

Elle était là, depuis une heure peut-être, son front brûlant appuyé aux vitraux.

Un vol de colombes passa dans l'air pur et léger de cette radieuse matinée de l'hiver vénitien à son début, un de ces hivers si doux qu'ils semblent être une caresse d'un été moins brûlant.

Le vol des colombes décrivit un grand cercle, puis soudain se dispersa, par un caprice de ces hôtes charmants de la cité des Eaux. Deux d'entre elles, en tournoyant, vinrent s'abattre familièrement sur la tente d'une gondole et s'y reposèrent.

Léonore avait machinalement suivi des yeux le manège de ces oiseaux familiers qui sont à Venise ce que nos adorables moineaux effrontés, hardis et amis, sont à Paris.

Et voici que la gondole s'approchait, s'arrêtait devant le palais, une femme en descendait, traversait vivement le quai étroit et entrait... .

Cette femme, malgré ses voiles, Léonore la reconnut !...

Elle fut agitée d'un long frémissement, se recula de la fenêtre, porta sa main à son cœur comme si elle eût reçu quelque coup terrible... Sa pâleur ordinaire se fit plus marmoréenne, un pli dur accusa la courbe gracieuse de ses lèvres. Puis, d'un violent effort, elle domina le trouble déchaîné dans son âme.

Elle descendit alors au rez-de-chaussée, entra dans une pièce où jamais elle ne pénétrait.

Et elle entendit !...

Une voix de femme parvint jusqu'à elle. Et la voix d'Imperia disait :

— Roland Candiano est à Venise !

Le coup était rude. Léonore jeta un faible cri qui ressemblait à un gémissement, et s'affaissa évanouie.

Lorsqu'ele revint à elle, tout ce qu'elle avait d'énergie et de volonté, elle l'employa à écarter les questions qui l'assaillaient, à écouter de toutes ses forces. Elle entendit une porte qui s'ouvrait et se refermait. Elle comprit qu'Imperia s'en allait !... En toute hâte, comme folle, elle jeta un voile sur sa tête, et rejoignit la courtisane.

Maintenant, les deux femmes étaient face à face.

Elles ne s'étaient pas revues depuis la terrible nuit de l'arrestation, — près de sept ans écoulés !

Et le regard qu'elles échangèrent fut si violent, si chargé de menaces, qu'il leur sembla qu'il était la continuation de ce mortel regard de défi qu'elles avaient croisé jadis... devant les juges de Roland !

Elles étaient debout, haletantes.

Une tragique pensée raidissait leurs attitudes et pétrifiait leurs physionomies.

La première, Imperia parla :

— Que me voulez-vous ?

— Je veux de vous la vérité ! dit Léonore.

— Quelle vérité ?

— Tout ce que vous savez sur Roland. Voici ce qu'on m'a dit, à moi : gracié, il a fui de Venise, puis il est mort. Mensonge, tout cela. La vérité ! Parle !...

— Et si je ne parle pas ?

— Tu meurs !

Imperia fut secouée d'un rire effroyable.

Lentement, Léonore tira un stylet de son sein et dit :

— Sur mon amour, je te jure que si tu ne me dis la vérité, je t'égorge.

Imperia regarda autour d'elle. Il n'y avait pas de fenêtre dans cette pièce...

Imperia était forte. Elle était grande, vigoureuse, avec un buste bien développé ; Léonore était mince, élancée, flexible comme un jonc. Elles étaient l'antithèse vivante de la beauté romaine et de la beauté vénitienne, l'une toute de robustesse, l'autre d'élégance un peu mièvre.

D'un geste brusque, la courtisane se débarrassa du manteau qui couvrait ses épaules et elle apparut avec sa taille hardie, ses hanches puissantes. En même temps, elle dégrafa, arracha plutôt le corsage qui couvrait son sein dur, taillé en plein marbre, et en tira un fort poignard.

Alors, elle haussa les épaules et dit :

— Vous me faites pitié, madame, de vous imaginer qu'Imperia puisse venir désarmée dans la maison des Altieri... Allons, place ! ou c'est vous qui êtes morte !...

Pour toute réponse, Léonore tendit en arrière son bras et poussa un fort verrou sur la porte.

Alors, les deux femmes se trouvèrent en présence, acier contre acier, œil contre œil, et pareilles à deux duellistes se mesurèrent.

Il y eut une sorte de mise en garde.

Chacune d'elles comprit qu'elle ne sortirait de cette chambre que morte ou meurtrière.

Elles firent un pas l'une vers l'autre, si blanches toutes deux, si raidies qu'elles étaient semblables à deux statues de marbre qu'on eût drapées en des poses farouches.

Soudain la courtisane eut un geste foudroyant. Son bras se leva, l'arme siffla, s'abattit. La femme poussa une sorte de rugissement furieux. Au même moment, sa main se trouva emprisonnée comme dans un étau. Léonore avait vu venir le coup et, dédaignant de parer, avait saisi le poignet.

En quel paroxysme de haine et de désespoir trouva-t-elle la force prodigieuse qu'elle déploya à ce moment ?... Ce poignet, elle le garda dans ses mains fines et délicates, elle le serra, le pressa, le pétrit... Imperia jeta une clameur de souffrance, l'arme lui échappa, et, pantelante, livide, elle recula, tandis que Léonore lui plaçait son stylet sur la gorge...

Ceci dura ce que dure un éclair.

La courtisane reculait, Léonore marchait sur elle.

Tout à coup, Imperia trébucha, s'abattit sur ses genoux.

Léonore fut sur elle au même moment, et la pointe de son stylet pénétra dans la chair... la gorge de marbre se tacha d'une goutte rouge qui, comme un rubis liquide, jaillit et roula...

Râlante, désarmée, démente de terreur, Imperia était étendue.

Léonore, un genou sur elle, la maintenait d'une main, — une de ces mains si délicates transformées en mains d'acier ! — et de l'autre enfonçait le poignard...

— Grâce ! rugit la courtisane.

— Parleras-tu ? dit Léonore d'une voix que nul n'eût reconnue pour être sienne.

— Oui ! râla Imperia.

Le stylet s'arrêta. Il y eut une minute atroce où Léonore crut que toute force allait l'abandonner soudain. Elle se raidit, plus blanche encore, plus rigide, plus terrible dans son effort.

— Parle donc !... Où est Roland ?

— A Venise... sous le nom... de Jean di Lorenzo...

— Depuis quand ?

— Sans doute depuis son évasion...

— Evasion ?... D'où cela ?...

Elle parlait comme dans un rêve fantastique et hideux. Et les réponses lui venaient aussi comme en un rêve. Elle ne s'arrêtait pas à penser, à s'étonner, à combiner...

— Des puits de Venise ! répondit Imperia.

— Il était dans les puits ?

— Oui !

— Depuis quand ?

— Depuis la nuit de l'arrestation.

— Evadé quand ?

— Il y a six mois environ.

— Qu'es-tu venue faire ici ?

— Prévenir Altieri...

— Qui as-tu prévenu encore ?

— Dandolo.

— Mon père... Bon ! Qu'ont-ils résolu ?

— Son arrestation.

— Pour quand ?

— Au plus tôt.

— C'est tout ce que tu sais ?

— Oui !... tout !...

Imperia râla ce dernier mot dans un souffle. Elle était à bout. La rage, la honte, la terreur avaient désorganisé cette forte nature : elle s'évanouit.

Léonore se releva et regarda autour d'elle.

Automatiquement, avec des gestes de machine, avec une tranquillité et une précision qui révélaient une tension d'esprit capable de la foudroyer, de la tuer net, Léonore se dirigea vers une tenture murale relevée par des cordons de soie ; avec son stylet, elle trancha les cordons ; puis elle revint à Imperia, lui lia les pieds et les mains : avec une écharpe, elle la bâillonna ; alors elle la saisit par les deux épaules et la traîna dans un cabinet, ferma la porte du cabinet à double tour et vint s'abattre sur un canapé.

Au même instant, elle se releva, porta les mains à son front, et bégaya, égarée :

— Non, non ! Il ne faut pas que je meure maintenant. Il ne faut pas que je devienne folle aujourd'hui !...

Elle demeura près d'une heure, pantelante, et crut n'être restée là qu'une minute.

Enfin elle put marcher.

A pas pesants, comme si les ressorts de la marche s'étaient brisés en elle, Léonore se dirigea vers l'office. Le chef des officiers de bouche qui se trouvait là vit avec stupéfaction sa maîtresse ouvrir une armoire où l'on renfermait les liqueurs, choisir parmi les flacons la liqueur la plus violente, en remplir une coupe et la vider d'un trait.

Ce révulsif, que d'instinct, presque mourante, elle avait été chercher, la galvanisa. Un peu de roseur revint à ses joues, tandis que sa poitrine brûlait.

Alors, elle monta dans son appartement, s'habilla sans hâte, redescendit et quitta le palais.

IV

MINUIT !

Laissons Léonore, en proie à cette exaltation qui la soutenait seule, marcher vers le but mystérieux qu'elle s'était fixé et revenons un instant dans le cabinet du grand inquisiteur.

Après le départ d'Altieri, Dandolo avait passé une heure terrible.

Il s'était affaissé.

Son esprit vacillant flottait au gré des résolutions extrêmes.

Les projets insensés se succédaient dans son imagination.

Il pensa au suicide ! Il pensa à tuer sa fille. Oui, cette fille qu'il adorait comme le seul lien qui le rattachait à la vie, et qu'il redoutait comme l'incarnation du châtiment de sa trahison, il en vint, dans son affolement, à envisager sa mort comme un soulagement.

Nous devons dire qu'il écarta cette pensée avec horreur.

Tout à coup, comme il arrive dans les situations d'âme poussées à l'extrême tension, il se calma : la véritable solution lui apparut brusquement.

Ce n'est pas lui, ce n'est pas Léonore qui devait mourir...

C'était Roland !

Il fallait que le meurtre fût rapide.

Ce n'est pas une arrestation qu'il fallait : c'était la mort !

Et un nom se présentait à l'esprit du grand inquisiteur.

— Sandrigo.

Il alla à la fenêtre qui donnait sur le quai, vit une sorte de barcarol qui, étendu dans la gondole, la tête tournée vers le palais, paraissait dormir.

Le grand inquisiteur fit un signe.

Le barcarol se leva aussitôt et s'approcha jusque sous la fenêtre.

Dandolo se pencha et prononça :

— Sandrigo.

L'homme, d'un geste, indiqua qu'il avait compris et s'éloigna rapidement.

Vingt minutes plus tard, le bandit était en présence du grand inquisiteur.

— Tu vois que je tiens parole, dit Dandolo.

Le bandit tressaillit et demanda :

— Vous avez donc la piste de Roland Candiano ?

— Oui, dit le grand inquisiteur d'une voix sombre.

Sandrigo ne fit pas un geste qui trahît sa joie. Seulement ses yeux lancèrent un éclair.

— Pour quand est-ce ? demanda-t-il.

— Pour ce soir. Trouve-toi à dix heures à l'île d'Olivolo.

— A quel endroit ?

— Près de l'église.

— Bien. A partir de dix heures, je serai sous le grand portail de Sainte-Marie.

— Je t'y prendrai.

— Et vous me laisserez conduire l'arrestation ? fit le bandit d'une voix rauque.

— Puisque c'est convenu ! je te dis que je tiens parole.

— Bon ! en voilà déjà un. Restera ensuite Scalabrino. Nous verrons bien... Donc, monseigneur, à ce soir dix heures, sous le portail de Sainte-Marie !...

Sandrigo se retira ; le grand inquisiteur l'accompagna jusqu'à la porte de son cabinet. Au moment où le bandit allait disparaître, il lui mit la main à l'épaule.

— Ah çà, dit-il, j'espère que tu n'iras pas plus loin qu'il ne faut ?

— Que voulez-vous dire ? gronda Sandrigo en tressaillant.

— Ceci : que nous avons intérêt à prendre *Candiano vivant*. Promets-moi de ne pas te laisser emporter par la haine.

En même temps, il fixait sur le bandit un regard ardent.

Sandrigo paraissait irrésolu ; sa main tourmentait son poignard.

— Tu entends ? reprit Dandolo. Jure-moi de ne pas outrepasser les droits de ta haine ?

A cette demande étrange, Sandrigo tressaillit, regarda à son tour le grand inquisiteur.

Les deux hommes demeurèrent ainsi quelques instants, les yeux dans les yeux.

Enfin Sandrigo détourna son regard et répondit :

— Je vous jure, monseigneur, de ne pas dépasser les droits de ma haine.

Et il s'éloigna rapidement.

— Ce soir, murmura alors Dandolo, Roland Candiano sera mort !

En sortant de chez Impéria, Roland s'était fait conduire au palais de l'Arétin.

— Je vous attendais avec impatience, maître ! dit le poète.

— Vous avez été au palais ducal ? demanda Roland.

— Oui, avec Bembo que je suis étonné de n'avoir pas revu depuis.

Roland s'installa dans un fauteuil, et sans relever la dernière phrase de l'Arétin, il reprit :

— Racontez-moi donc votre visite au palais ducal ; ce doit être fort curieux.

L'Arétin devint songeur.

Il mettait en balance les profits qu'il pouvait espérer du doge et les services que Roland pouvait lui rendre.

Il le regarda à la dérobée et le vit souriant.

— Visite de peu d'intérêt, commença-t-il.

— Bah !... Et moi qui croyais au contraire qu'il s'était dit entre le doge et vous des choses extrêmement sérieuses !... Vous voyez comme on se trompe !

— Vous savez que j'ai vu le doge ? s'écria l'Arétin épouvanté.

— Vous le voyez bien !

— Vous savez donc tout ! Vous êtes donc sorcier !...

— Nullement, et vous allez voir combien ma science est facile en cette occasion. Vous vous demandiez tout à l'heure ce qu'est devenu votre cher ami Bembo ?

— Oui ! Et à ce propos, je devais vous faire dîner avec lui ?

— Inutile ! j'ai invité Bembo à passer quelque temps dans une charmante villa que j'ai aux environs de Venise. En ce moment même il est chez moi. Et c'est lui qui m'a dit que le doge Foscari vous avait accueilli.

— C'est Bembo qui vous a dit cela ! fit l'Arétin stupéfait.

Roland fit, en continuant de sourire, un signe de tête affirmatif.

— En ce cas, reprit l'Arétin, il a dû tout vous dire ?... Pourquoi alors m'interroger ?

Roland cessa de sourire. Il se leva, et marchant à l'Arétin, lui mit la main sur l'épaule.

— Maître Arétin, dit-il, il me semble que vous oubliez nos conventions.

Le poète regarda Roland. Et, sans doute, la physionomie qu'il lui vit l'épouvanta, car il balbutia :

— Je suis prêt à vous répondre, maître.

— A la bonne heure ! s'écria Roland en reprenant sa place dans le fauteuil. Vous me disiez donc, cher poète, que notre excellent ami Bembo vous avait conduit au doge qui vous a fait le plus charmant accueil ?

— Accueil flatteur. Le doge m'a honoré de sa confiance au point de m'instruire de sa pensée et de me nommer son ambassadeur.

— Ambassadeur ! Peste !... Tous mes compliments. Et auprès de qui cette ambassade ?

— Auprès de Jean de Médicis.

— Du Grand Diable ? fit Roland attentif.

— Lui-même ! Je suis chargé de lui transmettre certaines propositions que j'ai juré de tenir secrètes.

— Pour tout le monde, excepté pour moi !

L'Arétin, pâle et irrésolu, s'écria alors :

— Tenez, maître ! Demandez-moi tout ce que vous voudrez, excepté cela !...

— Tout ce que je voudrai ?

— Oui, tout ! Excepté de trahir la mission qui m'a été confiée.

— Très bien. Je vous demande votre vie, alors !

—Ma vie ! bégaya l'Arétin tremblant.

— Dame ! Je vous ai arraché à de braves bandits pour qui vous représentiez une forte somme. Je me repens du tort que j'ai fait à ces malheureux. Je vais donc simplement vous faire saisir, lier, bâillonner et emporter à l'endroit même où je vous ai pris, et vous rendre à ceux à qui je vous ai volé.

— Volé ! fit piteusement le poète.

— N'est-ce pas un véritable vol ? reprit Roland en se levant. Au revoir, maître Arétin. Tenez-vous bien, et au besoin courez vous mettre sous la protection du doge, car avant ce soir vous serez enlevé, et demain, je vous aurai restitué aux bandits des gorges de la Piave.

Roland fit trois pas.

— Arrêtez, maître ! s'écria l'Arétin hors de lui.

— Vous êtes décidé à parler ?

— Tout ce que vous voudrez, maître !

— Voyons, combien devez-vous toucher pour votre mission ?

— Cinq mille écus en tout. J'en ai déjà la moitié.

— Bon. Ce soir, les cinq mille écus seront chez vous. Ce que vous avez déjà sera un petit supplément.

— Ah ! maître...

— Et maintenant, dit gravement Roland, parlez. Et songez une autre fois que je ne serais peut-être pas toujours disposé à autant de patience qu'aujourd'hui. Nous avons conclu un pacte. Je tiens rigoureusement mes engagements. Tenez les vôtres. Je vous jure que, depuis dix minutes, votre vie n'a tenu qu'à un fil.

L'Arétin, livide, fit signe qu'il se soumettait.

— Je vous écoute, dit Roland d'une voix brève.

L'Arétin se mit alors à raconter mot pour mot et détail pour détail son entrevue avec le doge Foscari. Il développa le côté politique de sa mission après en avoir exposé les termes, et Roland ne put s'empêcher d'admirer la subtile intelligence de cet homme.

— Sans s'en douter, songea-t-il, Foscari a mis la main sur un diplomate de premier ordre. Il est vrai que ce diplomate lui a été donné par Bembo qui s'y connaissait...

Cependant l'Arétin, ayant terminé sa narration, attendit curieusement ce que Roland déciderait et songeait de son côté :

— Décidément, je m'attache à la fortune de cet homme. Je ne sais qui il est, ni ce qu'il veut, mais que m'importe, au fond ! Il m'a sauvé la vie et vient de me donner cinq mille écus. Je le devine plus grand est plus fort que le doge ; il y a en lui une âme vaste et un esprit formidable. J'ai pu faire trembler des rois ; lui est à l'abri de mes coups de plume... Oui, voilà mon maître. C'est ici mon Rubicon, et tel César, je puis maintenant m'écrier : *Alea jacta est !*

Et tout haut il dit :

— Eh bien, maître, que décidez-vous ? Dois-je ou non remplir la mission du doge ?

Cette question qui révélait la soumission définitive et complète de l'Arétin amena un pâle sourire sur les lèvres de Roland.

— Foscari se trompe, dit gravement celui-ci. Venise doit rester Venise. Bâtie hors l'Italie, simplement amarrée aux portes du monde, elle doit demeurer la ville des eaux. De la mer lui vient sa gloire ; c'est vers la mer, non vers la terre, qu'elle doit se tourner.

— Pourquoi, maître ? s'écria l'Arétin. Une leçon de haute politique tombant de votre bouche doit être aussi intéressante qu'une ballade tombant de ma plume, ajouta-t-il avec cet air de naïf orgueil sous lequel il dissimulait ses véritables sentiments.

— Il n'y a pas de haute politique dit Roland ; il n'y a pas de basse politique ; il y a seulement d'un côté des hommes de domination qui se disputent le pouvoir, c'est-à-dire le droit d'opprimer sans danger ; de l'autre, des multitudes tenues dans l'ignorance et qui seront l'enjeu des batailles des despotes tant qu'elles n'auront pas compris le sens large et vivant de ce mot qui résume l'évolution humaine : liberté.

— Liberté ! répéta l'Arétin avec un étonnement nuancé de respect.

— Venise, continua Roland, c'est l'Athènes de l'Italie ; ses destinées la conduisent à un avenir d'art, de poésie, de science aimable ; les Vénitiens sont un peuple d'esprit léger, sceptique, mais capable de grandes choses pour la liberté. Athènes succomba du jour où elle voulut asservir la Grèce. Venise entrera dans le néant lorsqu'elle cessera d'être la ville de la mer, intelligente, amie des arts et aspirant à un mode de société où tous les citoyens vivront d'une même vie entièrement consacrée au commerce et aux arts. Oui, Venise peut donner au monde un grand exemple. Elle peut lui montrer comment un peuple doit se débarrasser des tyrans, des conquérants, des bêtes venimeuses qui se glissent dans les hautes herbes de la civilisation, des carnassiers inutiles de qui la gloire est faite de sang humain. Lorsqu'on aura fait comprendre à un peuple que la gloire n'est pas pour un homme de dominer ses semblables, mais de leur être utile, que la gloire n'est pas pour un peuple d'asservir ses voisins, mais de leur donner l'exemple d'une vie heureuse dans la liberté, alors il aura accompli une œuvre grande et sacrée. C'est cette œuvre-là que je rêve pour Venise, maître Arétin !

Il se leva et se mit à se promener avec agitation :

— Ce jour-là, ajouta-t-il, plus de prisons, parce que nul n'aura intérêt à faire le mal ; plus de Conseil des Dix, plus d'inquisition, parce qu'il n'y aura personne à frapper ; plus de despotes, parce que les peuples garderont leur liberté comme le plus précieux des trésors ; plus de malheureux condamnés à la mort lente dans les puits ; plus de prêtres imposant le mensonge, parce que la seule religion possible sera le culte de l'homme dans l'homme, c'est-à-dire la culture de sa bonté par son intelligence, de son cœur et de son esprit... Ah ! ne comprenez-vous pas ?

Il se tut soudain, frémissant, puis reprit froidement :

— Maître Arétin, la mission que vous devez remplir auprès de Jean de Médicis, je l'accomplirai moi-même. Pendant ce temps, vous vous tiendrez caché dans votre palais, et à mon retour, je vous donnerai la réponse du Grand Diable au doge Foscari.

Ému, ébloui par le peu qu'il venait d'entrevoir, l'Arétin s'inclina profondément devant Roland, il crut qu'il avait pénétré tout son secret, qu'il l'avait compris.

Roland songeait amèrement que ce rêve éclos dans la nuit des prisons, dans la fournaise des souffrances, il n'aurait pas le temps de l'exécuter — que sa vie appartenait à un autre rêve — sombre et terrible, celui-là ! son rêve de vengeance !

Sûr désormais de l'obéissance de l'Arétin, il se retira et rentra dans cette vieille maison du port où jadis avait demeuré Juana, où était morte sa mère !

C'est là qu'il venait maintenant toutes les fois qu'il sentait son cœur vaciller, son esprit s'aigrir, et des flots d'amer désespoir monter à son cerveau.

Il n'avait rien changé aux deux petites pièces. Le lit où était morte la dogaresse Silvia était toujours là. Personne n'y couchait jamais. Sur une table étaient rangés en bon ordre les quelques pauvres ustensiles dont s'était servie Silvia. Il y avait notamment un verre commun dans lequel Roland aimait à boire en songeant à la pauvre vieille, morte de l'avoir cru mort.

En arrivant, il s'assit, et comme il avait faim et soif, mangea un morceau de pain et but un verre d'eau dans le fameux verre.

Il songea que bientôt l'heure arriverait de se rendre à l'île d'Olivolo ; dans un sac, les dix mille écus de l'achat attendaient. Roland avait résolu de passer la nuit dans la maison Dandolo. Il attendait cette redoutable épreuve avec une fébrile impatience. Et il murmurait :

— Bembo est puni ; Imperia est punie ; Foscari, Altieri et Dandolo vont connaître bientôt quelle main s'abattra sur eux au moment où ils se croient bien forts et heureux ; mais *elle !...* ô Léonore, c'est de toi que je souffre le plus ! C'est toi qui fus la plus coupable, puisque c'est en toi que j'avais mis toute ma foi, toute ma vie !...

Une fois de plus, il écarta de son esprit la nécessité d'une résolution à prendre.

Comme toujours, quand il pensait qu'il voulait atteindre Léonore, son cœur faiblit, ses forces s'évanouirent ; une colère lui venait contre lui-même à constater que malgré la trahison, l'amour était encore le plus fort !

Cette nuit qu'il allait passer dans la maison de Léonore, il la souhaitait et la redoutait.

Il voulait y puiser de nouveaux ferments de haine, et il sentait obscurément qu'il allait y chercher un aliment à sa passion.

Peu à peu, le soir vint.

Vers huit heures et demie, comme la nuit était tout à fait venue, il se couvrit d'un manteau, prit le sac d'écus et se dirigea par les rues vers l'île d'Olivolo. Il entra dans le jardin, très maître de lui, et marcha droit à la maison, dont le rez-de-chaussée était éclairé.

Le vieux Philippe l'attendait dans cette salle à manger que Roland connaissait bien.

A la vue de son nouveau maître, le vieillard se leva, salua et dit :

— Voici l'acte, et voici les clefs.

— Voilà l'argent, répondit Roland, veuillez le compter.

Le serviteur empila les écus, lentement et avec méthode, tandis que Roland se promenait lentement dans la pièce, paraissant réfléchir.

L'opération demanda une demi-heure.

Lorsque Roland jeta les yeux sur Philippe, celui-ci achevait de ficeler le sac et se levait en disant :

— Je vais vous faire visiter la maison...

— Inutile, dit Roland.

— Vous la connaissez donc ? s'écria involontairement le vieillard.

— Non, mai j'aurai le plaisir de la découvrir moi-même. Je tiens même, pour cette première nuit que je passe dans ma maison, à être seul. Vous avez congé jusqu'à demain, maître Philippe, et vous pouvez vous retirer.

— Bien, monseigneur, dit le vieillard. Je passerai donc la nuit au palais Dandolo.

— Demain matin, je vous instruirai du service que vous aurez à faire ici. J'espère que vous n'aurez pas lieu de vous repentir d'avoir changé de maître.

— Ah ! monseigneur, je vous ai déjà une vraie gratitude, croyez-le, pour me laisser mourir dans cette maison, où j'ai vécu toute ma vie.

Et le vieillard regarda autour de lui comme pour éveiller tous les souvenirs de sa longue existence.

Puis il s'inclina respectueusement devant son nouveau maître et sortit.

Roland alla alors jusqu'à la porte du jardin qu'il ferma soigneusement, puis, lentement, revint vers la maison.

Il éteignit les lumières.

Alors, presque sans tâtonner, il prit les clefs et parcourut cette maison qu'il connaissait tout entière pour l'avoir si souvent parcourue avec Léonore, alors que, rayonnants, ils allaient de pièce en pièce, combinant des arrangements nouveaux pour le jour où ils habiteraient ensemble la maison Dandolo. Arrivé devant la chambre qu'avait habitée la jeune fille, Roland s'arrêta.

Jamais il n'était entré dans cette chambre.

Il introduisit la clef dans la serrure, puis la retira frémissant.

Non !... il n'entrerait pas là !... Ou du moins, pas encore. Il ne se sentait pas assez fort. D'avoir visité la maison, d'avoir revu les meubles familiers qu'avait touchés Léonore, il était bouleversé jusqu'au fond de l'être...

Il recula, un râle monta jusqu'à ses lèvres.

Lentement, il redescendit dans le jardin.

Et presque d'instinct, sans que sa volonté l'y poussât, il marcha droit au cèdre.

— Là j'étais heureux ! murmura-t-il.

Et, par un phénomène que connaissent tous ceux qui ont essayé ainsi d'évoquer de lointains et violents souvenirs en se mettant en présence du décor qui enveloppa les événements passés, les choses mortes, la sensation du temps s'effaça tout à coup.

Il lui parut que c'était d'hier qu'il avait quitté ce jardin, et qu'il y revenait comme tous les soirs, fidèle au cher rendez-vous d'amour.

Mais bientôt, là aussi, il faiblit devant les souvenirs, il recula devant l'ombre de son bonheur.

Il s'enfuit avec un sanglot...

Ainsi, dans cette maison qu'il avait achetée pour y ranimer sa haine, pour y prendre de solennelles résolutions, tout le chassait !

De chambre en chambre, de meuble en meuble, d'arbre en arbre, il se heurtait à du bonheur mort !

Et il fuyait !... Eperdu, sanglotant, il fuyait avec l'immense désespoir de sentir dans son cœur l'amour plus fort que la haine, plus fort que tout !

Il s'en alla jusqu'au bout du jardin, avec l'intention d'escalader le mur, de fuir, de ne plus jamais revenir... Arrivé au pied du mur il prit son élan, et l'instant d'après, se trouva assis sur la crête et se prépara à sauter.

Comme il allait s'élancer, il s'arrêta soudain.

Dans la nuit, des ombres confuses apparaissaient immobiles... des gens qui se dissimulaient.

Comment les vit-il ?

Par quelle puissance de son œil exercé ou de son esprit surexcité ?

Nettement il les distingua, et nettement, aussi, il comprit que ces gens étaient des sbires apostés pour une arrestation. Qui allait-on arrêter ?...

Doucement, sans bruit, il s'aplatit sur le mur, et chercha à compter les sbires. Ils étaient nombreux, et placés sur une ligne qui, se perdant dans l'obscurité à droite et à gauche, semblait suivre la ligne du jardin.

Roland se laissa retomber dans le jardin.

Il le coupa diagonalement et, retrouvant le mur d'enceinte, se hissa à la force du poignet, ne laissant dépasser que sa tête. Un coup d'œil lui suffit pour se convaincre que ce côté-là aussi était gardé. Il renouvela l'expérience sur un troisième point, et les mêmes ombres lui apparurent, silencieuses, immobiles.

Le jardin était cerné de toutes parts !...

Roland comprit alors.

Celui qu'on cherchait à arrêter, c'était lui-même !

A cet instant, il retrouva tout son sang-froid. Les visions disparurent, les songes de douleur et d'amour s'effacèrent. Il n'y eut plus en lui de vivant que l'instinct de la bête traquée qui veut fuir.

Songeur, lent, très calme, il marcha vers le centre du jardin, vers le cèdre.

Pourquoi vers le cèdre ?

Peut-être la superstition de l'amour tout-

Depuis deux ans, elle suivait la conspiration de son père et de son mari.

Pasquali-film. Exclusivité Gaumont.

Léonora, palpitante, se raidissait, cinglée par les paroles d'Altieri.

Pasquali film. Exclusivité Gaumont

Roland arriva au camp du Grand Diable Jean de Médicis, près de Covernolo. Une joie énorme montait de ce camp où étaient accourues les beautés faciles des environs.

Pasquali-film. Exclusivité Gaumont.

Sandrigo se retourna et s'aperçut que Bianca s'était évanouie dans les bras de ses ravisseurs.

puissant encore dans ce cœur lui faisait-elle chercher un endroit propice pour mourir en se défendant, et peut-être se disait-il que là où il avait aimé, là il devait dire le suprême adieu à la vie.

Peut-être aussi pensait-il que la maison serait attaquée et qu'il aurait plus de chances dans le jardin de trouver une issue à travers les mailles du filet humain.

. . . .

Ceux qui n'ont pas vu mourir le cerf ne peuvent avoir une idée de tout ce qu'il y a de hideux et d'abominable dans ce plaisir de cruauté : la chasse.

Les ataviques instincts de l'homme primitif cherchant sa proie pour la dévorer toute saignante se réveillent dans le chasseur. Tel inoffensif bonnetier, de ceux dont on dit qu'ils ne feraient pas de mal à une mouche, devient féroce et à peine dissemblable du tigre à l'affût dès qu'on lui met un fusil à la main et qu'on le jette dans une plaine giboyeuse.

Lancé dès le matin, le malheureux cerf prend la fuite devant l'homme et le chien. Les abois, les hennissements, les cors l'affolent. Ses yeux s'emplissent de l'immense regret de la vie. Il court, songeant à sa femelle, songeant à ses faons, songeant aux douceurs des siestes sous les chaudes hêtraies. C'est un supplice effrayant. L'animal silencieux et rapide raisonne tout en courant ; il cherche à brouiller ses voies ; souvent un congénère plus jeune veut prendre sa place et entraîner la meute ; sacrifice inutile ! C'est à lui qu'on en veut, c'est lui qui succombera ! Pour tant d'intelligence déployée, pour tant de ruses admirables, pour tant de tours et détours dictés par un raisonnement d'une étrange lucidité, les hommes feraient grâce au cerf de la vie, si les hommes qui chassent étaient accessibles à la pitié... Ils courent, ils bondissent, haletants de joie furieuse à l'idée que le pauvre être succombera à la fatigue. En effet, après des heures et des heures de fuite désespérée, le cerf à bout de souffle, ses sabots usés et saignants, cherche dans l'eau un suprême refuge ou peut-être un suicide. Il se jette dans quelque étang ; alors les chiens, dignes serviteurs de l'homme, sont sur lui. Le cerf lève vers le ciel des yeux pleins de larmes et jette un dernier bramement à l'instant où les crocs s'enfoncent dans sa gorge. Il meurt. Et les chasseurs se regardent tout aises de ce meurtre sans danger. Et le spectateur qui pense se demande quelle peut bien être la mentalité de ces hommes.

Et quelle peut être la mentalité des hommes qui chassent un homme !

Quoi que cet être ait fait de mal, il devient sympathique dès qu'il est traqué. En vain les chasseurs jurent-ils qu'ils rendent service à la société : ceci est possible, mais, à l'heure où ils chassent, ils sont hideux parce qu'il n'y a plus d'autre instinct en eux que l'instinct de la chasse et de la capture. Oh ! les luttes du cerf contre la meute !

. . . .

Roland, au moment où il se mettait en marche vers le cèdre, entendit derrière lui un léger bruit. Il se retourna et vit une tête qui dépassait la crête du mur ; l'instant d'après, une autre apparut, puis une autre, de place en place.

Les ombres de tout à l'heure s'étaient mises en mouvement et elles escaladaient le mur.

Tout autour de lui, Roland vit la crête du mur se hérisser de choses mouvantes et silencieuses ; il y eut des glissements mous, comme si des centaines de reptiles envahissaient le jardin, puis tout à coup plus rien ; les sbires, sans bruit, étaient retombés dans le jardin.

La pensée de Roland, à cette minute, fut :

— Qui a pu leur faire savoir... me dénoncer ?...

Il eut un sourire et murmura :

— Imperia !...

Il atteignit le cèdre. Son ombrage de feuilles, que l'hiver n'arrache pas, faisait là une nuit plus épaisse. Roland s'arrêta. Son rapide regard, autour de lui, fouilla le jardin. Il vit les ombres qui maintenant rampaient, formant un large cercle infranchissable. Les sbires guettaient, flairaient, semblables à des chiens, mais plus lents.

Quelques minutes encore, et ils seraient sur lui.

Roland tira son poignard et s'apprêta à mourir.

Mourir ! Là !... Sous ce cèdre où il avait tant aimé !...

Une indicible amertume serra son cœur en même temps que l'atroce désespoir de laisser inachevée son œuvre de vengeance...

Puis, presque aussitôt, à cette terrible seconde où l'homme dit adieu à la vie, l'amour, de nouveau, fit irruption dans son âme ; frénétiquement, il songea à la bien-aimée, et murmura son nom.

A ce moment, minuit sonna...

Et comme le dernier coup tintait dans la nuit, Roland, de sa voix extasiée de mourant, répéta :

— Léonore ! Léonore !...

— Me voici, Roland ! dit une voix faible comme un souffle, infiniment triste et douce.

Roland demeura sur place, hagard, les cheveux hérissés, tremblant convulsivement, le front inondé de sueur.

Il eut la soudaine intuition de quelque rêve prodigieux. Rien ne s'était passé ! Il n'avait pas été arrêté. Il n'avait pas souffert six ans de martyre dans les puits. Bembo, Altieri, Foscari, l'effrayante descente aux enfers, la plus effrayante encore évasion, la tempête, le Pont des Soupirs, tout cela n'existait pas !

Léonore était là, aimante, fiancée de son âme !

Et comme hier, elle allait lui dire :

— Minuit, mon cher seigneur... quittons-nous jusqu'à demain !...

Elle allait, comme hier, prendre sa main et l'accompagner jusqu'à la porte du jardin !...

Et il frissonna éperdu, flottant sur les vertigineux abîmes où sombre la raison, lorsqu'il vit Léonore habillée telle que jadis, de ses vêtements de jeune fille, avec, autour du cou, cette écharpe de soie blanche qu'il lui avait donnée, belle, plus belle encore, belle comme un rêve d'amour, svelte et harmonieuse... Seulement, le sourire n'était plus sur ses lèvres figées !... oui, il vit Léonore, *comme hier*, lui prendre la main, et elle l'entraîna !

Sans forces pour un mot — et qu'elle eût été l'inanité de toute parole ! — il se laissa conduire, épouvanté seulement d'une délicieuse épouvante, à cette sensation inouïe que la main moite et parfumée qui était dans sa main fût vraiment la main de Léonore !

Vers où allait-elle ?

Il ne le vit pas... il ne vit qu'elle... elle !... vivante, près de lui, et si belle !

Tout à coup, il se trouva dans la maison Dandolo, devant cette porte que tout à l'heure il n'avait pas ouverte, devant laquelle il avait reculé... La chambre que Léonore, jeune fille, avait occupée...

La nuit était profonde.

Mais il continuait à la voir comme en plein jour. Il lui semblait qu'elle dégageait une lumière radieuse...

Il la vit qui ouvrait la chambre et qui faisait un signe...

Il entra... la porte se referma... Léonore disparut...

Alors il tomba à genoux, ses bras se tendirent et les sanglots furieux roulèrent dans sa poitrine et montèrent à sa gorge oppressée...

Dans le jardin, des bruits plus distincts se faisaient entendre, des voix sourdes jetaient des brefs commandements.

Léonore était descendue au rez-de-chaussée.

Avec la morbide tranquillité d'une personne en état de somnambulisme, elle alluma un flambeau et attendit !...

V

ELLE ET LUI

Après sa lutte avec Imperia, après cet étrange et émouvant duel de femmes, Léonore avait quitté sans hâte le palais Altieri. Elle ne savait rien que ce que lui avait révélé la courtisane, sous la menace du stylet posé sur sa gorge : c'est-à-dire que Roland était à Venise, sous le nom de Jean di Lorenzo, et que le grand inquisiteur, de même que le capitaine général — son père ! son mari ! — étaient prévenus. Dehors, l'air vif et léger rafraîchit son front brûlant, serré comme dans un étau. Elle put réfléchir. Elle se dirigeait instinctivement vers le palais Dandolo. Mais lorsqu'elle fut devant la maison qu'habitait son père, une répugnance lui vint à se trouver en présence du grand inquisiteur qui sans aucun doute, à ce même instant, prenait ses dispositions pour arrêter Roland.

Couverte d'un voile, sûre de n'être pas reconnue, elle s'assit sur un des bancs de pierre disposés autour du palais et où attendaient ordinairement ceux qui venaient implorer une audience du grand inquisiteur.

Léonore n'avait aucune idée précise de ce qu'elle devait faire. Son cerveau était tout entier occupé par une joie et l'épouvante ; la joie de savoir que Roland ne l'avait pas fuie, puisque ces années passées loin d'elle s'étaient écoulées en prison ; l'épouvante de savoir qu'on allait l'arrêter.

Par moments, elle songeait à ce qu'avait dû être pour l'homme qu'elle adorait ces six ans de tortures. Puis, elle écartait avec violence ces idées qui l'empêchaient de penser, et son esprit se tendait vers un but suprême : sauver Roland.

Oui !... Le sauver, sans espoir, puisqu'elle était la femme d'un autre !

Le sauver et puis alors préparer contre son père qui l'avait trompée, contre ce mari qui lui avait menti, un châtiment sans pitié !

Les tuer tous deux ! Devenir pour ces deux êtres de hideur la punition vivante et foudroyante, puis mourir à son tour.

Mourir, hélas !

N'avait-elle pas trahi, elle aussi ?

N'aurait-elle pas dû résister à son père, au risque même de son arrestation ?

Comme elle songeait ainsi, abîmée dans un océan d'amertume, elle vit tout à coup le vieux Philippe qui sortait du palais Dandolo.

La présence du vieillard chez son père ne lui parut pas étrange. Mais dans l'état d'esprit où elle se trouvait, éperdue, ne sachant à qui se confier, le vieux serviteur lui apparut comme une aide possible dans ce qu'elle entreprendrait.

Elle le suivit donc de loin et arriva à la maison de l'île d'Olivolo.

Philippe avait déposé sur un meuble l'acte de vente que Dandolo venait de signer.

En apercevant Léonore, le vieillard jeta un cri de joie. Toutes les fois qu'elle venait, c'était quelques heures de bonheur pour ce vieux qui avait vécu toute sa vie dans la maison, qui y avait vu naître la jeune femme et lui avait voué un culte fanatique.

Léonore s'était assise silencieusement.

— Une bonne nouvelle, signora ! commença Philippe ; jamais la maison ne sera détruite comme le voulait monseigneur votre père.

— Pourquoi ? demanda-t-elle avec une morne indifférence.

— Parce que la maison est vendue !

— Ah !...

— Oui, mais attendez, signora. Celui qui achète la maison s'engage à n'y rien changer. Et il y a mieux encore, il m'a annoncé qu'il n'habiterait ici que quelques jours.

— Étrange acheteur ! fit Léonore pour paraître s'intéresser à ce récit, tandis qu'elle suivait obstinément sa pensée.

— C'est fini, reprit le vieillard. Voici l'acte de vente signé de monseigneur Dandolo. Ce soir, le seigneur étranger sera ici...

Et il tendit tout ouvert l'acte à Léonore qui le lut machinalement.

Elle eut tout à coup un violent tressaillement.

— Jean di Lorenzo ! murmura-t-elle, devenue livide.

Cependant, elle eut encore la force de se soutenir, de ne pousser aucun cri, de ne faire aucun geste. Elle se trouvait dans une de ces anormales situations d'esprit où la machine humaine donne son maximum d'effort — à moins qu'elle n'éclate !

Mais sans doute cet effort qu'elle faisait

se traduisit en une excessive pâleur, car le vieux Philippe s'écria :

— Qu'avez-vous, signora ? Vous paraissez bouleversée.

— Rien, mon bon Philippe, une vapeur... Mais dis-moi, ajouta Léonore d'une voix indifférente, le nom qui se trouve sur cet acte est celui de l'homme qui achète cette maison ?

— Oui, signora.

— Et mon père a signé cet acte !

Le vieillard se trompa au sens de cette exclamation.

— Voilà donc ce qui vous bouleverse, signora ! C'est la vente...

— Oui, oui !...

— Il est vrai, monseigneur Dandolo consent la vente, puisqu'il a signé. Mais je vous répète, rien ne sera changé à la maison et, dans peu de jours, vous y pourrez venir comme par le passé, puisqu'il n'y aura que moi ici.

Léonore hocha la tête en signe de satisfaction. Elle réfléchissait. Elle reconstituait la pensée de son père. La trahison de Dandolo lui apparut nettement. Elle comprit alors pourquoi, le soir des fiançailles, il n'avait pas paru s'émouvoir de l'arrestation de Roland et pourquoi, plus tard, il avait été élevé à la dignité de grand inquisiteur. Elle comprit l'abominable marché qui s'était discuté entre Dandolo et Altieri, et qu'elle avait été vendue par son père !

Un amer dégoût souleva son cœur à l'idée de tant de lâcheté.

Mais ces sentiments, elle les refoula !

Il ne s'agissait pas du passé, mais du présent. Il ne s'agissait pas d'elle, mais de Roland.

Et ce présent qu'elle voyait terrible, c'était l'inéluctable arrestation de l'homme qu'elle aimait de toute son âme. Car quelle décision avait dû prendre Dandolo, sinon d'en finir avec Roland Candiano !

— Cet homme, demanda-t-elle en levant les yeux sur Philippe, quand doit-il venir ici ?...

— Ce soir... tout à l'heure, signora...

— Quoi !... Dès ce soir !...

Elle frissonna de terreur. Elle avait espéré qu'elle aurait quelques jours devant elle pour réfléchir, prendre une décision, prévenir Roland...

— Ce soir ! répéta-t-elle atterrée.

— Vers huit heures, signora.

— Et mon père le sait ?

— Il le sait, dit paisiblement le vieillard.

— Atroce ! atroce ! murmura-t-elle.

Mais c'est devant l'imminence de la catastrophe, c'est lorsque le danger devient pour ainsi dire visible et palpable que les natures fortement trempées retrouvent toute leur vaillance. En ce même instant où elle comprit que Roland était perdu, Léonore prit la résolution suprême :

Se trouver près de lui, le sauver ou mourir avec lui.

Et du même coup, son plan se trouva précisé, — plan simple, grandiose et tragique.

Elle posa au vieux Philippe quelques questions indifférentes, puis se retira et rentra au palais Altieri.

Elle y constata un mouvement étrange, des allées et venues, cet on ne sait quoi qui signifie que des choses graves se préparent, et elle conclut, songeant à Altieri :

— Il assistera à l'arrestation.

Au soir, vers huit heures, elle quitta le palais, revint à l'île d'Olivolo, entra dans le jardin par une petite porte dont elle avait une clef, profita d'un moment où le vieux Philippe sortait pour s'introduire dans la maison et monta dans la chambre qu'elle avait occupée avant son mariage.

Par un douloureux sentiment d'une étrange délicatesse, elle ne voulut reparaître devant Roland que telle qu'elle était alors qu'elle était sa fiancée.

S'étant vêtue de ses habits de jeune fille, elle descendit au jardin et alla se poster sous le grand cèdre. Alors, elle porta la main à son cœur et constata qu'il ne battait pas plus qu'en temps normal. Elle sourit de se voir si calme... Elle ne savait pas que ce calme pouvait la tuer et que la réaction serait effroyable...

Cependant Altieri et Dandolo agissaient.

A huit heures, l'île entière d'Olivolo fut secrètement occupée. Une cinquantaine de sbires ou agents de la police vénitienne furent placés dans l'église de Sainte-Marie, tandis que les agents secrets formaient autour du jardin un cercle déjà infranchissable.

A dix heures, Dandolo arriva dans l'île, escorté d'Altieri qui surveillait tous ses mouvements.

— Pourquoi ne pas le prendre tout de suite ? avait demandé Altieri.

— Je connais Roland, répondit le grand inquisiteur. Il passera la nuit dans cette maison où il vint si souvent, qui lui était familière et qui est pour ainsi dire le seul endroit où il puisse éveiller ses souvenirs... Attendons donc l'heure favorable. D'ailleurs le jardin est cerné. Il ne peut plus sortir.

Altieri garda un moment le silence. Une pensée le tourmentait.

— Avez-vous songé, demanda-t-il brusquement, à ce que nous en ferons quand nous le tiendrons ?

— Mais, répondit naturellement Dandolo, lui faire son procès. Il y a évasion, rébellion, conspiration contre l'Etat, armement de rebelles. C'est sûrement la condamnation à mort !

— Est-ce qu'on sait ! fit sourdement Altieri.

A ce moment, ils arrivaient devant le portail de l'église. Une ombre s'en détacha et vint droit à Dandolo.

— Sandrigo ! fit le grand inquisiteur.

— Moi-même, Excellence ! dit le bandit. J'ai assisté à toutes les opérations de votre police. Tout va bien. L'homme est à moi... à nous, voulais-je dire.

Sandrigo serra le manche de son poignard.

Altieri vit le geste. Il vit le double éclair qui jaillit des yeux du bandit, et, se penchant vers Dandolo :

— Qu'est-ce que cet homme-là ? murmura-t-il.

— Ne me disiez-vous pas que vous aviez peur d'un procès et qu'il valait mieux tuer Roland tandis que nous le tenons ?

— Je ne vous ai pas dit cela ! fit Altieri en tressaillant.

— Mais vous l'avez pensé !... Eh bien, cet

homme est celui qui rendra le procès inutile.

Le père et le mari de Léonore échangèrent un sombre regard. Alors, ils firent le tour du jardin, s'assurant que chacun était à son poste.

— Combien avez-vous d'hommes ? demanda Altieri.

— Deux cents, répondit Dandolo.

— On dirait, fit le capitaine général en riant nerveusement, que nous allons attaquer une forteresse défendue par une garnison !

— J'eusse suffi à moi tout seul, gronda Sandrigo qui avait écouté.

— Minuit ! fit tout à coup Dandolo.

Et il donna le signal.

Les sbires commencèrent de toutes parts à escalader le mur, sautèrent dans le jardin, et chacun d'eux se dirigea sur la maison, de sorte qu'il était impossible qu'une personne qui se serait trouvée dans le jardin pût passer à travers les mailles de ce réseau sans être vue et appréhendée.

Dandolo, Altieri et Sandrigo étaient entrés par la petite porte et marchèrent également sur la maison.

Lorsqu'ils n'en furent plus qu'à vingt pas, ils virent tout à coup une pièce du rez-de-chaussée s'éclairer.

Dandolo et Altieri s'arrêtèrent tout pâles.

Ils n'avaient pas peur.

Mais peut-être qu'à ce moment suprême, la mort possible leur eût paru moins redoutable que le triomphe certain dont quelques minutes seulement les séparaient.

Et la pensée qui leur vint à tous deux fut formulée par Dandolo qui murmura :

— Que jamais Léonore ne sache !... oh ! jamais !...

— Marchons ! répondit Altieri, les dents serrées.

L'instant d'après, ils étaient devant la porte de la maison et la trouvèrent entr'ouverte. D'un même geste ils sortirent leurs poignards de leur gaine. Ils entrèrent.

Et Léonore, un flambeau à la main, Léonore, pâle comme un spectre, apparut, disant :

— Entrez, je vous attendais.

Dandolo demeura sur place, les cheveux hérissés, les yeux exorbités, comme foudroyé.

Altieri, livide, le visage bouleversé par une tempête de jalousie furieuse, s'avança seul, et d'une voix chargée de haine et de désespoir, tremblante de rage, il bégaya :

— Que faites-vous ici ?...

Léonore, avec ce calme surhumain qui lui donnait l'attitude d'un fantôme, agissant sans bruit, posa son flambeau sur une table, se retourna vers son mari et répondit :

— Je vais vous le dire. Mais entrez d'abord... Entrez, mon père... il est inutile que toute la police de Venise, rassemblée ici, soit mise au courant de nos affaires de famille.

Dandolo fit quelques pas en vacillant et se laissa tomber lourdement sur un fauteuil en murmurant :

— L'inéluctable est accompli... Elle sait tout !...

Quant à Altieri, il se tint debout, frémissant, agité de frissons convulsifs, dévorant du regard cette jeune femme qui était si belle, qui lui apparaissait divinisée, aux pieds de laquelle il eût voulu se traîner, tandis qu'il se demandait s'il n'allait pas la tuer. Les paroles, les questions, les imprécations se pressaient sur ses lèvres et il n'arrivait pas à formuler une des idées qui s'entre-choquaient dans sa tête.

Léonore, cependant, avait été à la porte.

A voix haute, dans la nuit, elle prononça :

— L'homme que vous cherchez n'est plus ici. Retirez-vous de cette maison qui est celle de mon père et que vous souillez de votre présence. Hors d'ici, sbires !...

Un homme poussa les volets de la fenêtre et passa sa tête à l'intérieur.

— Dois-je obéir, monseigneur ? demanda-t-il avec fermeté.

Cet homme était le chef de la police de Venise.

Dandolo, d'une voix étranglée, répondit :

— Obéissez !

On entendit dans le jardin des glissements souples, comme la fuite d'une nichée de reptiles ; puis un grand silence se fit. Léonore, d'un geste de reine, montra un siège à Altieri. Subjugué, fou de passion et de fureur à la fois, le capitaine général obéit.

Alors, elle s'assit elle-même.

Ces trois êtres comprirent sans doute que la minute était tragique. Il y eut entre eux ce morne et glacial regard qui délie à jamais les liens d'amitié et de parenté, qui creuse entre ceux qui se regardent ainsi un abîme que rien ne comblera jamais. Ils sentirent que peu de paroles seraient nécessaires.

Dandolo songea qu'il était condamné.

Altieri songea qu'un seul geste lui était possible : le geste qui tue.

Alors elle parla. Sa voix était nette, ferme, sans éclat, incisive, comme si elle eût voulu que chaque mot s'enfonçât dans la cervelle des deux hommes qui l'écoutaient.

Et elle dit, tournée vers Dandolo :

— Vous d'abord, monsieur. Vous comprenez, n'est-ce pas, que je ne suis plus votre fille ? Vous comprenez aussi, je pense, que je sais la hideuse vérité ? Pour un titre, vous m'avez vendue. Pour un titre, vous avez égorgé mon amour et tué mon âme... Ne dites rien... laissez-moi parler... Je sais, vous dis-je !... Je sais qu'il est resté six ans dans les puits, et que vous avez commis le plus lâche des mensonges... *Il* était ici tout à l'heure. Je l'ai prévenu. Je l'ai fait partir. Le voilà sauvé. Mais me voilà damnée, moi ! Damnée par vous ! Or, écoutez-moi. Je ne suis plus votre fille. Entre vous et moi, plus jamais un mot, plus jamais un regard. A ce prix, je consens à ne pas rassembler toutes les femmes de Venise pour vous faire lapider. Acceptez-vous la grâce que je vous fais ? Acceptez-vous de ne plus jamais me voir, de ne plus être mon père ?... Ne parlez pas... votre voix me ferait trop de mal... Si vous acceptez, manifestez-le seulement, en vous levant et en vous retirant d'ici...

Elle se tut.

Dandolo avait écouté, en hochant machinalement la tête. Il avait ce teint terreux des condamnés à mort, et s'enfonçait dans son fauteuil comme s'il voulût s'y cacher tout entier, tandis qu'il mettait toute son énergie présente à éviter le regard de sa fille.

Quand elle cessa de parler, il eut un long tressaillement.

Puis, par un effort vraiment considérable à ce moment, il se leva, et, courbé, titubant, se glissant de côté, toujours pour éviter le regard de Léonore, il s'en alla, sans un mot, sans un soupir.

Quand il fut dehors seulement, une sorte de rauque gémissement fit explosion sur ses lèvres.

Altieri, frappé d'horreur, écouta ce gémissement qui s'éloignait avec rapidité, décrut et s'évanouit au fond des ténèbres pleines de silence.

Alors il se tourna vers Léonore.

Une sorte de défi éclata dans ses yeux qui se strièrent de fibrilles sanglantes.

Il gronda :

— Et moi !... Qu'allez-vous me dire, à moi ! votre mari ! votre maître !...

— Je dis que vous me faites pitié. Vous ! mon maître ! Vous vous vantez, monsieur ; depuis dix minutes vous cherchez à vous donner assez de courage pour me tuer. Et vous n'y arrivez pas. Je dis que si Dandolo fut lâche, vous fûtes, vous, plus vil encore... vous qui avez trahi l'ami le plus fidèle... vous qui trahissez encore ! Regardez autour de vous, monsieur, et prenez garde !

Altieri n'écoutait pas.

Ces derniers mots qui eussent dû le frapper, il ne les entendit pas.

Il ne songeait qu'à une chose : Léonore avait vu Roland. Elle l'avouait, le proclamait. Qu'elle l'eût fait partir à temps, cela importait peu ! Ce qui importait, c'était ce qui s'était dit entre eux... Ah ! des paroles d'amour, sans doute !...

Presque dément de fureur jalouse, il fit deux pas vers Léonore et demanda :

— Ainsi, vous l'avez vu !...

— Je vous l'ai dit.

— Et sans aucun doute, grinça-t-il, ce n'était pas la première fois... parlez... je veux savoir, dussé-je mourir de jalousie à vos pieds ! Vous parlez de trahison ! et vous, qui donc avez-vous trahi ? Est-ce lui ou moi ? Est-ce l'amant ou le mari ?... Car enfin, vous étiez sa fiancée, et la peur a été plus forte en vous que l'amour !...

Léonore palpitante, hagarde, se raidissait, cinglée par ces paroles.

— Oui, songeait-elle avec un atroce désespoir, ce fut là mon crime ! Je fus lâche, moi aussi !

— Vous l'avez abandonné, continua Altieri, alors qu'il était malheureux, et pourquoi ? pour assurer à votre père, c'est-à-dire, au fond, à vous-même, une satisfaction d'ambition !... Première trahison ; et cela ne me regarde pas, après tout. Mais ce qui me regarde, c'est que vous me trahissez à mon tour, rugit-il en s'exaspérant. Et cela, je vous en demande compte. C'est mon droit. Je vous accuse. Disculpez-vous si vous pouvez, ou avouez si vous l'osez !

Il était tout contre elle.

Sa main se crispait sur son poignard.

Léonore comprit que l'instant de sa mort était arrivé. Dans une pensée qui eut la durée d'un éclair, elle se dit que c'était mieux ainsi et que tout serait fini ; puis, instantanément, le souvenir de Roland enfermé là-haut, la terreur de songer qu'il allait être pris amenèrent un revirement en elle. Elle voulut vivre au moins quelques heures. Et elle répondit :

— Altieri, vous vous trompez : je ne relève pas de votre justice.

— Que voulez-vous dire ? bégaya-t-il.

— Je veux dire que si demain matin on ne me voit pas, une personne amie et sûre déposera dans le tronc des dénonciations la preuve que le capitaine général conspire avec ses officiers contre le doge et le Conseil des Dix. Maintenant, frappez !

Le poignard qui se levait échappa de la main d'Altieri.

Le mari de Léonore recula de quelques pas et s'abattit sur un fauteuil, comme foudroyé... Puis, presque aussitôt, il bondit vers la porte, inspecta le jardin d'un long regard.

Personne ! La nuit et le silence !

Lorsqu'il rentra il était tremblant ; il jeta un regard de terreur indicible sur Léonore muette, impassible, immobile, comme s'il n'eût pas été là. Cet homme qui, l'instant d'avant, était exaspéré d'amour et de jalousie se demandait maintenant comment il avait pu songer à ces choses. Léonore lui devenait étrangère. Il ne voyait plus en elle que la femme qui savait son secret.

Quel secret ! celui d'une trahison qui l'enverrait à l'échafaud !

Il se rapprocha d'elle, et, avec une sorte d'humilité, d'une voix très basse, il demanda :

— Comment savez-vous ?...

— Que vous importe ! Je sais. Depuis deux ans, je suis pas à pas votre conspiration. Je vous laissais faire parce qu'il m'est indifférent que Foscari soit ou ne soit pas doge. Mais si vous menacez, je menace. Si vous invoquez des droits que je ne veux pas connaître, je vous anéantis. Maintenant, voici ce que je voulais vous dire, à vous ! Ma vie est finie. Pour moi, non pour vous, pour la pureté de mon nom, rien de changé dans notre existence apparente. Mais jamais un mot des sentiments qui peuvent vous agiter. Je ne veux pas savoir ce que vous pensez. Cela vous convient-il ?

— Oui ! souffla Altieri.

— Retirez-vous donc comme s'est retiré mon père.

Altieri sortit à reculons, fixant ses yeux sur cette femme qui tenait sa destinée dans ses mains.

Lorsqu'elle se vit seule, Léonore eut un profond soupir.

Elle sentit qu'elle allait s'abattre, épuisée, vaincue. Mais ce n'était pas fini ! Elle se raidit encore, rassembla ses dernières forces et monta au premier étage. Elle ouvrit la porte et dit simplement :

— Roland, tu es libre.

Roland la regarda avidement.

Elle était à peine changée.

Sa beauté s'était seulement comme mûrie, achevée.

Elle se tenait debout, les yeux baissés, son flambeau à la main, si raide qu'on l'eût prise pour une statue.

Des flots de pensées amères tourbillonnèrent dans la tête de Roland.

Cette femme qu'il adorait et qui demeurait si impassible devant lui, cette femme dont il attendait un mot pour se jeter à ses genoux, cette femme l'avait trahi !...

Alors qu'on le jetait au fond des puits, alors que leur amour eût dû lui être sacré, elle s'était donnée à un autre !...

Que lui dire ?

Quelles paroles pouvaient traduire son désespoir ?

A quoi bon parler ?... Des reproches ?... Se rapetisser, se diminuer par des cris de colère ou des gémissements ? Pour la torturer ! Elle !... Elle qu'en ce moment même, il eût voulu faire à jamais heureuse au prix de son désespoir éternel, à lui !

Rien ! Pas un mot ne pouvait être dit du passé !

Aussi raide, aussi impassible qu'elle était elle-même, il passa devant elle, s'inclina, courba son front, et d'une voix calme en apparence, prononça :

— Adieu, Léonore !...

Et lentement, il descendit, s'enfonça dans l'obscurité, disparut au fond du jardin.

Pour Léonore, brisée, triste d'une infinie tristesse, elle descendit à son tour, sortit sans songer à éteindre le flambeau et à fermer les portes, gagna en se traînant le palais Altieri et pénétra dans le cabinet où elle avait traîné Imperia.

Elle coupa les liens, et dit seulement :

— Allez...

Imperia jeta sur Léonore un long regard chargé de menaces, et sortit sans prononcer une parole.

Alors Léonore, à grand'peine, regagna sa chambre.

Comme, péniblement, elle se traînait vers son lit, elle tomba à la renverse sur le tapis du plancher, décomposée, secouée de terribles sanglots qui déchiraient sa gorge sans qu'elle parvînt à verser une larme.

Et dans cette minute funèbre, où elle entrait peut-être dans le néant, sa suprême pensée fut :

— Il ne me pardonne pas !... Il a cessé de m'aimer !... Malheureuse ! Malheureuse !...

. . . .

Roland, caché dans un bouquet d'arbustes du jardin, avait assisté au départ de Léonore.

Au moment où elle franchit la porte, il eut un mouvement instinctif comme pour s'élancer. Mais il s'arrêta.

A quoi bon !... Ce qu'il n'avait pas voulu dire tout à l'heure, il ne le dirait pas davantage maintenant ! Oui ! A quoi bon !... Tout était fini depuis le soir où, dans cette maison même, le vieux Philippe lui avait appris que Léonore était mariée...!

Morte ! elle était morte pour lui ! Et ce qu'il venait de voir n'était qu'une apparition qui s'évanouissait à jamais...

Il frissonna.

Près d'une heure, il demeura là, pantelant, écrasé, sans forces...

Puis, la pensée d'Altieri lui revint et le galvanisa. Il se secoua, s'éloigna.

Comme il arrivait à la porte et qu'il allait la franchir, une ombre se dressa devant lui.

Une voix ricana, menaçante :

— Au revoir, seigneur Candiano, à bientôt !

Roland ne fit ni un geste ni un pas pour s'emparer de l'homme qui venait de parler ainsi et qui disparut dans la nuit. Tout lui était indifférent, en cette abominable minute où il avait la sensation d'avoir creusé encore plus profondément le fossé qui le séparait de Léonore.

Il erra à l'aventure le reste de la nuit, comme il avait erré la nuit où il avait appris la trahison de Léonore. Au jour, il rentra dans la vieille maison du port.

Scalabrino l'attendait là.

Roland, avec cette indomptable énergie fatale qui le faisait rebondir du fond des plus effrayants désespoirs, comme jadis Antée rebondissait plus vigoureux toutes les fois que ses épaules avaient touché terre, Roland avait redonné à son visage ce masque de calme rigide sous lequel il cachait ses sentiments.

Scalabrino ne soupçonna pas qu'il venait de souffrir.

— Maître, dit-il, nos hommes ont rendez-vous pour ce soir dans la maison de l'île d'Olivolo, comme vous m'en avez donné l'ordre.

— Ce rendez-vous n'aura pas lieu, dit Roland. La maison n'est pas sûre, je crois. Nous nous reverrons à la Grotte-Noire.

Scalabrino jeta sur Roland un regard surpris, et commença :

— Ce que nous devions faire...

— Nous le ferons plus tard. Va, mon ami. Dis à nos compagnons que dans huit jours je serai à la Grotte-Noire. D'ici là, tu es libre.

Scalabrino ne discutait jamais, ne cherchait jamais à approfondir. Il exécutait aveuglément, voilà tout.

— Je pourrai donc passer ces huit jours à Mestre ? demanda-t-il d'une voix tremblante.

— Oui, mon bon compagnon. Tu vas porter quelques ordres là-bas, puis tu pourras aller à Mestre voir ta fille.

— Ma fille !... Ah ! monseigneur, je me demande encore si la chose est vraie...

— Tu partiras par la tartane, reprit Roland. Tu iras aux gorges de la Piave, tu remettras aux chefs les lettres que je vais te donner.

Roland se mit à écrire en effet cinq ou six lettres courtes, et les remit à Scalabrino.

— Dans deux jours au plus tard, dit celui-ci, elles seront arrivées à leurs destinations.

— Ce qui veut dire, fit Roland avec un sourire mélancolique, que dans trois jours, tu seras heureux, toi !

Les yeux de Scalabrino étincelèrent ; il tressaillit de joie. Roland acheva par des instructions verbales les nouveaux ordres qu'il envoyait aux chefs de bandes.

Deux heures plus tard, Scalabrino s'embarquait à bord de la tartane.

Dans la journée, il prenait terre et filait directement sur Nervesa et la Grotte-Noire.

VI

LA PETITE MAISON DE MESTRE

L'inconnu qui avait jeté un adieu menaçant à Roland lorsque celui-ci quitta le jardin d'Olivolo, s'était rapidement éloigné dans la direction du port. Il alla frapper à une porte basse qui, après quelques pourparlers à voix basse, finit par s'ouvrir. L'homme entra alors dans un de ces cabarets borgnes qui accueillaient les courtisanes de bas étage et les marins sans domicile fixe. Il alla droit à un vieux barcarol qui, accoté à une table, paraissait sommeiller, et le toucha à l'épaule.

— Sandrigo ! murmura le marin.

— Oui, il est temps.

— Ce n'est pas trop tôt ! Trois nuits que je passe ici à t'attendre.

— Viens...

Les deux hommes sortirent.

— Et maintenant, demanda le vieux barcarol.

— Il faut me faire traverser les lagunes à toute vitesse.

— Bon ! La barque est parée, les rameurs à bord ; mais tu es donc poursuivi ?

— Non, de par le diable. Je suis au contraire tout près de la fortune, et tu sais que tu en auras ta part.

— J'y compte bien ! fit le marin dont les yeux s'allumèrent de cupidité.

Dix minutes plus tard, Sandrigo était installé à bord d'une grande barque qui, sous la double poussée de ses rameurs et de sa voile, se mettait à filer rapidement.

Au moment où, dans le jardin d'Olivolo, les sbires avaient marché sur la maison, Sandrigo s'était placé près d'Altieri et de Dandolo. Il tenait son poignard à la main, et si Roland fût apparu à ce moment, il eût frappé.

La porte s'ouvrit. Ce en fut pas Roland qui se montra, ce fut Léonore.

La stupéfaction du bandit fut grande.

Au cri sourd que poussèrent Altieri et Dandolo, il comprit que des choses extraordinaires allaient se passer. Il se recula promptement, se dissimula dans un massif d'arbustes et attendit.

Il entendit Léonore jeter aux sbires cet ordre hautain dont le chef de police avait demandé la confirmation au grand inquisiteur, et lorsqu'il vit les policiers battre en retraite, il eut un geste de rage.

— Il n'est plus là ! gronda-t-il. Au diable soit la femme !

Mais il ne s'en alla pas.

Au contraire, il se rapprocha doucement de la fenêtre demeurée entr'ouverte et assista, invisible, à l'étrange scène qui se passa entre Léonore, Dandolo et Altieri.

Or, à mesure que Léonore parlait, les idées du bandit se modifiaient.

— L'homme est toujours là ! pensa-t-il.

Et il résolut de l'attendre, de sauter sur lui au moment où il sortirait, et de le poignarder.

Puis, cette résolution elle-même se modifia.

Lorsqu'il surprit le secret de la conspiration d'Altieri contre le doge, le secret lamentable de la haine qui divisait maintenant Léonore et son père, il se dit que Roland vivant pourrait lui être utile, et qu'il le tuerait seulement après avoir assuré la fortune qu'il entrevoyait maintenant.

On a vu qu'il s'était assuré que Roland était bien toujours dans la maison et qu'il lui avait jeté une dernière menace.

. . . .

La barque sortit de Venise, traversa la lagune, et Sandrigo sauta à terre au moment où le soleil se levait.

— Tu m'attendras ici, dit-il au vieux marin.

Il prit aussitôt le chemin de Mestre, et marcha sans hésitation à cette maison isolée où il avait surpris la présence de Juana.

Au bout d'un quart d'heure, il savait que les hôtes de la maison étaient toujours là.

Ces hôtes c'étaient, outre Juana :

Le vieux Candiano — le père de Roland

Bianca — la fille d'Imperia.

Une fois assuré de ce fait, Sandrigo alla s'installer dans une mauvaise auberge, mangea de bon appétit. Puis il s'enquit auprès du patron d'une voiture, d'une carriole quelconque.

— J'ai ma carriole, dit l'aubergiste, avec un mulet qui vaut le meilleur cheval.

— Cela fera mon affaire, si vous voulez me les louer.

— Oui, mais je n'ai personne pour vous conduire.

— Je conduirai moi-même, dit Sandrigo.

— Vous reviendrez donc ici pour me ramener mulet et voiture ?...

— Non ! mais je confierai le tout à quelqu'un de sûr qui vous les ramènera, et je paierai double location.

L'aubergiste secoua la tête.

— En ce cas, j'achète le tout ! fit Sandrigo en se décidant.

Le marché fut débattu et conclu.

La journée se passa. La nuit vint. Sandrigo attela lui-même le mulet à sa carriole, sauta sur le siège, et, devant l'aubergiste, il prit ostensiblement la route de Trévise.

Au bout de cinq cents pas, il fit demi-tour, revint au pas, et vint s'arrêter à cent pas de la maison où Juana vivait entre le vieux doge proscrit et la jeune fille.

Le moment est donc venu de jeter un coup d'œil sur cet intérieur de calme et de pureté où rayonne la sublime et lumineuse figure de cette humble jeune fille du peuple : Juana.

Nous disons « humble fille » parce que Juana était humble naturellement, parce qu'elle s'ignorait, inconsciente des trésors de beauté que portait son âme ; enfin, elle était humble parce qu'elle était du peuple ! Alors, comme aujourd'hui, on habituait le peuple à l'humilité ; on lui persuadait que l'excessive modestie était son lot ; on lui enseignait comme on lui enseigne encore que la fierté est une vertu réservée aux grands de la terre.

Roland, lorsqu'il s'était agenouillé devant cette pauvre fille, avait voulu exalter en elle la conscience de sa beauté morale et lui faire comprendre qu'elle était l'égale des plus hautaines, puisque le patricien Candiano, le fils d'une lignée de doges, lui rendait un tel hommage.

Et c'est à elle qu'il avait voulu confier son père.

Ce qu'il y avait de grand et de touchant dans ce spectacle de la courtisane pauvre, sans famille, sans nom, veillant sur le potentat déchu, Juana l'ignorait.

Elle entourait le vieux Candiano d'une tendresse charmante ; maintenant, le fou souriait lorsqu'il entendait sa voix, et parfois, déjà, des lueurs de raison fulguraient dans les ténèbres de son intelligence. D'instinct, Juana lui parlait le plus souvent de Venise et de Roland ; et, peu à peu, le nom de son fils répété finissait par éveiller dans l'esprit de l'aveugle des souvenirs qui se levaient lentement.

Quant à Bianca, tout de suite Juana s'était prise pour elle d'une affection mêlée de pitié. La jeune fille, d'abord ombrageuse, habituée à se replier sur elle-même, avait ensuite trouvé un grand charme à se révéler ; elle qui n'avait jamais eu personne à qui confier ses tourments intimes, pouvait maintenant parler librement, et l'éternel sujet de sa conversation, c'était sa mère. Bianca avait en Roland une confiance illimitée. Elle acceptait la séparation qui lui était imposée, persuadée que cette séparation prendrait fin bientôt, et qu'elle serait unie à Imperia enfin arrachée par Roland à cette existence trouble dont elle ne devinait pas le sens.

Le soir où Sandrigo s'arrêtait non loin de la maison, Juana et Bianca avaient vaqué à leurs occupations coutumières avec cette gaieté que les femmes mettent aux travaux domestiques quand elles ont l'esprit paisible. Elles avaient desservi la table, lavé et rangé la vaisselle, balayé leur intérieur en bavardant de choses sans intérêt et prodigieusement intéressantes que le vieux Candiano écoutait avec une extase souriante.

Puis Juana avait conduit l'aveugle dans la chambre qu'il occupait, lui avait souhaité une bonne nuit, l'avait filialement embrassé et était revenue auprès de Bianca. La porte et les volets des fenêtres solidement fermés, les deux jeunes femmes, assises à une table, dans la lumière d'un flambeau, s'occupèrent de raccommodages.

Juana surveillait Bianca du coin de l'œil, et lui montrait les fautes de couture qu'elle commettait à chaque instant. Car Bianca qui savait la musique et la broderie ne savait pas coudre. Et à chaque point de travers, c'était un éclat de rire.

Il faut dire que Bianca s'intéressait à ces humbles travaux beaucoup plus qu'aux travaux d'art que lui avait enseignés sa mère (1). Elle y trouvait un repos d'esprit qu'elle n'avait jamais eu, une sorte de douceur paisible où se complaisait son âme simple, antithèse de l'âme violente et compliquée de sa mère.

L'heure vint enfin où Bianca se retira aussi dans sa chambre.

Juana demeura seule.

Elle était songeuse et un peu triste.

Peut-être rêvait-elle à sa jeunesse qui s'écoulerait perdue, sans amour...

Sans amour !...

Pourquoi donc ?... Parce que Juana, ayant sacrifié son corps par le plus extraordinaire dévouement, croyait avoir sacrifié son cœur du même coup ! Parce qu'il lui semblait qu'il lui était défendu d'aimer selon son cœur depuis le jour où, pour acheter des médicaments pour Silvia mourante, elle s'était faite courtisane !

Ce sacrifice était sans doute plus grand encore que Roland n'avait pu l'imaginer.

C'est ce que nous allons voir.

Au moment où Juana s'apprêtait à regagner sa chambre, on heurta la porte au dehors.

Juana se dressa toute droite et écouta.

Elle n'avait pas peur pour elle. Habituée au danger et à la dure, elle ne redoutait pas une attaque et elle se sentait de force à se défendre. Mais les instructions qu'elle avaient reçues de Roland et qu'elle avait juré d'observer étaient formelles :

N'ouvrir à personne ; vivre dans l'isolement le plus complet jusqu'à ce qu'il revint.

Au moment où elle entendit frapper, elle se hâta d'éteindre le flambeau et demeura immobile, résolue à ne pas répondre, réfléchissant que l'inconnu qui heurtait à cette heure avait dû escalader le mur qui clôturait le jardin. Ce n'était ni Roland ni Scalabrino qui avaient seuls un signal de reconnaissance.

On frappa encore, mais sans rudesse, avec une sorte de timidité.

Et, à voix basse, celui qui heurtait appela :

— Juana !...

A cette voix, à son nom ainsi prononcé, la jeune femme tressaillit et pâlit.

— Lui ! murmura-t-elle avec agitation. Lui ici !...

— Juana ! répéta la voix, je sais que tu es là ! Je suis poursuivi, traqué... tu me laisseras donc prendre !...

Juana ralluma le flambeau. Elle apparut d'une pâleur de cire ; ses mains tremblaient légèremnt ; elle jeta un regard d'angoisse sur la porte par où Bianca et le vieux Candiano avaient disparu ; elle ferma cette porte à clef, et mit la clef dans son corsage.

— Par pitié, sinon pour un autre sentiment, supplia la voix, cache-moi quelques minutes, Juana !... Hélas, dans un instant, il sera trop tard !...

Juana alla à la porte, et, tremblante, agitée de mille sentiments, demanda :

— Est-ce toi, Sandrigo ?

— Oui, oui, c'est moi ! Ne reconnais-tu donc plus ma voix !... Oh ! je suis perdu ! Voici qu'on vient !...

Juana ouvrit...

— Par tous les diables d'enfer, ricana Sandrigo en entrant, j'ai cru que tu me laisserais sécher à ta porte comme un vieux cep de vigne qui ne donne plus de raisin !

Juana étouffa un cri de terreur. Ce ton imprévu, l'allure sinistre de Sandrigo, le rapide regard investigateur qu'il jeta autour de lui, tout prouvait à la jeune femme que le bandit venait avec des intentions malfaisantes.

— Tu as menti ! dit-elle. Tu n'es pas poursuivi !

— C'est vrai, Juana ! dit-il en riant.

— Va-t'en !... Oh ! va-t'en vite !

— Je m'en irai tout à l'heure, sois tranquille !

— Que veux-tu ?

(1) *C'est ce que constatent les auteurs du temps qui tous signalent avec étonnement la curieuse anomalie : la courtisane Imperia, fastueuse et lubrique ; sa fille, sérieuse, modeste, vivant exemple de pudeurs et de vertus domestiques.*

Pasquali film. Exclusivité Gaumont.

— *Eh bien, maintenant, demanda Sandrigo, me donnerez-vous votre fille !...*

Pasquali-film. Exclusivité Gaumont.

— Signorina, dit Sandrigo, je vais vous conduire auprès de votre mère.

Pasquali-film. Exclusivité Gaumont.

Les bandits de Sandrigo avaient consciencieusement exécuté, dans la Grotte Noire, la rude consigne reçue de lui.

Pasquali-film. Exclusivité Gaumont.

Bembo demanda : — Où allez-vous me conduire ?... Et Sandrigo lui répondit : — A Venise, où vous êtes attendu.

— Ce que je veux ! Te voir, mort diable !... Il me semble que jadis, je ne te faisais pas peur !

Juana respira, rassurée à demi.

Sandrigo se rapprocha brusquement d'elle et, d'une voix ardente, murmura :

— As-tu donc oublié, Juana, que je t'ai aimée... que tu m'aimais, toi aussi, et que tu m'aimes encore, je le sens, je le vois. Ose dire le contraire ! Tu m'aimes, Juana, et c'est ainsi que tu me reçois ?...

Juana, peu à peu, reprenait toute sa présence d'esprit.

Les dernières paroles du bandit amenèrent sur sa joue une vive rougeur, et elle dit simplement :

— Oui, Sandrigo, je t'ai aimé. Autrefois, dans mes rêves de jeune fille, je me voyais ta femme, je te conservais ma foi, et je songeais à toi comme à l'homme près de qui je serais heureuse de vivre...

— Tu vois !...

— Mais ce rêve n'était qu'un rêve, Sandrigo !... fit-elle en pâlissant. Un événement s'est accompli qui nous sépare à jamais...

— Je comprends ! Tu en aimes un autre !...

Elle secoua la tête :

— Mon cœur ne se donne pas deux fois, et je suis prête à mourir pour toi, maintenant comme jadis...

Son front se courba ; deux larmes, deux perles de candeur jaillirent de ses yeux.

— Sandrigo, murmura-t-elle, je ne suis plus digne de toi... Va-t'en... ne songe plus à moi !

— Quelle est cette chanson ? ricana le bandit. Il est vrai que je t'ai toujours connu des idées étranges ; tu étais farouche comme une fille de patricienne ; tu m'aimais, tes yeux me le disaient, et toujours tu me résistas, toujours tu refusas de m'accorder le moindre baiser... Aujourd'hui, c'est autre chose... Je ne te comprends pas. Je reviens décidé à t'épouser, à t'offrir cette vie à deux que tu rêvais...

— Impossible ! Impossible ! dit-elle en tordant ses mains. Tais-toi ! Tu me brises le cœur... Va-t'en !...

Sandrigo s'assit tranquillement.

— Or çà, dit-il, puisque tu ne veux pas entendre parler d'amour, parlons d'autre chose. Comment se fait-il que je te retrouve ici par le plus grand des hasards, après t'avoir vainement cherchée à Venise ? Tu étais pauvre ; je te vois dans une maison bien installée. En quelle qualité ?...

Juana se taisait, palpitante.

— Oh ! je comprends, s'écria tout à coup le bandit, voilà donc pourquoi tu n'es plus digne de moi !... Tu es ici chez ton amant !

Juana eut un douloureux tressaillement. Elle commença un geste de protestation violente. Elle voulut crier :

— Non, Sandrigo, non, je n'ai pas d'amant, et je n'aime que toi !

Mais le geste de protestation ne s'acheva pas. Les paroles ne jaillirent pas de ses lèvres.

La singulière attitude de Sandrigo, son sourire, l'étrange regard qu'il lui jetait lui furent une soudaine révélation.

Elle eut conscience que les êtres commis à sa garde couraient un mortel danger.

— Ose donc dire que ce n'est pas vrai ! ricana le bandit.

Et Juana répondit avec un accent de morne désespoir :

— Eh bien, oui, c'est vrai. J'ai un amant. Je suis ici chez lui. Il est absent. Il va revenir. S'il te voit ici, je suis perdue, et toi aussi.

. . . .

Un soir d'hiver, dans le pauvre logis du port de Venise, comme Juana raccommodait quelques hardes de Scalabrino et que celui-ci s'occupait à nettoyer un pistolet, on heurta d'une certaine façon à la porte.

— C'est un ami, dit Scalabrino.

Il ouvrit. Un jeune homme d'une belle prestance, d'une mâle beauté, entra.

— Sandrigo ! exclama Scalabrino. Que se passe-t-il ?

— Pas grand'chose, sinon que j'ai été serré d'un peu près et que je viens chercher asile.

A cette époque, Juana avait environ seize ans.

Cette scène se passait un an avant les événements que nous avons racontés au début de ce récit, c'est-à-dire un an avant l'arrestation de Roland Candiano.

Il n'est pas inutile de rappeler qu'une haine sourde et inavouée animait Sandrigo contre son chef de bande. Cette haine, on ne l'a pas oublié peut-être, était née du jour où la courtisane Imperia prise par Sandrigo avait été amenée par lui dans les gorges de la Piave. Mais Scalabrino ne se doutait guère qu'il était détesté ainsi par son lieutenant.

Il se contenta donc de répondre :

— Entre, frère. Juana, vois si tu peux donner à manger à Sandrigo.

Juana s'empressa. Sandrigo but, mangea, se roula dans une couverture, et, fatigué, s'endormit bientôt. Lorsque la petite Juana se retira dans le taudis qu'elle habitait sur le même palier, elle jeta un dernier regard sur Sandrigo endormi.

Cette nuit-là, pour la première fois, la jeune fille dormit mal.

Sandrigo demeura huit jours dans la maison. Il passait ses soirées à raconter ses prouesses, et Juana admira sa hardiesse et sa bravoure comme elle avait admiré sa force et sa beauté.

La veille de son départ, Sandrigo et Juana se trouvèrent seuls, Scalabrino étant sorti.

Le bandit parlait comme à son habitude de ses courses dans la montagne.

Il s'interrompit tout à coup pour s'écrier :

— Sais-tu que tu es bien jolie ?...

Juana baissa la tête. C'était une petite sauvageonne qui ne savait rien. Elle rougit beaucoup ; puis elle pâlit lorsque Sandrigo lui prit la main et lui dit en souriant :

— Veux-tu être ma femme ? Je t'emmènerai dans la montagne, tu vivras parmi les fleurs sauvages, parmi les myrtes et les lentisques qui sentent si bon. Je te donnerai des robes de princesse, et tu seras comme une petite reine de la montagne.

Alors elle le regarda dans les yeux et répondit :

— Je veux bien être ta femme ; car je ne connais personne de plus beau que toi. Allons donc trouver un prêtre qui nous unira, et je te suivrai partout où tu iras, comme une femme doit suivre son mari...

Sandrigo voulut serrer la jeune fille dans ses bras.

Mais elle se dégagea, légère et farouche, et courut s'enfermer dans son logis.

Le lendemain, Sandrigo partit.

Mais sans doute Juana avait produit sur lui une forte impression, car, depuis, il revint souvent. A chacun de ses voyages, il devenait plus pressant, plus entreprenant. Mais Juana secouait la tête, lui échappait toujours et répétait :

— Je te suivrai, fidèle et soumise, lorsque nous serons unis.

Puis survinrent les événements que nous avons racontés. Sandrigo disparut après l'arrestation de Scalabrino. Peut-être finit-il par oublier Juana.

Mais Juana ne l'oublia jamais !...

Et malgré la longue absence, elle songeait :

— Il m'aime ! Il reviendra un jour, et je serai sa femme.

Tel fut le roman d'amour de la pauvre Juana.

Quelles durent être les pensées de cet ange le soir où, tandis que la vieille dogaresse Silvia se mourait, elle descendit pour se procurer les médicaments qui pouvaient la sauver !

A quelles sources inconnues de dévouement puisa-t-elle la force nécessaire pour un tel sacrifice !

Et lorsque, après de longues années, elle revoyait celui qu'elle aimait toujours, quel dut être son désespoir en répondant à Sandrigo :

— Oui, j'ai un amant !... Et je suis ici chez lui !

. . . .

A ces derniers mots, Sandrigo se leva soudain. Sa figure devint menaçante.

— Juana, gronda-t-il, tu mens. Tu n'as pas d'amant. Tu vis ici avec l'ancien doge de Venise Candiano et la fille de la courtisane Imperia.

Juana étouffa une exclamation de terreur et regarda autour d'elle, cherchant une arme, décidée à tuer l'homme qu'elle aimait. Sandrigo surprit ce regard et la volonté farouche qu'il contenait. Il haussa les épaules.

— Écoute, reprit-il d'une voix sombre, il y a deux hommes qui m'ont offensé mortellement. Entre eux et moi, c'est une lutte sans pitié. Tu les connais. Je n'ai pas besoin de les nommer. Maintenant, j'ai besoin, moi, de la petite Bianca, qui se trouve sous ta garde. Je ne veux lui faire aucun mal. Loin de là, je veux simplement la ramener à sa mère. Ceci est utile à mes projets. Es-tu avec moi contre mes ennemis ?... Si oui, viens : un prêtre nous unira, tu seras ma femme pour toujours. Tu me dis que tu n'es plus digne de moi. Mais je ne veux pas comprendre ce que tu entends par là. Je sais une chose, c'est que je t'aime et que tu m'aimes. Tu vas donc venir avec moi à Venise ; tu raconteras tout ce qui s'est passé ici ; puis de là, nous irons trouver un prêtre qui nous unira. Eh bien, que dis-tu, Juana ?...

— Je dis que, moi vivante, Bianca ne sortira pas d'ici !

Elle prononça ces mots en serrant les dents, sur un ton d'indomptable énergie.

— Ainsi, reprit le bandit, tu es contre moi ?

— Oui !

— Et tu dis que tu m'aimes ?

— Oui !

— Tant pis, rugit Sandrigo, c'est toi qui l'auras voulu !

En parlant ainsi, il se jeta sur la jeune femme qu'il renversa. Entre eux, la lutte ne pouvait être longue. En quelques instants, Juana se trouva bâillonnée et liée. Sandrigo leva son poignard. Mais peut-être une lueur de pitié vint-elle éclairer cette âme obscure, car le bras levé pour frapper retomba.

— Au fait, murmura-t-il, c'est inutile. Et puis, je ne suis pas fâché qu'elle leur raconte. Ils verront à quel homme ils ont affaire !

En renversant Juana, il avait touché la clef cachée dans le corsage de la jeune fille. Il prit cette clef, ouvrit la porte qui conduisait à Bianca.

Là, il hésita un instant.

— Faut-il m'embarrasser du vieux ? murmura-t-il. A quoi bon ? Fou et aveugle, qu'il achève de mourir lentement !

Alors, résolument, un flambeau à la main, il entra et se trouva dans une pièce vide.

Il alla plus loin, pénétra dans une autre pièce ; c'était celle où dormait le vieux Candiano.

Le bandit s'approcha doucement du lit du vieillard et le contempla une minute avec un sourire narquois.

— Cela ne vaut pas un coup de poignard ! finit-il par murmurer.

Le bruit qu'il avait fait réveilla sans doute le vieillard, car ses yeux s'ouvrirent. Et ces yeux vides, sans regard, se fixèrent dans le vide, avec une étrange expression.

Sandrigo, brave comme un bandit devant un danger physique, frissonna d'une terreur superstitieuse.

Il lui sembla que ces yeux contenaient une menace.

Il recula lentement, et sans bruit referma la porte. Alors il eut un ricanement et haussa les épaules.

— Voilà que j'ai peur, maintenant ! gronda-t-il. Peur de quoi ? De ce vieux fou ?... Allons ! à la besogne !

Il reprit résolument le chemin qu'il avait parcouru en sens inverse et s'arrêta devant une autre porte.

Il l'ouvrit avec précaution, passa la tête dans l'entre-bâillement et sourit.

— C'est là, murmura-t-il.

C'était là, en effet. Bianca dormait d'un sommeil paisible d'heureuse enfant. Un léger sourire voltigeait sur la corolle carminée de ses lèvres. Son beau bras blanc était rejeté hors du lit. Le mouvement régulier de la respiration soulevait lentement son sein de vierge. Le bandit ne put retenir une sourde exclamation.

— Par les saints, qu'elle est belle ! songea-t-il.

Une brusque lueur s'alluma dans ses yeux, et peut-être quelque odieuse pensée traversa-t-elle son cerveau. Mais il se calma, songeant sans doute qu'il était là pour faire une bonne affaire et non pour s'abandonner à la passion qui naissait dans ses sens, violente et brutale comme sa nature.

Bianca ne s'était pas réveillée.

Sandrigo posa son flambeau sur une table, s'efforça de donner à son visage une expression de douceur et toucha du bout du doigt l'épaule nue de la jeune fille.

Au contact de cette peau satinée, tiède et parfumée, une griserie soudaine l'envahit.

Il se courba, la tête perdue.

Ses lèvres violentes se posèrent sur les lèvres de Bianca.

La jeune fille se réveilla, ouvrit des yeux épouvantés et eut un brusque recul d'horreur en même temps qu'elle s'enveloppait de ses couvertures et jetait un cri terrible :

— Juana ! Juana !...

Un sourd gémissement lui répondit.

Sandrigo avait repris son sang-froid.

— Imbécile ! songea-t-il, je vais gâcher une magnifique occasion de fortune !

Bianca, maintenant, n'osait plus faire un geste ; la voix expirait dans sa gorge angoissée ; elle tremblait et fermait instinctivement les yeux. Seulement, l'horreur était encore plus forte que l'épouvante ; d'un mouvement machinal de la tête elle essuyait ses lèvres sur la couverture.

— Rassurez-vous, signora, dit Sandrigo ; je ne vous veux aucun mal. Ecoutez-moi sans terreur, je vous prie, et prenez note de mes paroles, car nous n'avons pas de temps à perdre. Je vous jure qu'aucun mal d'aucune sorte ne vous sera fait. Il est d'ailleurs inutile d'appeler Juana. Elle n'est plus ici. Vous m'écoutez, n'est-ce pas ?

Bianca fit un signe.

— Bien, reprit Sandrigo. Voici ce que j'ai à vous dire. Je viens de la part de votre mère.

— Ma mère ! exclama Bianca.

— Oui : la signora Imperia. C'est elle qui m'envoie, et pour preuve que je vous dis la vérité, je vais vous raconter ce qui vous est arrivé. Vous avez été enlevée de la maison de votre mère malgré elle, sinon malgré vous. La signora Imperia est désespérée. Elle s'est adressée à moi pour vous retrouver. Me croyez-vous ?

Tout cela parut naturel et vraisemblable à la jeune fille, qui murmura :

— Continuez.

— Bon ! songea le bandit. La bataille est gagnée !

Et tout haut, il continua :

— Votre mère la signora Imperia m'a donc supplié de me mettre à votre recherche. J'ai accepté, j'ai entrepris de vous retrouver et j'ai été assez heureux pour aboutir à cette maison où vous étiez séquestrée par votre ravisseur... Oh ! ne protestez pas, c'est inutile... Or, voici maintenant ce que je viens vous dire. Je vais me retirer dans la pièce voisine où j'attendrai dix minutes. Vous mettrez ces dix minutes à profit pour vous habiller et être prête à me suivre...

— Vous suivre ! s'écria la jeune fille qui reprenait peu à peu toute son énergie. Jamais ! Qui me prouve que vous venez de chez ma mère ?

— Vous me suivrez volontairement, je l'espère, dit Sandrigo. Je viens si bien de la part de la signora Imperia qu'elle m'a donné des instructions formelles et m'a enjoint d'employer la violence, si, par impossible, vous étiez assez dénaturée pour vous refuser à venir consoler une mère qui pleure et souffre.

— Que faire ? que penser ? balbutia la jeune fille atterrée.

— Donc, continua le bandit impassible, je pense que dans dix minutes vous me suivrez de bon cœur, et je vous jure que demain vous serez en sûreté dans le palais de la signora Imperia. Quoi qu'il en soit, quoi que vous décidiez, dans dix minutes j'entrerai ici. Habillée ou non, je vous saisirai, je vous lierai, et vous emporterai par violence si vous refusez de me suivre.

En disant ces mots, Sandrigo s'assura par un rapide regard circulaire que la chambre ne comportait ni porte ni fenêtre par où la jeune fille pût s'évader.

Alors, il s'inclina froidement et non sans une sorte de galanterie ironique, puis il sortit.

Bianca, terrorisée, s'habilla en toute hâte.

Elle était convaincue que cet inconnu lui disait la vérité. Toutes ses paroles concordaient avec les circonstances de son enlèvement. Sûrement sa mère devait être désespérée. Sûrement, elle avait dû chercher à la retrouver !

Toute résistance parut impossible à la jeune fille.

Elle ne manquait pas de courage et était résolue à se défendre si cet homme avait menti. Elle glissa dans son sein un petit poignard, et lorsque Sandrigo, sans s'annoncer, ouvrit la porte au bout de dix minutes, il trouva Bianca habillée complètement.

— Etes-vous prête à me suivre ? demanda-t-il.

Bianca eut une seconde de terreur folle en se retrouvant en présence de cet homme, et de nouveau, elle jeta le même appel désespéré :

— Juana ! Juana !...

— Je vous répète que Juana n'est plus ici, dit le bandit. Finissons-en. Etes-vous prête ? Ou dois-je employer la violence... ce que je ferais à grand regret, je vous jure, mais sans hésitation !

Sandrigo s'exprimait avec un calme résolu et une sorte de politesse froide.

Bianca le regarda.

Elle eut le geste d'une personne qui prend une résolution extrême en se fiant au hasard et répondit :

— Je suis prête, monsieur.

— A la bonne heure ! fit rondement le bandit. Eh ! par la vierge Marie, faut-il tant de façons à une honnête fille comme vous pour aller retrouver une mère en larmes !

— Marchez, je vous suis !...

Sandrigo saisit la jeune fille par le bras et l'entraîna rapidement. A ce contact brutal, elle eut un mouvement de révolte et l'âpre souvenir de ce baiser qu'elle avait reçu, qu'elle avait subi, la fit se raidir affolée, mais il était trop tard ! Sandrigo la tenait. Bianca comprit que toute tentative lui serait fatale et que cet homme s'exaspérerait dans une lutte...

Elle suivit !...

Sandrigo traversa la maison à grands pas, franchit le jardin, et quelques minutes plus tard, arrivait à la carriole dont il avait attaché le mulet à un arbre du chemin.

— Montez, signora ! dit-il.

Bianca, défaillante, monta dans la carriole. D'un bond, Sandrigo prit place près d'elle, fouetta son mulet ; la carriole partit rapidement.

L'aubergiste n'avait pas menti : le mulet trottait comme un bon cheval.

Deux heures de course rapide amenèrent Sandrigo aux lagunes. Il s'arrêta au point où il avait laissé la barque. Le vieux marin qui l'avait amené était là.

— Embarque ! dit-il. Je commençais à ne plus t'attendre !

Sandrigo sans répondre sauta à terre. Il se retourna vers Bianca et s'aperçut alors que la jeune fille s'était évanouie.

— Tant mieux ! fit-il entre les dents, cela simplifie les choses.

Il la saisit dans ses bras pour la transporter jusqu'à la barque. Et lorsqu'il la tint contre sa poitrine, lorsqu'il sentit le doux parfum de ses cheveux monter jusqu'à lui, il eut encore une minute de cette ivresse affolante qui dans la maison de Mestre l'avait déjà fait palpiter.

— Ah ! ah ! ricana le marin. Je comprends maintenant !

— Tais-toi, imbécile ! gronda Sandrigo que cette exclamation ramena brusquement à la réalité.

Il déposa la jeune fille sous la tente de la barque et la couvrit soigneusement d'un manteau de marin. Il jeta encore sur elle un long regard passionné.

— Qu'allons-nous faire de cette carriole et de ce mulet ? demanda le marin.

— Je te les donne ! dit Sandrigo. Ce sera le prix de ta course.

— Peste ! fit le marin en écarquillant les yeux, tu deviens grand seigneur !

Sandrigo fit un geste d'impatience.

— Dépêchons, dit-il d'une voix brève.

Le marin avait appelé son mousse.

— Tu vas, dit-il, conduire cette carriole à Mestre, où tu sais, chez notre... ami. Tu l'y laisseras et tu reviendras à Venise comme tu pourras, au plus tôt. Tu diras que c'est une prise.

Cinq minutes plus tard, la barque filait sur la lagune.

Bianca revint à elle au moment où l'embarcation touchait le quai, à l'endroit où Sandrigo s'était embarqué, c'est-à-dire presque en face de ce cabaret louche où il était entré pour trouver le vieux marin.

La jeune fille marchait comme en rêve, les idées en déroute.

Elle vit qu'on l'entraînait dans une maison de sordide apparence, qu'on lui faisait monter un escalier gluant, qu'on la poussait dans une chambre dont elle entendit la porte se refermer à triple tour. Cette fois, Sandrigo avait jugé inutile de lui donner la moindre explication.

La jeune fille, folle d'épouvante, se laissa tomber sur un siège et se prit à sangloter.

A ce moment il faisait grand jour.

Sans perdre un moment, Sandrigo se dirigea en toute hâte vers le palais d'Imperia.

Après des pourparlers avec les valets de la courtisane, il fut enfin admis en sa présence.

— Signora, lui dit-il brusquement, votre fille vous a été enlevée récemment.

Imperia tressaillit, envahie par un soudain espoir.

— Comment le savez-vous ? demanda-t-elle palpitante.

— Il suffit que je le sache, signora, fit Sandrigo avec un sourire. Donc, votre fille Bianca vous a été enlevée par un homme qui vous veut beaucoup de mal...

Les yeux de la courtisane jetèrent un double éclair.

— Un homme que je tuerai ! gronda-t-elle entre ses dents.

Sandrigo entendit l'exclamation et, soudain assombri, répondit :

— A moins qu'il ne meure de ma main... Mais nous traiterons cette question là plus tard, signora. Pour le moment, je viens simplement vous dire que je puis vous faire retrouver votre enfant.

— Vous !...

— Moi, signora.

— Où est-elle ? Parlez !...

— Je vous le dirai quand nous aurons convenu de certaines choses.

— Lesquelles ? Parlez ! oh ! parlez vite !... Tout ce que vous voudrez !... Mais vous avez donc vu ma fille ! ma Bianca ! oh ! si vous avez un cœur, dites-moi seulement qu'elle n'a pas souffert, qu'elle n'est pas en danger !

— Rassurez-vous, signora, dit le bandit presque ému. Votre fille n'a nullement souffert et aucun péril ne la menace. Dans une heure, si vous voulez, elle sera près de vous.

— Dans une heure !...

— Il suffit, madame, que nous nous entendions, affirma Sandrigo.

Agitée de sentiments tumultueux, bouleversée de joie et de crainte, d'espoir et d'angoisse, la courtisane frémit :

— Vous ne voyez donc pas que je meurs d'impatience, s'écria-t-elle. Racontez-moi au moins où vous avez trouvé ma fille, et comment...

— C'est fort simple, madame. Le hasard m'a amené aux portes d'une maison... qui se trouve aux environs de Venise. La vue d'une femme avec qui j'avais intérêt à renouer connaissance m'a arrêté. J'ai observé, écouté, regardé, sans être aperçu. Des bouts de conservation que j'ai surpris m'ont révélé que cette femme était là pour surveiller votre fille. C'est ainsi que j'ai su son nom, et comment et par qui elle avait été enlevée. J'ai attendu un moment favorable, et hier, je suis entré dans la maison. J'ai demandé à la signora Bianca si elle voulait me suivre pour venir vous retrouver. Elle y a consenti, et je l'ai amenée dans un endroit sûr.

— A Venise ? interrogea Imperia palpitante.

— Vous ai-je dit Venise ?... Là ou ailleurs. Mais pas bien loin en tout cas.

Imperia se leva et s'écria :

— Conduisez-moi près d'elle...

— Vous oubliez, madame, que j'ai certaines conditions à vous exposer.

— Combien voulez-vous ?... Parlez vite !

— De l'argent ?... Ah ! madame !...

— Que voulez-vous donc ? fit la courtisane étonnée.

Sandrigo se leva à son tour, et dit

— Regardez-moi bien, madame. J'ai exercé jusqu'à ce jour la noble profession de bandit. Je m'appelle Sandrigo. On me redoute à vingt lieues autour de Venise. Je puis, si je veux, reformer une bande qui terrorisera ce pays... Mais j'ai maintenant d'autres visées. J'ai rendu à la république d'importants services. Le moins que l'on puisse faire, c'est de me donner un grade important dans l'armée du capitaine général. Vienne une occasion, une guerre, et je puis moi-même devenir capitaine général. Je suis brave, je suis fort, je sais l'art de la guerre ; — les bandits, madame, sont des guerriers toujours en guerre ! — En somme, vous voyez en moi un cavalier de belle prestance, soutenu par l'ambition et capable de bien des choses. Trouverez-vous à Venise ou ailleurs un mari plus digne de la signorina Bianca ?...

— Vous ! le mari de Bianca !...

Il y avait dans ce cri une sorte de mépris sauvage.

Sandrigo n'en parut pas humilié.

— J'aime votre fille, reprit-il simplement. Et je sens que la passion qu'elle m'a inspirée n'est pas un de ces vulgaires amours qui s'éteignent avec le temps. Je vais vous en donner une preuve qui m'étonne moi-même. J'ai tenu Bianca en mon pouvoir. Elle était dans mes bras, sans secours possible...

— Eh bien ? murmura la courtisane frémissante.

— Eh bien, elle est pure, madame ! Et, par l'enfer, c'est la première fois qu'une jeune fille sera sortie vierge des bras de Sandrigo !

Un éclair de passion farouche jaillit de son regard. Sa voix devint rauque et son attitude menaçante.

— Réfléchissez, madame, acheva-t-il. Je vous offre la paix et l'alliance. Je dis l'alliance, car vous avez à combattre un terrible ennemi...

— Que voulez-vous dire ? balbutia la courtisane.

— Je veux parler de Roland Candiano !

— Il sera arrêté avant deux jours...

— Lui ! Vous ne connaissez pas cet homme, madame. Moi, je ne l'ai vu que peu d'instants, et je vous affirme que s'il le veut, il tiendra tête à l'armée de Venise tout entière. On a envoyé une centaine de sbires contre lui. Il était seul dans une maison cernée : et il est encore libre. Je vous répète que vous avez besoin de moi. Je vous laisse réfléchir jusqu'à demain. Demain, madame, je deviendrai votre allié et votre fils, ou votre irréconciliable ennemi, à votre choix.

Imperia voulut jeter un cri, retenir le bandit...

Mais déjà Sandrigo s'éloignait rapidement et disparaissait...

La courtisane s'effondra sur un siège, plus désespérée peut-être que le jour où Bianca avait été enlevée.

— Ma fille !... la femme du bandit Sandrigo ! murmura-t-elle. Ainsi, voilà où devait aboutir mon amour maternel... Bianca fleur de chasteté, de naïve innocence et de candeur, n'en est pas moins la fille de la courtisane ! Et que faut-il à une fille de courtisane ? Un bandit !

Elle éclata d'un rire nerveux.

— Un jour, reprit-elle en son navrant monologue, le fils d'un riche marchand a vu ma Bianca. Il s'en est épris. Cet homme me paraissait doué d'intelligence et de bonté ; le mariage fut décidé, et les fiançailles allaient se faire lorsqu'il sut qui j'étais !... Et il partit avec une imprécation. Tous ceux qui ont vu ma fille ont eu ce même regard de curiosité insolente et narquoise qui me perçait le cœur. Une fille de courtisane. Ce ne peut être bon qu'à devenir elle-même une courtisane !... Personne n'a eu pitié d'elle et de moi !...

Elle tressaillit :

— Personne ! J'oubliais cet homme ! Roland a eu pitié, lui !... C'est un regard de miséricorde et non d'insolente volupté qu'il a laissé tomber sur ma fille. Lui seul a respecté son innocence !... Mais cet homme, je le hais. Je le déteste, parce qu'il m'enlève mon enfant, parce qu'il veut me séparer d'elle à jamais !...

Elle eut encore un silence de la pensée.

— Est-ce bien pour cela seulement que je le hais ? reprit-elle sourdement. Je l'ai aimé, cet homme ! Il m'a méprisée, dédaignée !... Oh ! cette nuit où je lui ai fait l'aveu de mon amour et où sa main s'est levée sur moi ! Toute ma vie je sentirai la honte de cette minute abominable... Oui, oui, mère impure, c'est pour cela que tu hais le seul homme au monde qui soit capable de sauver ta fille !... Malheureuse ! C'est parce que tu l'aimes encore ! Tu n'as cessé de l'adorer ! C'est pour lui que tu es venue à Venise, pour lui que tu y es revenue ! Et maintenant cette passion que tu croyais assoupie se réveille et se déchaîne... Et ta haine, c'est de l'amour !

Elle éclata en sanglots et se traîna vers le réduit mystérieux où jadis elle avait conduit son amant Davila.

Le grand portrait encadré d'or était toujours à sa place.

La courtisane eut un frémissement. La terrible scène de l'assassinat de Davila se reconstitua dans son imagination. Comme jadis, elle tomba à genoux, et ses bras se tendirent vers le magnifique portrait, tandis qu'un sanglot soulevait ses seins. A cet instant, Imperia oubliait sa fille, Sandrigo, Bembo et sa haine...

L'amour triomphait en elle.

VII

LE PÈRE

En deux jours, Scalabrino avait vu les chefs auxquels il devait remettre des lettres accompagnées d'instructions verbales. Les bandes étaient dispersées sur un front de trente lieues. Scalabrino passa les deux journées et la nuit à cheval, mangeant à peine, galopant avec une joie frénétique, ne sentant pas la fatigue. Lorsque sa mission fut remplie, il remplaça son cheval épuisé et prit à toute bride le chemin de Mestre, où il arriva le soir vers dix heures, c'est-à-dire en pleine nuit.

Il laissa son cheval à l'auberge où il ne fit que mettre pied à terre, et se glissa vers la maison.

Elle était silencieuse et obscure.

Scalabrino s'arrêta quelques minutes. Un trouble extraordinaire agitait cette rude nature. Scalabrino était encore à la joie ravie de savoir qu'il avait une fille. Cela suffisait à son bonheur.

— Un instant ! grommela-t-il. Il ne faut pas que je tombe là comme un insensé. D'abord, je ne dois pas lui dire que je suis son père. Ça m'est défendu pour le moment... Oui, mais je la verrai. Je lui parlerai. Six jours !...

Une grosse inquiétude le tourmentait. A cette heure-là, Bianca était sûrement couchée et dormait. Quel prétexte donner à Juana pour la réveiller, la voir tout de suite ! Il réfléchit longuement à ce problème, et, n'en trouvant pas la solution, finit par se dire :

— C'était bien la peine de tant courir ! Il faut que j'attende à demain matin ; pas moyen de faire autrement. Entrons toujours... j'aurai au moins de ses nouvelles.

Palpitant, de ses grosses mains tremblantes, il ouvrit la porte du jardin avec une clef que lui avait remise Roland ; il s'avança vers la porte de la maison à laquelle il frappa d'une façon convenue.

Presque aussitôt la porte s'ouvrit, et il vit Juana.

Elle était pâle.

— C'est toi ! fit-elle à voix basse. Enfin !... c'est toi !...

— Un malheur est arrivé ! gronda Scalabrino en entrant.

Juana fit oui de la tête.

Il s'assit, n'osant l'interroger, sûr que le malheur était arrivé à Bianca.

Juana tremblait légèrement. Et elle dit :

— Bianca a été enlevée.

Scalabrino se dressa tout droit, voulut pousser une imprécation, et s'abattit comme une masse.

Juana se précipita vers lui, plus étonnée encore qu'effrayée, et se mit à frotter son front d'eau fraîche.

En quelques minutes, le colosse revint à lui.

— Bianca enlevée ! murmura-t-il.

— Oui, Scalabrino. C'est un malheur, dit Juana en observant le colosse.

Deux grosses larmes jaillirent des yeux de Scalabrino.

— C'est un malheur, reprit Juana. Mais, dis-moi, cet événement t'affecte d'étrange façon, il me semble...

Scalabrino jeta un profond regard sur Juana.

— C'est ma fille ! dit-il simplement.

— Ta fille !

— Oui, Juana. C'est une histoire. Tu la sauras plus tard. Pour le moment, je suis trop abattu.

— Ta fille ! répéta Juana atterrée par cette révélation.

Cependant Scalabrino se secouait comme un chien battu. Il faisait effort pour écarter la douleur profonde qu'il éprouvait.

Et s'il faut tout dire, il y avait en lui un étonnement, et même une sorte de joie lointaine à ressentir pour la première fois ce sentiment de souffrance inconnue. Cela lui faisait une humanité nouvelle, plus compliquée, plus large. Il prenait mieux conscience de lui-même.

Il souffla fortement, s'ébroua et dit :

— Maintenant, raconte-moi comment la chose s'est passée. Et d'abord, connais-tu l'homme ?

Juana devint livide.

Prononcer le nom de Sandrigo, c'était le désigner au poignard de Scalabrino.

Elle jeta un regard d'angoisse sur le géant. Elle le vit encore tremblant et pâle, comme jamais elle ne l'avait vu.

— Une telle douleur chez un tel homme, songea-t-elle ; lorsque cette douleur se transformera en colère, ce sera terrible...

Elle ne pouvait se tromper. Elle connaissait Scalabrino et l'avait vu à l'œuvre. Elle savait qu'il n'aurait plus de repos jusqu'à ce qu'il eût rencontré Sandrigo. Et alors !...

Y avait-il donc encore de l'amour dans le cœur de Juana pour le bandit ? Même après la scène violente, après les sarcasmes, après l'enlèvement de Bianca, lui pardonnait-elle ?...

Nous nous sommes efforcés de peindre ce caractère. Si nous avons tracé un portrait semblable au modèle, on a compris que Juana était une sorte d'incarnation du dévouement. C'était une de ces femmes héroïques et tendres chez qui le sacrifice — état d'âme exceptionnel chez la plupart — devient l'état normal.

En quelques instants, elle eut pris son parti, et avec une netteté de vision aiguë, envisagé l'avenir.

— Eh bien ? reprit Scalabrino, as-tu reconnu l'homme ?

— Je le connais, dit Juana.

— Son nom ?

— Sandrigo.

Le colosse bondit, ses poings énormes se serrèrent violemment, son visage décomposé donna tous les signes de cette colère furieuse qui le faisait si redoutable.

— Lui ! gronda-t-il. Eh bien, tant mieux, par l'enfer ! Le vieux compte que nous avons à régler ensemble va se liquider d'un coup.

Juana, immobile et pâle, assista sans un mot à l'explosion de cette fureur.

Scalabrino, pourtant, se calma presque soudainement. Il essuya son front mouillé et reprit :

— Il n'a enlevé qu'elle ?

— Oui ; le vieillard est toujours là.

— Quand la chose s'est-elle passée ?

— Il y a deux jours, dans la nuit.

— Il a donc forcé les portes ? Elles sont solides, pourtant !

— C'est moi qui lui ai ouvert. Ecoute... Il est venu, il a frappé, j'ai reconnu sa voix, j'ai cru qu'il était poursuivi ; alors j'ai eu peur, et tout a disparu de ma pensée, sinon que je ne voulais pas que Sandrigo fût arrêté.

Elle parlait d'une voix morne, sans accent, sans éclat.

Scalabrino, d'abord étonné, l'observait attentivement. Tout à coup, il comprit ! Il alla à Juana, lui prit la main et murmura :

— Ma pauvre Juana... ma pauvre petite sœur... J'avais oublié cela, moi !... C'est si vieux ! Et je vois que c'est toujours jeune dans ton cœur !... Tais-toi, Juana, tais-toi ; ne me dis plus rien... Je comprends bien des choses que je n'eusse pas comprises avant d'avoir rencontré l'homme qui a fait de moi un homme. Tu aimes toujours

Sandrigo... C'est un malheur, un grand malheur... Car tu ne sais pas. J'aurais dû te dire. Il me hait. Pour moi, ce ne serait rien. Mais il hait aussi Mgr Roland. Je devine : c'est pour l'atteindre, lui, qu'il a enlevé Bianca. Entre lui et nous, c'est une guerre à mort. Ah ! ma pauvre Juana !

Il s'assit tout pensif, hochant la tête, tandis que Juana maintenant laissait tomber ses larmes.

Il reprit :

— Que vas-tu faire ?...

Elle haussa les épaules comme pour signifier qu'elle ne savait pas. Mais elle ajouta d'une voix sourde :

— Ne crois pas au moins qu'il y a eu de ma faute en tout ceci. Je me suis débattue, défendue. Il a fallu qu'il me lie et me bâillonne pour m'empêcher de défendre la jeune fille.

— C'est bon ; n'en parlons plus. Je repars. Sais-tu quelle direction il a pu prendre ?

— Comment le saurais-je ? J'étais liée. C'est le vieillard qui a coupé les cordes hier matin.

Scalabrino voulut se lever pour partir. Mais il s'aperçut alors qu'une immense fatigue le paralysait. Il s'accota à la table, et presque aussitôt s'endormit profondément.

Juana s'était assise et méditait :

— Il m'a demandé ce que je voulais faire !... Le sais-je moi-même ? Ai-je donc quelque chose à faire ?. Le malheur est sur moi. Que Sandrigo soit tué, et je meurs. Qu'il triomphe, et j'assiste à la ruine de ceux que j'aime. De qui dois-je souhaiter la défaite ? Du fils de Silvia ou de Sandrigo ?

Elle s'enfonçait ainsi dans des pensées tortueuses et sombres.

Vers cinq heures du matin, Scalabrino se réveilla tout à coup.

— Je crois que j'ai dormi, dit-il. J'étais si fatigué ! Il y a peut-être une heure que je dors ?

— Il va bientôt faire jour, dit Juana.

Scalabrino tressaillit.

— Elle m'a laissé dormir, pensa-t-il, pour que Sandrigo pût gagner de l'avance !

Il disait peut-être vrai.

En toute hâte, il dévora un repas sommaire que lui prépara la jeune femme. Puis il l'embrassa tendrement et prit congé d'elle en lui disant :

— Dans ce malheur, Juana, c'est peut-être toi qui es la plus frappée. Quoi qu'il arrive, souviens-toi que je suis ton frère et que pour toi je ferais bien des choses. Je vais tâcher de retrouver Bianca. C'est ma vie. Mais écoute... écoute bien, ma sœur : cet homme, ce misérable qui te vole ton pauvre cœur dont il est indigne, eh bien, si je me trouve en sa présence, je te jure de ne pas frapper le premier !

Juana eut un tressaillement de joie profonde.

— Ah ! frère, balbutia-t-elle, tu es vraiment mon bon frère !...

Déjà il s'éloignait rapidement.

Ces deux grands cœurs accomplissaient leur destinée avec une simplicité sublime. Il y avait dans le choc de ces destinées à la fois unies et adverses quelque chose de l'antique fatalité qu'ils subissaient.

Scalabrino regagna l'auberge où il avait laissé son cheval.

Il était désemparé, flottant au gré de sentiments contraires et également forts.

— Ah ! murmura-t-il, pourquoi n'est-il pas là, lui ? Pourquoi dois-je attendre six jours encore son retour ? Il trouverait bien, lui, la parole de vérité consolatrice. Placé entre ma fille que je connaissais à peine et que j'aime de toutes les fibres de mon être, et Juana, cœur adorable, Juana qui est ma sœur depuis des années reculées, il me dirait de quel côté je dois me tourner !

Et toujours cette pensée lui revenait qu'il lui fallait tout d'abord se mettre à la recherche de Sandrigo.

Il s'assit à une table et commanda qu'on lui donnât à boire.

Le coude sur la table, la tête dans la main, il réfléchissait, ballotté par ses pensées, les yeux vaguement fixés sur une petite cour qu'il apercevait par la fenêtre entr'ouverte près de laquelle il s'était assis.

Tout à coup, il aperçut dans cette cour un visage qui le fit tressaillir.

— Que fait ici Gianetto ? murmura-t-il.

Ce Gianetto n'était autre que le marin de la barque qui avait emmené Sandrigo et qui avait été chargé de ramener la carriole.

Le marin causait avec le patron de l'auberge.

— C'est bon, disait celui-ci. Te voilà reposé et restauré.

— Comme je ne l'ai jamais été, maître. Deux jours de bonheur ! Je dirai là-bas comme vous m'avez bien traité.

— J'y compte. Et tu ajouteras que je t'ai donné un écu pour faire la route du retour. Le voici.

— Merci, mon maître. Et quant à la carriole et au mulet, vous témoignerez aussi que je vous les ai remis...

— Ne t'inquiète pas de cela. Va, maintenant.

Le jeune marin salua le patron de l'auberge avec cette grâce innée chez les Vénitiens, et s'en alla, sifflotant une barcarolle entre les dents.

Quelques instants plus tard, Scalabrino, ayant payé sa dépense, monta à cheval et prit au trot la route qu'avait prise Gianetto.

Il ne tarda pas à l'apercevoir à cent pas devant lui et dès lors régla le pas de son allure pour maintenir la distance qui le séparait du marin.

Celui-ci marchait d'un bon pas dans la direction des lagunes.

C'était un jeune homme de vingt-deux ans.

Scalabrino l'avait connu jadis, alors que Gianetto, mousse, servait déjà la mystérieuse association qui s'était faite entre les bandits de la montagne et les marins du port de Venise.

Il l'avait revu incidemment depuis qu'il s'était évadé.

Lorsqu'on fut loin de Mestre, en pleine campagne, Scalabrino rejoignit le marin.

— Eh bien, Gianetto, que diable fais-tu par ici ?

— Scalabrino ? s'écria le marin. Ma foi, je ne te reconnaissais pas sous ton costume de cavalier. Je viens de faire une commission à Mestre et m'en retourne à Venise.

— Moi aussi.

— Nous ferons donc route ensemble ! fit joyeusement Gianetto.

— Soit ! dit Scalabrino. Faisons route ensemble et causons.

Et le colosse, qui avait mis pied à terre, se mit à marcher près de Gianetto, en conduisant son cheval par la bride.

VIII

A L'ANCRE D'OR

Scalabrino, en courant après le marin, n'avait pas de projet fixe ni d'espoir positif. Il savait seulement que Gianetto était plus ou moins affilié à cette sorte de vaste Maffia qui ne comprenait pas seulement les bandes armées tenant la campagne autour de Venise, mais un grand nombre de marins du port.

Il pensait que Sandrigo, chassé de la montagne, abandonné par sa troupe, devait avoir cherché un refuge dans Venise et, en ce cas, il n'était pas impossible que Gianetto l'eût aperçu.

Ce fut, d'ailleurs, Gianetto lui-même qui lui fournit le prétexte à des questions.

— Comment se fait-il, demanda le jeune marin, qu'on ne te voie plus parmi nous et que je te retrouve sur la route de Trévise montant un beau cheval ?...

— Et toi-même, Gianetto, que fais-tu donc par ici ? riposta Scalabrino.

— Moi, c'est autre chose. C'est une commission que j'ai faite à un aubergiste... de nos amis.

— Moi, reprit Scalabrino, c'est encore plus simple... Je me promène, voilà tout.

Le marin cligna de l'œil :

— Tu te promènes en regardant si par hasard il ne pousse pas d'écus parmi les cailloux de la route...

— Heu ! il y a un peu de cela. Et pour qui était-ce, cette commission ?

— Pour le patron de la *Maria*. Tu ne connais pas la *Maria* ? La première barque du port, à la voile ou à la rame.

— Et tu t'en retournes, maintenant ?

— A l'Ancre d'Or.

Scalabrino tressaillit. Ce nom jeté tout à coup dans l'entretien lui fut un trait de lumière. Il se souvint qu'en deux ou trois circonstances, il avait été, lui aussi, à l'Ancre d'Or, et que c'était là un des rendez-vous les plus fréquentés, les plus sûrs pour les bandits que le hasard ou une affaire amenaient à Venise.

L'Ancre d'Or, c'était ce cabaret louche, cette taverne nocturne où Sandrigo était venu.

— J'ai presque envie de t'y accompagner, reprit Scalabrino.

— Viens ! tu seras le bienvenu.

— Oui, mais j'ai quelque sujet de me défier des sbires.

— Bah ! tu sais que jamais un sbire n'a mis les pieds à l'Ancre d'Or... Si... un seul, il y a six mois... il a tenté l'aventure, mais...

— Mais ?...

— Il n'en est plus sorti ! fit Gianetto en éclatant de rire.

— Bah ! et comment cela ?

— Tu connais l'auberge ?

— A peu près.

— Tu te rappelles la trappe qui est dans le fond de l'arrière-boutique ?

— Oui : c'est la trappe de la cave. Une fameuse cave !

— Plus fameuse que tu ne crois...

— Raconte-moi un peu cela. Tu m'intéresses...

— Eh bien, lorsque, par hasard, l'Ancre d'Or reçoit une visite désagréable, le patron, maître Bartolo... tu te rappelles maître Bartolo, je pense ?

— Bartolo le Borgne ; oui, c'est un brave homme.

— Hum ! c'est surtout un homme fort...

— Donc... maître Bartolo, disais-tu ?

— Eh bien, il offre au visiteur déplaisant un gobelet de son meilleur vin, puis un autre, puis un troisième. Lorsque le visiteur en est à son sixième gobelet, il n'a plus les idées très nettes et il a de plus en plus soif. Comprends-tu ?

— Je comprends. Va toujours.

— Alors, maître Baroto invite le visiteur à venir boire avec lui d'un vin qui est meilleur encore, mais qu'il faut boire sur place, dans la cave. Car il est si délicat qu'on ne peut transporter les bouteilles qui le contiennent !

— Ah ! ah ! Et alors ?

— Alors, le visiteur se lève en trébuchant, et maître Bartolo l'invite à le suivre. Il ouvre la trappe et le prie de descendre. Le visiteur descend. Lorsque, par hasard, il témoigne quelque répugnance à cette descente, on en est quitte pour l'aider un peu. Car il y a toujours à l'Ancre d'Or cinq ou six gaillards toujours prêts à rendre service aux braves gens qui veulent visiter la fameuse cave. Enfin, bref, lorsque le visiteur, de gré ou de force, est descendu, maître Bartolo referme tranquillement sa trappe.

— Diable ! En sorte que le visiteur qui descend là pour y boire finit par y mourir de soif ?

— De soif ! s'écria Gianetto. Allons donc !... A peine est-il enfermé dans la cave que maître Bartolo s'en va droit au canal, et par une petite manœuvre connue de lui seul et de quelques rares amis, fait basculer une plaque de fer qui se trouve, dit-on, au-dessous du niveau de l'eau du canal. Cette plaque de fer masque un trou. Et ce trou, c'est la fenêtre de la cave... Alors l'eau se précipite. En quelques minutes, la cave est pleine d'eau... Tu vois que le visiteur n'y meurt pas de soif !

— En effet, dit Scalabrino, pensif et frissonnant. Et tu dis qu'on a fait subir ce supplice à un sbire ?

— Le seul qui se soit aventuré à l'Ancre d'Or. Mais la cave a servi pour d'autres aussi.

— Pour qui ?

— Pour les traîtres. Et pour ceux qui sont désignés à maître Bartolo par le grand chef.

— Bon ! Et qui est-ce, ce grand chef auquel obéit si bien le digne Bartolo ?

— Pourquoi me demandes-tu cela ? fit Gianetto devenu méfiant.

— C'est bien simple. J'en ai assez de la vie solitaire. J'ai voulu agir pour mon propre compte, et cela m'a assez mal réussi. En sorte que je ne serais pas fâché...

— De rentrer au bercail ! dit le marin en éclatant de rire. Tu peux être sûr qu'on tuera le veau gras en ton honneur. Que de fois nous avons parlé de toi ! A la veillée de l'Ancre d'Or, on se raconte tes prouesses comme des légendes. Et ton évasion, surtout !

— Ah ! mon évasion est connue là-bas ? fit Scalabrino en tressaillant.

— De qui veux-tu qu'elle soit connue, sinon de tes anciens amis ? Bref, tu seras le bienvenu.

— Oui, mais tu comprends qu'avant de m'engager, je tienne à savoir à qui je devrais obéir.

— C'est juste... mais...

Scalabrino vit l'hésitation du jeune marin.

—Ecoute, Gianetto, dit-il. Si celui que tu appelles le grand chef ne me convient pas, je te jure d'oublier son nom. Je pense que tu as confiance en moi ?

— Oui, certes !

— Si au contraire il me convient tu auras l'honneur et le profit d'avoir amené une recrue telle que moi !

— Tu as raison, s'écria Gianetto convaincu. Eh bien, l'homme à qui obéit maître Bartolo et qui est notre chef à tous en ce moment, c'est Sandrigo.

Si maître de lui que fût Scalabrino, il ne put retenir une exclamation de joie furieuse.

— Qu'as-tu donc ? fit le marin déjà inquiet.

— Rien ! dit Scalabrino en reprenant son sang-froid. Je suis content que ce soit Sandrigo, voilà.

— Tu le connais donc ?

— Oui, nous avons été de la même bande jadis.

— Tu seras donc des nôtres ?

Scalabrino ne répondit pas tout de suite. Il marcha une centaine de pas en silence. Puis s'arrêtant tout à coup :

— Gianetto, dit-il froidement, il faut que tu me suives.

— Où cela ? demanda le marin étonné et regardant autour de lui avec inquiétude.

— Tu le sauras quand nous serons arrivés. Ecoute bien, il ne te sera fait aucun mal. Au contraire, tu as tout intérêt à me suivre. J'ai besoin d'arriver à l'Ancre d'Or sans que j'y aie été annoncé. Et comme malgré tous les serments que tu pourrais me faire, tu n'aurais rien de plus pressé que de raconter l'entretien que nous venons d'avoir, chose qui me serait des plus pernicieuses, je te donne à choisir entre me suivre ou rester ici. Seulement, je te préviens que si tu préfères rester, il faudra que quatre hommes viennent te ramasser pour que tu t'en ailles !

En même temps, le visage de Scalabrino s'assombrit.

Il tira son poignard.

Gianetto devint livide.

— Scalabrino, fit-il d'une voix tremblante, oseras-tu te mettre un tel crime sur la conscience ?

— Non, si tu consens à me suivre de bonne volonté et je te répète que tu n'auras pas lieu de t'en repentir.

— Eh ! par tous les diables, je te suivrai au bout du monde, et même plus loin, jusqu'en Suisse, s'il le faut !

— Viens donc, et tâchons de marcher vite.

Après une heure de marche silencieuse, les deux hommes étaient de retour à Mestre. Avant d'entrer dans la petite ville, Scalabrino se contenta de dire à son compagnon :

— Un cri, un geste pour appeler, et tu auras poussé ton dernier cri, Gianetto !

— Sois donc tranquille ! Maître pour maître, autant toi que Sandrigo !

— Si tu parles sincèrement, je te jure qu'avant peu tu te féliciteras d'avoir quitté Sandrigo et Bartolo.

A Mestre, Scalabrino se procura un deuxième cheval, sur lequel Gianetto se tint tant bien que mal. Dans la même journée, ils atteignirent les gorges de la Piave.

Scalabrino confia son compagnon à trois ou quatre bergers qui semblaient se reposer à l'entrée de la Grotte-Noire. En les regardant de près, Gianetto s'aperçut que ces bergers étaient armés de solides poignards et de pistolets.

Scalabrino, ayant dit quelques mots aux braves bergers sans même descendre de sa monture, fit demi-tour et s'éloigna à fond de train dans la direction de Trévise et de Mestre.

Le cœur du géant bondissait dans sa poitrine.

— Pourvu que le misérable soit là ! gronda-t-il. Pourvu que j'arrive à temps !

En effet, une pensée terrible lui venait maintenant. Il supposait que si Sandrigo avait enlevé Bianca, c'était surtout pour atteindre Roland Candiano. Mais il connaissait assez le bandit pour savoir que la beauté de la jeune fille le frapperait. Or, Sandrigo n'avait jamais reculé devant un viol.

. . . .

Le lendemain du jour où cette scène se passait, vers neuf heures du soir, il y avait une vingtaine de matelots et de barcarols dans la salle de la taverne de l'Ancre d'Or.

— Allons, dehors ! cria tout à coup le patron de la taverne, le digne Bartolo en personne. Il est l'heure de fermer, et je ne tiens pas à m'attirer une visite de messieurs les archers de garde !

La plupart des buveurs payèrent leur écot et s'en allèrent, les uns tout seuls, d'autres accompagnés de filles qui les avaient aidés à vider un pot de vin gris.

Bientôt, il ne resta plus dans la salle que cinq ou six buveurs.

Mais maître Bartolo ne les expulsa pas comme les autres. Il ferma la devanture de sa taverne et rentra dans la salle par une allée latérale.

Bartolo était un homme d'une cinquantaine d'années, d'une force herculéenne.

Un jour, dans une rixe, il avait eu l'œil droit crevé d'un coup de stylet. De là venait son nom de Bartolo le Borgne. Il vivait seul dans sa taverne, qui était plutôt une caverne. Nous voulons dire qu'il n'avait ni femme, ni enfant, ni parent d'aucune sorte, car il y avait toujours « des amis » autour du bandit.

Il avait une physionomie repoussante ; il inspirait aux hôtes qui fréquentaient son cabaret une terreur mêlée de dégoût. Maître Bartolo fermait tous les soirs sa devanture à l'heure du couvre-feu et n'avait jamais maille à partir avec les archers de garde qui faisaient des rondes incessantes dans les quartiers mal famés. Mais, pour les affiliés, la porte s'ouvrait toute la nuit. Là se préparaient les actes de brigandage qui, à cette époque, désolaient Venise la Belle. La haute police vénitienne n'ignorait pas ce qui se passait dans le cabaret de Bartolo, mais jusque-là, par une sorte de faveur inexpliquée, le Borgne n'avait pas été inquiété.

Ce soir-là, en rentrant dans la salle commune, Bartolo jeta un rapide regard sur les cinq ou six buveurs qui étaient restés après la fermeture.

Il les reconnut tous, sauf un qui semblait s'être endormi.

Ce dormeur, vêtu comme les barcarols des quartiers pauvres, tournait le dos au misérable flambeau qui brûlait, accroché au mur.

Bartolo s'approcha de lui et le secoua brutalement.

— Hé ! l'ami, fit-il, que faites-vous là ?

Le dormeur parut s'éveiller tout à coup et fit de la main un geste mystérieux.

Bartolo s'assit et murmura d'une voix basse et soupçonneuse :

— Qui es-tu, toi ?... Tu connais nos signes de reconnaissance, et cependant je veux aller au diable si je me rappelle avoir jamais vu ta figure !

En parlant ainsi, il cherchait à dévisager l'inconnu, et il remarqua alors que cet homme était taillé en hercule.

— Que t'importe mon nom ! fit l'inconnu.

— Que veux-tu alors ?

— Voir Sandrigo. Est-il ici ?

— Non.

— Doit-il venir ?

— Peut-être.

— Par l'enfer, parleras-tu, Bartolo du diable !

Le patron de l'Ancre d'Or tressaillit et eut un sourire.

— Bon ! pensa-t-il, j'y suis maintenant !

Et il se hâta de reprendre :

— Eh bien, Sandrigo est à Venise, et je pense qu'il sera ici vers minuit.

— Bien. Dès qu'il sera arrivé, préviens-le qu'un ami veut lui parler. D'ici là, laisse-moi dormir.

L'inconnu s'accouda en effet de façon que son visage demeurât dans l'ombre, et parut reprendre son somme interrompu.

Bartolo se leva, parut s'occuper pendant dix minutes des soins de son cabaret, puis sortit par la porte qui donnait sur l'allée latérale.

Un instant plus tard, Bartolo se trouvait dans l'arrière-salle avec un homme.

Il fit manœuvrer une sorte de judas qui demeurait invisible pour les buveurs de la salle commune et murmura :

— Regarde, Sandrigo !

L'homme qui se trouvait avec le patron de l'Ancre d'Or était en effet Sandrigo.

Le bandit s'approcha du judas.

— Tu vois, reprit Bartolo, ce colosse qui dort à la deuxième table à gauche !

— Je le vois...

— Eh bien, c'est Scalabrino.

Le bandit étouffa un formidable juron de joie. Ses poings se crispèrent. Ses yeux étincelèrent.

— Ce n'est pas tout, reprit le Borgne. Sais-tu ce qu'il vient faire ici ?... Il veut te voir !

— Eh bien ! il me verra ! répondit Sandrigo d'une voix sinistre. La porte du dehors est fermée ?

— Verrouillée.

— La porte de l'allée ?

— Cadenassée. Il ne s'en ira que si tu le veux bien, ce dont je doute ! acheva l'affreux Borgne en éclatant de rire.

— Bien... La trappe ?

Bartolo se précipita et souleva le couvercle de la trappe.

— Laisse-la ouverte ! dit Sandrigo. Bon. Maintenant va me chercher tout ce qu'il y a de monde ici.

Bartolo rentra dans la salle commune. Il jeta un coup d'œil sur Scalabrino, qui paraissait toujours dormir. Il ne restait plus dans la salle que cinq buveurs attablés. Bartolo fit le tour des tables et esquissa un signe rapide en passant devant chacun d'eux.

Puis il alla s'asseoir près de Scalabrino et murmura :

— Sandrigo ne va pas tarder à arriver. Je vais faire place nette pour que vous puissiez causer à votre aise.

— Voilà bien des attentions, maître Bartolo ! fit Scalabrino en ouvrant un œil soupçonneux.

— Dame, je suppose que si vous voulez parler à Sandrigo, c'est pour affaire importante !

— C'est vrai ! dit Scalabrino rassuré. Affaire importante... Très bonne affaire pour lui.

— Et pour vous ! ricana le patron de l'Ancre d'Or !

Il se leva et se mit à gronder :

— Allons, les retardataires, dehors ! Pas une minute de plus, ou sans ça, je n'ouvre pas demain !

Comme s'ils eussent été effrayés par cette menace, les cinq buveurs se hâtèrent de vider leurs gobelets et sortirent par la porte de l'allée. Seulement, au lieu de tourner vers la rue, ils tournèrent vers l'arrière-salle où se trouvait Sandrigo.

Cette manœuvre échappa complètement à Scalabrino.

Bartolo poussa à grand fracas des verrous, grommela, gronda, puis revint dans la salle commune en disant :

— Nous voilà complètement seuls. Tu n'as plus besoin de faire semblant de dormir, Scalabrino.

— Ah ! fit tranquillement le colosse, tu m'as reconnu ?

— Penses-tu que j'aurais pris pour un autre les précautions que j'ai prises ?

Bartolo éclata de rire en songeant au double sens de cette exclamation.

— Merci, dit Scalabrino. Penses-tu que Sandrigo tardera longtemps ?

— Il est là, et si tu veux lui parler, tu n'as qu'à me suivre.

— Où cela ?... Pourquoi ne vient-il pas ici ?

— Ecoute, je ne sais pas, moi ! Il m'a dit qu'il t'attend, voilà tout. Maintenant, si tu ne veux pas, si tu n'as rien à lui dire, tu peux rester ici ou t'en aller, à ta guise.

Scalabrino songea à ce que lui avait raconté Gianetto. En imagination, il vit la trappe, et il eut l'intuition rapide que c'est là qu'on cherchait à l'entraîner.

Mais Scalabrino était d'une bravoure de fataliste. Il avait en sa force herculéenne une confiance sans bornes. Il hésita une minute, puis sourit dédaigneusement.

— Ils ne sont que deux, songea-t-il. C'est trop peu pour moi !

Et il se leva en disant :

— Allons !

— Oh ! ça n'est pas loin ! s'écria le Borgne avec un empressement qui eût dû paraître suspect au visiteur.

Scalabrino suivit le patron de la taverne et entra résolument dans l'arrière-salle. Un rapide regard circulaire acheva de le rassurer. Il n'y avait, dans cette pièce, qu'un seul homme, Bartolo s'étant discrètement retiré.

Et cet homme, c'était Sandrigo.

Il était assis à une table sur laquelle brûlait un flambeau et attendaient deux gobelets près d'un broc.

Il était tourné vers la trappe demeurée ouverte.

La table se trouvait à trois pas de la trappe

En sorte que Scalabrino, en s'asseyant en face de Sandrigo, devait se trouver à deux pas du trou auquel il eût tourné le dos.

Scalabrino vit-il la trappe ? Eut-il conscience de cette sorte de mise en scène ? Fut-ce chez lui une bravade téméraire ?... il vint s'asseoir, très calme en apparence, à la place qui semblait lui avoir été réservée, en disant :

— Salut, Sandrigo. Voilà longtemps que nous ne nous sommes vus.

— Salut, Scalabrino, répondit gravement le bandit. Je suis content de revoir un vieux camarade.

Scalabrino paraissait très calme.

En réalité, il faisait un effort considérable pour ne pas sauter à la gorge de l'homme qui l'avait trahi, poussé dans les prisons de Venise, de l'homme qui venait d'enlever sa fille.

— J'ai juré à Juana de ne pas frapper le premier, gronda-t-il en lui-même.

Il y eut entre les deux hommes une minute de silence tragique, chacun d'eux comprenant que l'autre souhaitait sa mort. Sandrigo surtout était effrayant à voir. Son masque violent se convulsait sous l'effort qu'il faisait pour paraître aussi calme que son adversaire.

Enfin, Scalabrino parla.

— J'ai voulu te voir, dit-il, avant de décider si je dois te considérer comme un homme ou si je dois te tuer comme un chien.

Sandrigo ne broncha pas. Il se contenta de répondre :

— Moi, j'attends que tu aies parlé pour prendre la même décision.

— Voici ce que je suis venu te dire, Sandrigo. La haine est née dans ton cœur bien que je t'aie toujours traité en ami. Cette haine t'a poussé à un crime abominable que les lois de la montagne punissent de mort : tu m'as dénoncé. C'est toi qui m'as fait arrêter. Avoues-tu ? Ou nies-tu ?

— Je n'avoue pas, dit froidement Sandrigo ; les coupables seuls avouent.

— Tu nies donc !

— Non ; c'est moi qui t'ai fait arrêter.

— Bien, dit Scalabrino qui frissonna. J'ai passé dans les plombs et les puits six mortelles années. Et quel que soit ton forfait, je ne voudrais pas avoir sur la conscience d'avoir aidé à te faire franchir le Pont des Soupirs. Je me suis évadé. Alors, je t'ai rencontré dans la montagne...

— Oui, le jour où tu m'as volé ma bande, dit Sandrigo en serrant les poings ; le jour où Roland Candiano m'a forcé de crier grâce devant mes compagnons... Après ?

— Après !... Ecoute : c'est là que cela devient terrible. Il y a au monde une femme qui est le plus noble cœur ; je l'aime comme une sœur vénérée ; elle a fait des choses, vois-tu, qui m'ont fait pleurer. Cette femme, tu la connais : elle s'appelle Juana.

Sandrigo eut un sourire narquois.

— Dans tout ceci, continua Scalabrino, il y a un grand malheur. C'est que Juana t'aime. Pourquoi ? Comment ? Je ne sais. Mais elle t'aime, voilà ce qui est sûr. Sans quoi, Sandrigo, je t'aurais déjà tué.

— Après ?...

— Attends. Juana avait reçu en garde une jeune fille...

— Bianca. Je l'ai enlevée, c'est vrai ; et il est encore vrai que j'ai été aidé par l'amour de Juana.

Scalabrino se sentit vaciller. La folie du meurtre immédiat monta à son cerveau.

Il se contint cependant.

— Tu peux racheter tes crimes, dit-il sourdement. Rends-moi cette jeune fille, Sandrigo ; Juana t'aime ; elle sera ta femme ; et toi, je me charge de t'enrichir, de te faire une existence heureuse, cent fois plus que ce que tu peux souhaiter.

— Vraiment ?...

— Je te le jure !

— J'accepterais volontiers, mais il y a deux puissants motifs qui s'y opposent.

— Lesquels ?

— Le premier, c'est que si Juana m'aime, je ne l'aime pas, moi !

— Ensuite ?

— Ensuite, c'est que cette jeune fille que tu me redemandes, cette Bianca...

— Eh bien ?...

— Eh bien, je l'aime !

Scalabrino se leva. Il était si terrible, avec sa figure blanche et ses yeux rouges, que Sandrigo trembla.

— Tu dis que tu aimes Bianca ?

— A moi ! hurla Sandrigo sans répondre.

En même temps, il poussait avec violence la table qu'il avait devant lui. Au même instant, à cet instant où Scalabrino rugissant levait son poignard, six hommes apparurent dans la pièce et se ruèrent sur Scalabrino.

Celui-ci recula pour s'acculer à un coin.

Comme il reculait, il se sentit tomber dans le vide.

Ses deux bras s'étendirent. Ses mains se raccrochèrent au plancher. Sandrigo leva l'escabeau sur lequel il était assis. L'escabeau retomba sourdement sur la tête du colosse. Les mains lâchèrent prise. Il tomba. Bartolo abaissa aussitôt le couvercle de la trappe.

Scalabrino, étourdi par le coup qu'il venait de recevoir, tomba dans le noir.

Sa tête porta encore sur l'une des marches de l'escalier raide par où on descendait dans cette fosse.

Il demeura évanoui.

Une impression de fraîcheur le réveilla soudain.

L'idée du formidable danger qu'il courait se présenta à son esprit avec une promptitude et une netteté terribles. Il se mit debout, vacillant, en proie à ce vertige d'horreur qui raidit les plus forts devant l'inévitable.

Et le récit, l'effroyable récit que Gianetto lui avait fait là-bas, sur la route ensoleillée, se retraça dans son imagination surexcitée avec une intensité de sensation telle que pour une seconde il crut voir la route elle-même, toute blanche, avec ses légers nuages de poussière, ses vieux cyprès centenaires dressés comme de graves personnages qui se saluent, les vertes prairies de la vallée fertile... il crut entendre la voix de Gianetto, narquoise et un peu frissonnante tout de même, lui décrivant l'arrière-salle, la trappe, la cave sinistre et lui disant :

— Tu vois bien qu'on ne meurt pas de soif dans cette cave...

Toute cette fantasmagorie passa comme un éclair.

Autour de lui, tout était d'un noir absolu.

Au-dessus de sa tête, quelque part, il entendait une sorte de grondement sourd, mêlé de sifflements aigus.

En même temps, l'impression de vive fraîcheur montait le long de ses jambes.

Une rauque exclamation de désespoir lui échappa :

— Le canal !... La plaque de fer !... L'eau qui monte !...

Elle montait en effet, assez lentement... mais elle montait !

Le grondement venait de l'eau du canal qui tombait dans la cave. Le sifflement venait de l'air refoulé qui s'échappait par un étroit tuyau pratiqué au plafond.

Pendant quelques minutes, Scalabrino demeura frappé de stupeur, écoutant vaguement le clapotis de l'eau qui formait de petites vagues.

Il en avait maintenant jusqu'aux genoux.

Successivement, les images de Juana et de Bianca se présentèrent à lui, et un sanglot déchira sa vaste poitrine.

— Mourir au moment où j'allais être heureux ! murmura-t-il avec une infinie tristesse.

Puis, ce fut la figure de Roland qui passa devant ses yeux, et il cria :

— O mon maître, où êtes-vous ?...

Le bruit de sa voix assourdie le fit tressaillir.

Il pensa à Sandrigo... Sandrigo qui lui avait brutalement dit sa passion pour Bianca.

Et Bianca était au pouvoir du bandit !

Une sorte de rage s'empara alors de lui. A tâtons, il chercha l'escalier, refoulant l'eau autour de lui, et il se mit à monter. Sa tête heurta la trappe. Il y arc-bouta ses puissantes épaules de cariatide, mais il ne parvint pas à ébranler les formidables ferrures de la trappe. Longtemps, il s'épuisa en efforts inutiles. Et quand il eut bien constaté son impuissance, il s'assit sur une marche, mit sa tête dans ses deux mains et pleura.

Cependant, l'eau montait toujours.

De temps à autre, à des intervalles réguliers, Scalabrino entendait un léger ressac ; c'était l'eau qui avait escaladé une nouvelle marche.

Cet effroyable supplice dura deux heures.

Scalabrino sentit alors l'eau qui atteignait ses pieds. La même impression de fraîcheur ascendante qu'il avait déjà éprouvée au bas de l'escalier se reproduisit.

Alors, la pensée de mourir ainsi lentement, d'attendre que l'eau gagnât sa poitrine, puis sa bouche, cette pensée lui causa une insurmontable horreur.

Il préféra en finir d'un coup.

Sa pensée évoqua une dernière fois, étreignit pour ainsi dire les images de Bianca et de Roland, puis il se laissa glisser dans l'eau noire.

. . . .

Scalabrino était un nageur de première force.

A peine fut-il plongé dans l'eau que l'instinct de la vie, plus fort que le désespoir et l'horreur, se réveilla en lui. Après s'être laissé couler à fond, il remonta à la surface d'un vigoureux coup de talon, et se mit à nager, tournant autour de la cave, repris d'un espoir insensé.

Quel espoir ?... Aucune idée précise. L'espoir est une chose vague, insaisissable. C'est la dernière flamme qui s'éteigne dans l'homme. Les forces physiques agonisent ; le courage déchoit, et l'espoir demeure.

Scalabrino espérait sans savoir quoi.

Il nageait en soufflant fortement, la tête perdue, ne songeant plus à rien au monde qu'à se maintenir au-dessus de l'eau ; il tournait autour de la cave, tâtonnant le mur, cherchant parfois une aspérité où s'accrocher pour se reposer.

Une fatigue énorme s'emparait de lui.

Ses doigts s'écartaient convulsivement. Pourtant, il s'éloignait instinctivement des dernières marches de l'escalier où il eût pu se reposer un instant. Il ne voulait pas se reposer. Le repos, c'était la mort.

Et tout à coup, comme il faisait encore une fois le tour de la cave, ses mains s'accrochèrent à des barreaux épais qui défendaient un trou, une sorte de soupirail ou de fenêtre.

C'est par là que l'eau du canal arrivait dans la cave !

. . . .

En haut, aussitôt après la courte lutte qui s'était terminée par la chute de Scalabrino dans la trappe, Sandrigo avait renvoyé tout son monde et n'avait gardé près de lui que Bartolo le Borgne.

La maison, maintenant, était solitaire.

Les deux bandits achevèrent de consolider fortement le couvercle de la trappe.

— Voilà qui vaut mieux que les puits des prisons, ricana alors Bartolo. On ne s'évade pas d'ici !

— Il ne remue pas ! prononça Sandrigo à voix basse.

Il s'était mis à genoux et avait collé son oreille au couvercle.

Au bout d'un instant de silence, il reprit :

— Je n'entends rien.

— Attends une minute, répondit Bartolo, et tu entendras !

Le patron de l'Ancre d'Or sortit rapidement. Sandrigo demeura seul. Il s'allongea tout de son long sur la trappe, et pesa de tout son poids, comme s'il eût voulu se prouver à lui-même que c'était bien vrai, que son ennemi était bien là, que cet homme à qui il avait voué une haine que des années avaient cimentée dans son cœur était bien dans cette tombe effroyable...

Une indicible expression de joie sauvage bouleversait les traits du bandit.

A cette minute, il éprouvait réellement le bonheur le plus complet qu'il eût eu dans sa vie.

Tout à coup, il entendit au fond de la cave un bruit sourd.

Il sourit.

A ce moment Bartolo rentra et dit :

— Scalabrino a maintenant de quoi boire !

Sandrigo lui fit signe de se taire et écouta, comme s'il eût voulu recueillir les soupirs du malheureux, tous les bruits de cette atroce agonie.

Au bout d'une demi-heure, il demanda :

— Combien de temps cela dure-t-il ?

— Il faut généralement deux heures et demie pour remplir la cave.

Puis ils ne se dirent plus rien.

Sandrigo demeura couché sur la trappe, écoutant.

Bartolo s'était assis et le regardait.

Un silence sourd pesait dans cette salle qu'éclairait la sombre lueur d'une petite lampe à huile.

Enfin, vers trois heures du matin, Sandrigo se leva.

Tout bruit avait cessé.

Le Borgne écouta à son tour, et se relevant tout pâle prononça :

— C'est fini !

Et Sandrigo pensif répéta :

— Oui, c'est fini !...

IX

LA GRANDE COURTISANE

Sandrigo sortit par une porte du fond et monta un escalier aboutissant à l'unique étage qui s'élevait au-dessus du bouge de Bartolo le Borgne. Ce premier étage était divisé en plusieurs chambres dont les portes donnaient toutes sur le même palier.

Le bandit s'arrêta devant l'une d'elles, se pencha, écouta longuement en collant son oreille à la serrure. Aucun bruit ne lui parvint.

— Elle dort ! murmura-t-il.

Alors il se releva, parut hésiter quelques minutes comme si un combat se fût livré en lui-même.

Sans doute Sandrigo était plus calculateur encore que passionné.

Car il passa outre, pénétra dans une chambre voisine et se jeta tout habillé sur un lit, où presque aussitôt il s'endormit d'un pesant sommeil.

Il faisait grand jour lorsque Sandrigo se réveilla. Il songea :

— L'affaire de cette nuit m'a fatigué plus qu'une journée de bataille... Décidément, j'eusse mieux aimé m'en débarrasser d'un bon coup de poignard. Je me sens un homme lorsque je tiens dans ma main mon bon stylet solide, court, aiguisé, brillant.

« Il brille, oui, et je sens alors que mes yeux brillent comme lui... Alors, malheur à l'homme qui est devant moi, sbire ou ennemi ! Mon sang bout, les veines de mon front se gonflent, mon cœur bat du plaisir de la lutte... L'homme se met en garde... attention ! je le frappe, il pare... Ah ! ah ! le voilà touché ! Et lorsque le sang jaillit bien rouge, cela m'enivre, et je frappe encore à coups redoublés... Voilà l'homme à mes pieds, blanc comme un poulet convenablement saigné... et je ne suis pas fatigué, je suis prêt à recommencer !... tandis que cette nuit !... Oh ! cette trappe ! ce trou sombre, les sinistres glouglous de l'eau qui s'engouffre, et ces râles que j'entendais !... ces râles que j'entends encore !... Ah çà ! est-ce que je vais les entendre toujours !...

Il secoua violemment la tête, tout pâle.

Puis, sautant hors de son lit, il commença une toilette méticuleuse, s'habillant de ses vêtements les plus riches, s'ornant de bijoux, et ceignant enfin une épée qui avait dû jadis battre les mollets de quelque gentilhomme.

A mesure qu'il se livrait à cette occupation, ses idées prenaient un autre cours, mais gardaient la même violence.

Sandrigo était impétueux dans le crime et dans l'amour.

Lorsqu'il fut habillé, il parut tel qu'un riche Vénitien de l'époque. Il ne manquait pas d'élégance naturelle, et en dépit des naïves exagérations de son costume, il pouvait passer pour un beau cavalier.

En sortant, il s'arrêta encore devant cette porte à laquelle, dans la nuit, il avait collé son oreille.

La même tentation parut le reprendre.

Il fit un geste comme pour pousser le solide verrou qui fermait cette porte. Mais bientôt il secoua la tête et s'en alla.

Une demi-heure plus tard, il pénétrait au palais ducal.

Et ce n'était pas un des spectacles les moins étranges de cette époque tourmentée que de voir ce bandit hors la loi depuis longtemps, dont la tête était à prix, entrer tranquillement dans le palais du chef de l'Etat.

Sandrigo traversa sans paraître éprouver d'embarras les vastes salles où attendaient des ambassadeurs, où circulaient des officiers, des magistrats, des seigneurs.

Il remit une lettre à un huissier, et s'asseyant sur une banquette en bois, il attendit patiemment.

L'attente dura deux heures, au bout desquelles le même huissier vint le chercher et l'introduisit dans ce cabinet où nous avons vu entrer l'Arétin et Bembo.

Le doge Foscari était là, assis à cette table somptueuse dans sa simplicité, dont les quatre pieds, œuvre de quelque hardi sculpteur sur bois, représentaient le lion de Venise aux ailes déployées.

Foscari jeta sur son visiteur un regard presque indifférent.

— Monsieur, dit-il, vous m'avez fait remettre une lettre de notre grand inquisiteur Dandolo qui vous recommande à notre bienveillance.

Foscari, qui devant les patriciens de Venise affectait la plus grande modestie, prenait au contraire les allures et le langage d'un monarque dès qu'il se trouvait seul en présence d'un étranger.

Il continua :

— Mais, par un étrange oubli, cette lettre qui vous recommande de la façon la plus pressante oublie...

— Mon nom, n'est-ce pas, monseigneur ?

— En effet, dit le doge étonné. Et je dois dire que sans la grande affection que j'ai pour notre grand inquisiteur, je ne vous eusse pas reçu.

Foscari ne disait pas qu'au contraire cette mission qu'il avait devinée volontaire avait excité sa curiosité.

— C'est moi-même, reprit Sandrigo, qui ai prié monseigneur Dandolo de ne pas dire mon nom, craignant de ne pas avoir l'honneur d'être admis en votre présence. Permettez-moi donc de me nommer moi-même.

Le doge fit un geste.

— Monseigneur, acheva le bandit, un des premiers actes de votre haute magistrature a été de mettre ma tête à prix : je suis Sandrigo. Et je suppose que ce nom me dispense d'une plus longue présentation.

Foscari rougit de colère.

Sa première pensée fut d'appeler et de faire arrêter l'audacieux bandit, et de signer séance tenante la révocation de Dandolo.

Mais il ne donna aucun signe extérieur des pensées qui l'agitaient. Il réfléchit que si le grand inquisiteur lui envoyait Sandrigo, c'est qu'il y avait sans doute utilité à ménager le bandit.

Il se contenta donc de dire :

— Vous êtes ici mon hôte, maître Sandrigo. Je veux oublier le reste pour un instant.

— Eh bien, monseigneur, c'est justement ce reste que je suis venu vous prier d'oublier non pour un instant, mais pour toujours.

— Vous parlez bien audacieusement, l'ami !

— J'en ai peut-être le droit, monseigneur, dit le bandit qui comprenait parfaitement qu'il jouait sa tête et que l'audace seule pouvait lui donner la victoire. J'ai rendu un grand service à la république. Je puis lui en rendre un autre plus grand encore, et j'ajoute que, seul, je puis apporter ce que j'apporterai...

— Quoi donc ? interrogea le doge.

— La tête de Roland Candiano ! répondit le bandit.

Foscari ne broncha pas.

Il s'exerçait depuis des années à conserver un visage impassible comme si son âme eût été au-dessus des sentiments qui agitent les autres hommes.

En réalité, il éprouva une joie profonde.

Roland était la terreur constante de ses nuits.

Depuis l'évasion, on s'était évertué à lui faire comprendre que Candiano et Scalabrino avaient dû se noyer. Mais dans cette scène nocturne du Pont des Soupirs en réparation, à laquelle Roland avait assisté invisible, dans cet entretien qu'il avait eu avec Bembo, son âme damnée, Foscari avait révélé ses inquiétudes.

Tant que Roland vivait et était libre, Foscari se sentait enchaîné, et n'osait rien entreprendre.

Sandrigo, cependant, continuait :

— Pour preuve de ce que j'avance, monseigneur, je commence par vous dire que j'ai tué Scalabrino... Cet homme ne m'avait rien fait, à moi. Mais il était pour vous un redoutable danger.

— Pour moi ? fit le doge dédaigneusement.

— Pour vous... ou pour la république, monseigneur. Je suppose que cela revient au même.

— Et en quoi ce bandit pouvait-il être un danger ?

— En ce qu'il était le bras droit de Roland Candiano... Roland pensait, Scalabrino exécutait. A eux deux, ils étaient très forts. Roland tout seul est déjà plus faible, bien que tout-puissant encore.

— Tout-puissant !...

— Oui, monseigneur. Votre grand inquisiteur vous a dit que Roland Candiano est à la tête d'une véritable armée de bandits. Ce qu'il peut entreprendre, vous devez le supposer. Quant au but véritable qu'il poursuit, cela ne me regarde pas. Il suffit que je vous répète que, seul, je puis atteindre Roland, parce que seul je sais où il est et comment il faut le prendre... Laissez-moi continuer, monseigneur ! Vous jugerez ensuite. J'ai commencé par tuer Scalabrino sans intérêt personnel, et c'est comme si j'avais arraché le poignard des mains de Roland. Maintenant voulez-vous me permettre une question ?

— Parlez.

— Savez-vous où est l'évêque de Venise ?

— Le cardinal Bembo ! s'écria Foscari avec une agitation dont il ne fut pas maître.

— Oui ! Le cardinal Bembo ! disparu sans que personne sache ce qu'il est devenu !... Eh bien, je le sais, moi !

— Vous !

— J'ai ma police dans la montagne comme vous avez la vôtre dans Venise, monseigneur. J'ai gardé des amis fidèles qui me renseignent...

— Eh bien, dites ! Où est Bembo ?... Par le Christ ! si vous ne vous vantez pas sur ce point, votre fortune est faite.

— Je vois, monseigneur, que nous commençons à nous entendre. Le cardinal Bembo est au pouvoir de Roland Candiano qui a sans doute quelque vieille haine à assouvir contre lui... je ne sais laquelle, ce n'est pas mon affaire.

Foscari devint pâle sous le regard fixe du bandit.

Il ne la savait que trop, lui, cette haine !

Et puisque Roland avait atteint Bembo, sans doute il saurait atteindre Dandolo, Altieri, et lui, Foscari !...

Dès lors il déposa le masque.

Le bandit triompha.

— Ce n'est pas le tout, reprit-il, que de savoir où se trouve le cardinal-évêque. L'essentiel est de le délivrer et de le ramener à Venise. Je m'en charge. Dès demain, monseigneur, l'évêque sera assis à cette place même où je suis... si vous le voulez. Et puis... toujours si vous le voulez, je vous amène Roland pieds et poings liés.

— Que faut-il pour cela ? demanda sourdement le doge.

— Vous voulez donc bien, monseigneur ?

— Je veux !

— Eh bien, maintenant que j'ai dit ce que j'apporte, je vais dire ce que je demande. Je suis las, monseigneur, de vivre hors la société. Je sens que je n'étais pas fait pour la vie errante, toujours sur le qui-vive, et que mes dons personnels ne peuvent se déployer à l'aise que dans une société policée... Bref, monseigneur, je désire désormais vivre dans Venise...

— Vous avez grâce pleine et entière, dit le doge.

Sandrigo sourit.

— Je l'ai déjà, monseigneur, fit-il. Votre grand inquisiteur m'a octroyé la grâce que vous m'accordez. Vous ne me donnez donc rien, vous...

— Que vous faut-il donc ?

— Un grade honorable dans l'armée du capitaine général, quelque chose comme une lieutenance dans une compagnie d'archers ou d'arquebusiers.

Et voyant que le doge demeurait pensif, le bandit ajouta :

— Il m'est impossible d'agir et de m'emparer de Roland si je ne puis user d'une certaine autorité.

Foscari était l'homme des promptes décisions.

Il venait d'étudier Sandrigo.

Il se disait que cet homme pouvait lui rendre de grands services et qu'enfin, pour le moment, il le sauvait en lui livrant Roland Candiano.

— Et puis, ajouta-t-il en lui-même, nous verrons plus tard. Qu'il m'apporte, comme il dit, la tête de Roland, et je me débarrasserai ensuite de lui.

Sandrigo se taisait et attendait.

— Ce que vous me demandez, dit enfin le doge, est énorme...

— Je le sais, monseigneur. Mais la tête de Roland et la vie du cardinal Bembo valent bien un grade. Demain, lorsque *votre ami* (il appuya sur ce mot) sera ici devant vous, vous déciderez ensemble si je mérite ma lieutenance.

Foscari se leva et Sandrigo en fit autant, croyant que l'audience était terminée.

— Restez, fit le doge.

Sandrigo s'inclina, palpitant.

Foscari avait lui-même fouillé un tiroir. Il en sortit un parchemin et le remplit de sa main.

Au moment de signer, il eut une dernière hésitation. Puis, brusquement, il signa, apposa un cachet et tendit le parchemin à Sandrigo, qui, réellement ému, se courba en deux.

— Monseigneur, dit-il, je suis entré ici en simple négociateur, j'en sors profondément dévoué à votre personne.

— Soyez surtout dévoué aux intérêts de la république, dit Foscari en reprenant son rôle. Ainsi, demain, avez-vous dit ?

— Demain le cardinal-évêque de Venise sera ici et vous dira lui-même quel rude adversaire c'est que ce Roland Candiano ! Quant à Roland lui-même, dans un mois il sera en votre pouvoir.

— Bien ! Allez, *monsieur le lieutenant*...

Sandrigo tressaillit d'une joie folle et s'élança au dehors.

— Par le ciel ! gronda-t-il quand il fut sur la place Saint-Marc, j'ai jusqu'ici méconnu ma vocation ! Mais je rattraperai le temps perdu !... Maintenant, Bianca est à moi !

Et, enivré, il courut au palais d'Imperia.

Celle-ci l'attendait, depuis l'avant-veille, dans une mortelle impatience. En effet le bandit, malgré sa promesse, avait laissé s'écouler la journée de la veille sans se présenter chez la courtisane.

Aussi, lorsqu'il arriva, fut-il introduit séance tenante.

— Eh bien, madame, avez-vous réfléchi ? demanda Sandrigo.

— Je vous attendais, voilà tout ! Je ne sais à quoi m'arrêter. Ma fille est en votre pouvoir... vous êtes le plus fort.

— Mais vous hésitez à la donner en mariage à un bandit !

Imperia tremblait.

Ce que venait de dire Sandrigo était l'expression exacte de sa pensée.

Mais elle redoutait maintenant de provoquer la colère du bandit.

— Ne craignez pas, reprit celui-ci, de dire ce que vous pensez. D'ailleurs vous ne m'avez pas caché votre répugnance. Et voulez-vous que je vous dise une chose ?... C'est que votre répugnance me paraît des plus naturelles. Si j'étais à votre place, je penserais et j'agirais comme vous.

— Que voulez-vous dire ? balbutia la courtisane.

— Pas autre chose que ce que je vous dis là... Bianca est une personne trop accomplie, trop belle et trop pure pour devenir la femme d'un bandit.

Imperia, palpitante et angoissée, attendait, persuadée que Sandrigo jouait avec elle quelque terrible jeu d'ironie.

Mais le bandit avait pris une physionomie de gravité qui stupéfiait la courtisane. Sandrigo était en effet résolu à prendre son nouveau rôle au sérieux. Bandit le matin même, il était maintenant lieutenant d'archers, c'est-à-dire gendarme.

Et l'on sait que de tout temps le gendarme fut grave.

La certitude de pouvoir user d'une parcelle de pouvoir, d'être, ne fût-ce qu'à l'état de déchet, un représentant de l'autorité constituée, donne à l'homme cette physionomie de suffisance, ce dandinement de la pensée et des épaules qui font de Pandore l'éternel objet de l'étonnement et de l'émerveillement des gens raisonnables.

Sandrigo, donc, devenu gendarme, eût été parfaitement ridicule si des restes de banditisme et d'indépendance n'avaient laissé quelque reflet sur son visage.

Il continua :

— Donneriez-vous votre fille à un homme qui occuperait une situation officielle et honorable dans la société vénitienne ?

— Qu'entendez-vous par là ?

— Par exemple, quelqu'un qui aurait un grade dans l'armée de Venise.

— Oui, vous m'avez déjà parlé de cela ; mais c'est là une hypothèse irréalisable.

— Croyez-vous vraiment qu'il y ait quelque chose d'irréalisable pour l'homme doué d'une forte volonté, quand cette volonté prend sa source dans cet océan de forces qui s'appelle l'amour ?

— L'amour ! exclama sourdement Imperia.

— Oh ! ne craignez rien, s'écria Sandrigo, votre fille est respectée, je vous le jure... respectée parce que je l'aime vraiment... Me croyez-vous ?

— Je vous crois !

— C'est déjà beaucoup. Je ne suis déjà plus à vos yeux l'homme de sac et de corde. Je suis l'homme qui tenant Bianca en son pouvoir l'a aimée assez pour la respecter.

Imperia frémit.

Mais déjà, en effet, la terreur qu'elle éprouvait pour sa fille s'atténuait. Elle considérait Sandrigo avec un étonnement qui confinait à l'admiration, et elle le jugeait capable de grandes choses.

— Que penseriez-vous de moi, reprit tout à coup le bandit, si je parvenais, à force de courage, d'audace et de ruse, à réaliser cette hypothèse que vous dites irréalisable ?

— Je penserais que vous avez accompli une chose étonnante. Car tout s'oppose à ce que vous deveniez l'homme que vous dites.

— C'est vrai, fit Sandrigo avec un sombre sourire ; tout s'y oppose, ma tête est à prix ; l'un de vos domestiques, en me dénonçant, pourrait gagner une petite fortune ; un passant qui saurait qui je suis et ce que je fais pourrait me poignarder et serait félicité. Pour arriver au but que je me suis proposé, il me faudrait rendre à l'Etat quelque service éclatant. Et encore peut-être serait-ce insuffisant. Il me faudrait peut-être sauver de la mort quelque personnage haut placé... que dis-je ! le doge lui-même !...

Sandrigo, en parlant ainsi, s'animait.

Un étrange et profond revirement s'opérait dans l'esprit d'Imperia.

Maintenant, elle éprouvait une admiration pour cet homme dont la voix rauque et les yeux sanglants l'avaient épouvantée.

Il était vraiment beau de sa force violente. Il éclata de rire, — un rire sinistre qui, loin de glacer la courtisane, l'exalta.

— Voyez-vous ce pauvre diable de bandit sauvant l'Etat, sauvant le doge !

Et tout à coup, sortant le parchemin de son pourpoint, il le jeta devant Imperia, se leva et prononça :

— Eh bien, madame, c'est fait, voyez ! lisez !

Imperia s'empara avidement du parchemin et le parcourut.

Elle ne fit aucun geste de surprise. Elle n'eut aucune exclamation.

Depuis quelques instants, Sandrigo lui apparaissait capable d'entreprises plus grandes.

Dans cette nature de courtisane, un travail de passion s'était accompli avec la rapidité des éruptions volcaniques (1).

(1) *L'un des historiographes d'Imperia nous dit qu'un jour, dans la campagne romaine, elle s'éprit subitement d'un pâtre et se donna à lui sur la terre brûlante, sous le regard du soleil.*

Elle avait comparé Sandrigo à Roland Candiano.

Et elle le jugeait plus fort.

La lecture du parchemin qui créait le bandit officier dans l'armée vénitienne, cette lecture qui une heure avant lui eût paru un rêve, ne lui causa nulle émotion plus violente.

Ses joues s'étaient plaquées de rouge.

Ses yeux flamboyaient.

— Vous voilà donc officier, dit-elle d'une voix tremblante. C'est beau, c'est grand, et vous ferez plus encore. Ce que vous disiez, vous l'avez fait, je le sens, j'en suis sûre... Vous avez sauvé la République... vous avez sauvé le doge... Comment ? peu m'importe !... Comme vous devez être fort, et comme les autres hommes doivent trembler devant vous ! Comme vous deviez être terrible à la tête de votre bande déchaînée ! Pourquoi n'est-ce pas vous que j'ai rencontré jadis dans les gorges de la Piave !...

Sandrigo tressaillit et regarda Imperia avec une attention étonnée.

— Mais il me semble vous voir, continuait Imperia dont l'esprit s'égarait. Et c'est tel que je vous vois que je vous eusse aimé : terrible, impitoyable ! Et c'eût été une grande chose que l'amour de la courtisane Imperia pour le bandit Sandrigo !...

Elle s'était rapprochée de lui et avait jeté ses deux bras autour de son cou ; ses lèvres pâles s'offraient, sa gorge palpitait.

Une indicible émotion s'empara du bandit qui, à cette minute où la magnifique créature, superbe d'impudeur, s'offrait à lui, oublia Bianca, le doge, Roland, le monde entier.

Ils roulèrent sur un tapis, et ce fut pendant deux heures l'étreinte sauvage et puissante de ces deux êtres violents et indomptés.

Sandrigo revint à lui le premier.

Il songea à Bembo qu'il devait ramener au doge.

Il songea à Bianca.

Par un rapide effort de volonté, il se reconquit, et froidement demanda :

— Vous n'avez pas encore répondu à la question que je vous posais, madame.

— Laquelle ? balbutia Imperia.

— Etes-vous décidée à donner votre fille à Sandrigo, officier ?... Si oui, dans une heure, Bianca vous sera rendue...

Imperia jeta ses bras autour du cou du bandit, colla ses lèvres à ses lèvres, et murmura :

— Oui, Sandrigo, à toi ma fille ! Car toi seul en es digne !

. . . .

Bianca avait passé ces trois journées dans une mortelle angoisse.

Où était-elle ? Que lui voulait-on ? Qui était en réalité cet homme qui s'était donné pour un envoyé de sa mère ? Elle osait à peine le supposer.

Toutefois, elle eut vite constaté qu'on ne lui voulait en effet aucun mal, du moins en apparence et pour le moment.

La chambre où on l'avait enfermée était petite.

Elle n'avait pas de fenêtre, prenait l'air sur un couloir ou un palier par une ouverture grillée ; elle était en somme disposée comme une prison ; mais la prison était

Pasquali-film. Exclusivité Gaumont.

— *Bembo ! exclama sourdement Imperia, presque aussi épouvantée que sa fille.*

Pasquali film. Exclusivité Gaumont.

Une fois de plus, Imperia entendit Bembo lui murmurer : — Soyons amis... A vous Sandrigo, et à moi Bianca... Le voulez-vous ?... Elle répondit : — Je le veux !

Pasquali-film. Exclusivité Gaumont.

— Qu'on s'empare de cet homme! ordonna Jean de Médicis en désignant Roland. Et qu'on le garde à vue !

presque propre, et c'est à quoi tenait surtout la jeune fille, élevée dans un grand luxe de toilette féminine.

Une servante sourde et muette, à en juger par le mutisme absolu qu'elle opposait à toute question, entrait dans cette chambre deux fois par jour et lui servait un repas sinon raffiné du moins convenable, auquel d'ailleurs elle touchait à peine.

Très fière, Bianca se contenait devant cette femme.

Mais elle pleura beaucoup dans ses heures de solitude.

Cependant sa terreur allait grandissant et son imagination allait jusqu'à supposer une éternelle séquestration dans ce réduit où elle étouffait, lorsque la porte s'ouvrit et Sandrigo entra.

Bianca l'avait à peine entrevu dans la nuit de l'enlèvement.

Mais elle le reconnut aussitôt et ne put s'empêcher de reculer, avec un geste de crainte.

Sandrigo vit ces signes évidents de la répulsion qu'il inspirait à la jeune fille, et sourit, en homme sûr de triompher quand même.

— Signorina, dit-il en cherchant à adoucir le plus qu'il pouvait sa voix rauque et dure, voilà vos peines finies, et si vous voulez bien me suivre, je vais vous conduire auprès de votre mère.

— A moins que vous ne me changiez simplement de prison...

— J'ai dû vous garder ici plus longtemps que je n'eusse voulu, dit Sandrigo ; la faute ne m'en incombe pas, et la signora Imperia vous le dira elle-même. Venez, signorita, venez sans crainte. Une gondole vous attend, et dans peu de minutes, vous serez dans les bras de celle qui vous aime plus que tout au monde, et dont je m'honore d'être l'ami le plus dévoué.

En parlant ainsi, Sandrigo tendit sa main à Bianca.

Mais la jeune fille refusa de s'y appuyer et se mit à marcher près du bandit, tremblante et désolée.

Une étrange pensée s'emparait d'elle avec force.

L'instinct de droiture qui était en elle lui faisait maintenant redouter que cet homme n'eût dit vrai et qu'il ne fût un ami de sa mère.

Que pouvait-il y avoir de commun entre Imperia et lui ?

Confusément, elle entrevoyait qu'elle ne serait pas plus en sûreté dans le palais de sa mère que dans la chambre qu'elle quittait.

Lorsqu'elle se trouva dehors, sous le grand soleil brillant, dans la vie joyeuse et active du port de Venise, parmi les cris des marchands et les chants des marins qui déchargeaient des navires amarrés au quai, toutes ses sinistres idées s'évanouirent.

Elle respira et s'épanouit comme une fleur.

Sandrigo la regarda et une flamme d'admiration passionnée brilla dans ses yeux. Mais il s'aperçut qu'il n'était pas le seul à admirer Bianca. Et plus d'un marin, plus d'un jeune bourgeois exprima à haute voix son étonnement ravi. Il se hâta alors de la faire entrer dans la gondole qui attendait, l'invita à prendre place dans la tente, dont il baissa les rideaux de cuir, et se tint lui-même près du barcarol.

Une demi-heure plus tard, Bianca se jetait dans les bras de sa mère.

Lorsque les premières effusions de joie se furent calmées, Imperia prit Sandrigo par la main, et avec un étrange frémissement :

— Mon enfant, dit la courtisane, voici le seigneur Sandrigo, brillant officier de Venise, lieutenant des archers. C'est un ami bien cher à qui je dois de te revoir saine et sauve. Aime-le, Bianca, car il mérite d'être aimé de toi autant que de moi...

Bianca se sentit pâlir.

Son regard alla de sa mère à Sandrigo.

Et ses pensées de tout à l'heure lui revinrent plus distinctes.

Elle eut peur de sa mère autant que de Sandrigo.

— O Juana ! murmura-t-elle, douce et bonne compagne, où es-tu ?... Et vous, mon noble protecteur inconnu, dont un seul regard m'apaisait et me calmait, où êtes-vous ?

X

DEUX ASPECTS DE TIGRES

Sandrigo, en sortant du palais Imperia, ivre de joie et d'orgueil, avait quitté Venise et pris en toute hâte le chemin des gorges de la Piave.

Il arriva vers neuf heures du soir au village de Nervesa et entra dans l'une des dernières maisons.

Là, une douzaine d'hommes étaient assemblés.

Ils étaient couchés sur le sol battu autour d'un foyer que l'un d'eux alimentait à grandes brassées de bois mort. Mais, sans doute, ils ne dormaient pas, car à l'entrée de Sandrigo, ils se levèrent et saluèrent avec cette gravité et cette aisance de gestes des gens qui mènent une vie indépendante.

Sandrigo regarda ces hommes qu'il avait péniblement recrutés depuis quatre mois ; c'était tout ce qui lui restait de ses anciennes forces dans la montagne.

Mais on a vu que loin d'être abattu, le bandit avait reformé dans Venise même une bande plus redoutable peut-être.

Une sombre satisfaction brilla dans son regard noir.

— Tout le monde est là ? dit-il. Bien. Combien sont-ils là-haut ?

— Six en tout, répondit l'un des hommes qui semblait être le second de Sandrigo. Quatre aux abords de la grotte, deux devant la porte du prisonnier.

— Le diable est pour nous, dit Sandrigo. Mais il faut agir vite.

— Oui, Scalabrino a rôdé ici pendant deux jours, et il pourrait bien revenir.

— Scalabrino ne reviendra plus ! dit le chef. Le vieux compte est réglé.

Les bandits frémirent.

— N'oubliez pas ce que je vous ai promis, reprit Sandrigo. Le trésor est dans la grotte. Vous la fouillerez de fond en comble. Et quand vous aurez trouvé, il y a moitié pour vous.

Les yeux des bandits étincelèrent et quelques jurons de joie éclatèrent, malgré la rude discipline qu'ils observaient en présence du chef.

— En route ! commanda Sandrigo.

En quelques instants, les bandits furent dehors et se dispersèrent par des sentiers différents. Sans doute chacun d'eux avait reçu des ordres antérieurs et savait ce qu'il avait à faire.

Sandrigo sortit le dernier, et, pensif, prit lentement le chemin de la Grotte-Noire. Arrivé à mille pas environ de la grotte, il s'étendit derrière une grosse touffe d'arbustes et attendit.

L'attente dura une heure environ.

Au bout de ce temps, un sifflement prolongé traversait la nuit.

— C'est fait ! murmura le bandit.

Il se leva alors et sans plus prendre de précautions, s'avança rapidement vers la grotte où il entra.

L'intérieur de la grotte était éclairé par une torche.

Quatre hommes ligottés solidement étaient assis dans un coin, côte à côte, le dos à la muraille de granit.

— Il a fallu en tuer deux, dit le lieutenant de Sandrigo.

Sandrigo fit un geste d'indifférence.

Et jetant un regard sur les prisonniers, il dit :

— Déliez-les.

En un instant, les quatre prisonniers furent détachés et se levèrent.

— Ecoutez bien, dit Sandrigo. Vous étiez de ma bande. Vous vous êtes révoltés contre moi, pour obéir à un intrigant, un homme qui n'est pas, qui ne sera jamais des nôtres. Bien plus, je viens de Venise. J'ai pu approcher de près des personnages à qui j'ai arraché la vérité sur cet homme qui est venu porter le trouble dans notre organisation. Savez-vous qui est celui que vous avez aveuglément adopté pour chef ? C'est un des principaux agents du Conseil des Dix. Son plan est bien simple : inspirer confiance à toutes les bandes de la montagne, les amener à Venise et les capturer d'un seul coup.

— Tu mens ! dit l'un des prisonniers.

Sandrigo se leva posa le canon de son pistolet sur le front de celui qui avait ainsi parlé et dit :

— Es-tu bien sûr que je mens ?

— Tu mens ! répéta le prisonnier d'une voix ferme.

Une détonation retentit.

Le malheureux s'affaissa, la tête fracassée, et un murmure de craintive admiration parcourut les bandits.

Froidement, Sandrigo se rassit sur l'escabeau qu'il avait pris en entrant.

— Je continue, dit-il. Voulez-vous être des nôtres ? Voulez-vous répéter à nos compagnons égarés ce que je viens de vous dire, et les prévenir de l'effroyable danger qu'ils encourent ? Si vous êtes des hommes, si vous êtes de vrais bandits, vous accepterez et vous sauverez vos frères. Quant à moi, j'oublierai le passé, et vous admettrai au partage des trésors qui sont ici. Décidez-vous sur l'heure.

— J'accepte ! fit l'un des prisonniers.

— J'accepte aussi, dit le second.

— Et toi ? fit Sandrigo, s'adressant au troisième.

— Moi, je dis comme le pauvre Luigi : tu mens !

— Tu es donc prêt à rejoindre Luigi ? gronda Sandrigo.

— Oui, plutôt que de trahir. Et vous deux, vous paierez tôt ou tard votre lâcheté... Frappe, Sand...

L'infortuné n'eut pas le temps d'achever.

Sandrigo, d'un geste foudroyant, avait levé son poignard. L'arme s'enfonça tout entière dans la poitrine.

Les deux traîtres détournèrent la tête, un peu pâles.

— Vous êtes pardonnés, leur dit Sandrigo. Vous êtes désormais des nôtres comme si rien ne s'était jamais passé.

Ils baissèrent la tête en balbutiant un remerciement.

— Surveille-moi ces deux gaillards, murmura Sandrigo à l'oreille de son second, et au premier signe... pas de pitié !

Puis, à haute voix :

— Maintenant, que l'on commence les fouilles !

Un rugissement de joie accueillit ces paroles impatiemment attendues. Les torches s'allumèrent, et bientôt on entendit le bruit des pics sondant et attaquant le granit dans tous les coins.

Sandrigo s'était dirigé vers le fond de la grotte, une torche à la main.

Il parvint à une porte solidement verrouillée, et se pencha pour écouter. Aucun bruit ne lui parvint.

— Est-ce que l'homme serait mort ? pensa-t-il.

Alors, il ouvrit et entra.

La lueur de la torche éclaira le cachot.

Dans l'angle le plus lointain et le plus sombre se tenait un homme, accroupi, les vêtements en lambeaux, maigre, hâve, les yeux brillant d'un étrange éclat.

C'était Bembo.

A la vue de cet inconnu qui entrait une torche à la main, le poignard nu à la ceinture — la lame toute rouge encore ! — Bembo se mit à grelotter et se rencoigna dans un angle.

— Vous venez me tuer ! bégaya-t-il. Oh ! je le vois !... L'impitoyable Roland trouve sa vengeance incomplète... il me fait tuer !...

— Rassurez-vous, dit Sandrigo.

Bembo n'entendit pas. Il continua sa plainte de cette voix devenue enfantine que lui donnait l'épouvante.

— N'ai-je donc pas assez expié ? Oui, mon crime fut atroce, et je puis mesurer la souffrance que j'ai infligée à Roland, maintenant que j'ai souffert, moi aussi. Mais tout à des bornes, même le droit de punir ! Et puis, dites-lui, à Roland, qu'il n'est qu'un homme comme moi. Oh ! dites-le-lui bien... et que Dieu seul détient la suprême justice. Oui, Dieu seul ! Car Dieu, s'il frappe avec fermeté, sait aussi pardonner ceux qui se repentent... et je me repens, moi ! Je me repens ! Je passe toutes les minutes de ma misérable existence à demander pardon !... Mais nul ne m'entend !...

Le cardinal se traînait à genoux, et se frappait la poitrine.

Sandrigo le regardait avec un étonnement plein de mépris.

— Voilà donc, songea-t-il, ce que la souffrance peut faire d'un homme !

« En voilà un qui était redoutable et redouté. Parti de rien, sans scrupules, sans foi, sans croyance, résolu à tout, capable de tous les crimes, il est devenu faible comme un enfant qui a peur dans la nuit et appelle sa nourrice. Le piètre personnage ! Si je n'avais juré de le présenter à Foscari, je le laisserais mourir ici !

Et tout haut, d'un ton rude, il dit :

— Allons, messire cardinal, debout Vous êtes prince de l'Eglise, que diable ! Et c'est devant vous qu'on doit s'agenouiller, alors que vous vous traînez à mes pieds. Debout, vous êtes libre !

Bembo demeura à genoux, pétrifié.

— Libre ! bégaya-t-il.

— Faut-il vous le répéter ? Libre de sortir d'ici, libre de retourner à Venise, libre de reprendre votre rang dans la société et l'Eglise, et dans le palais ducal où le doge vous attend !

— Libre ! répéta Bembo, Roland me fait donc grâce ! Je l'avais donc bien jugé ! Il est donc bien l'homme de toutes les générosités ! Oh ! que béni soit-il !

Un torrent de larmes s'échappa alors de ses yeux.

Il voulut se relever, mais il retomba.

— Seigneur ! hurla-t-il. Si ce n'était pas vrai ! Si c'était un tourment pareil à celui que je voulais lui infliger quand je descendis dans son enfer !..

Sandrigo se baissa, saisit le cardinal, le remit debout et le secoua rudement.

— Or çà, gronda-t-il, il faut que vous soyez devenu fou ! Vous êtes libre, vous dis-je ! Et ce n'est nullement une grâce de Roland Candiano qui vous délivre. C'est moi, moi Sandrigo !... Allons, venez !

Il l'entraîna, lui fit traverser la grotte pleine d'un bruit de pioches frappant le granit avec fureur.

Lorsque le cardinal fut dehors, lorsqu'il respira l'air pur et embaumé de la montagne, lorsque ses yeux, en se levant, aperçurent les étoiles dont le fourmillement scintillait au ciel, il demeura quelques minutes comme frappé de stupeur.

Sandrigo le fit asseoir et lui présenta un gobelet de vin que Bembo avala d'un trait.

Alors, ses idées devinrent plus nettes.

Il regarda autour de lui et commença à comprendre ce qui se passait.

— Qui êtes-vous ? dit-il à Sandrigo. Dites-moi votre nom, ô vous qui me délivrez, afin que je puisse le répéter dans mes prières jusqu'à la fin de ma vie...

— Décidément, ce n'est plus qu'une loque ! murmura le bandit. Je m'appelle Sandrigo, ajouta-t-il à haute voix. Mais si vous m'en croyez, vous aurez mieux à faire que d'offrir vos prières à Dieu qui ne s'en portera pas plus mal...

— Sandrigo ! répéta le cardinal.

— Oui, et je suis lieutenant des archers de Venise.

— Ah ! vous avez donc été envoyé pour me délivrer ?

— Je vous délivre parce que cela me plaît ainsi, répondit Sandrigo.

— Qu'importe ! Soyez béni, mon fils !

Bembo saisit les mains du bandit et les pressa fortement.

Puis il fit quelques pas, regardant autour de lui avec un inexprimable ravissement, respirant avec ivresse et répétant ce mot dont on ne comprend réellement le charme infini que lorsqu'on a été privé de liberté.

— Libre ! Je suis libre !

Tout à coup, il s'élança et disparut dans la nuit.

Ses forces, avec l'exercice, lui revenaient rapidement. Il bondissait, franchissait des crevasses, sautait par-dessus des rochers, poussait des exclamations, bégayait des paroles sans suite.

Cette course folle dura plusieurs heures, et le soleil se levait lorsque Bembo revint à la grotte.

Sans doute, il avait longuement réfléchi, sans doute bien des choses qui s'obscurcissaient dans sa mémoire étaient revenues en pleine clarté, car, lorsqu'il reparut devant Sandrigo, celui-ci reconnut à peine cette physionomie dure et implacable qu'il voyait.

— A la bonne heure ! gronda le bandit, je vous aime mieux ainsi.

— Vous ne m'avez pas suivi ? interrogea Bembo.

— Pourquoi faire ? Je savais bien que vous reviendriez.

— Bien. Je suis donc réellement libre ?

— Vous en avez maintenant la preuve.

— C'est vrai. Où allez-vous me conduire ?

— A Venise, où vous êtes attendu

— Attendu ? Par qui donc ?

— Par le doge Foscari. Je vous l'ai dit.

— Bien. Partons à l'instant.

— Restaurez-vous d'abord, messire cardinal, puis changez de vêtements, car vous êtes à faire peur.

Sandrigo indiqua au cardinal une sorte de salle ménagée dans la grotte ; une table s'y dressait, chargée de venaison et de bouteilles ; sur un escabeau, un costume complet de cavalier attendait.

Bembo s'habilla en toute hâte et se mit à dévorer le repas qui avait été préparé pour lui.

— Partons ! dit-il à Sandrigo, quand il sortit de la salle, transformé, plein de forces.

— A l'instant, dit le bandit.

Deux chevaux tout sellés étaient tenus en main par un homme.

Sandrigo sauta sur l'un. Bembo enfourcha l'autre avec une dextérité qui prouvait qu'il avait acquis l'habitude de l'équitation.

Alors, Sandrigo appela le bandit qui lui servait de lieutenant et lui donna quelques instructions à voix basse. Puis il ajouta :

— Et ces fouilles ?

— Aucun résultat.

— Il faut continuer.

Le second secoua la tête avec un évident découragement.

— Par l'enfer ! gronda Sandrigo, fais plutôt sauter la montagne !

Il fit un geste énergique et s'élança pour rejoindre le cardinal qui déjà descendait les flancs de la montagne.

Tant qu'ils furent sur les pentes, ils gardèrent le silence.

Ils traversèrent ainsi le village de Nervesa, et prirent en plaine la belle route de Trévise pour gagner Mestre et les lagunes de Venise.

— Monsieur le lieutenant, dit alors Bembo, je vous renouvelle l'offre d'une éternelle reconnaissance.

— Je l'accepte, fit narquoisement le bandit, bien qu'il n'y ait rien d'éternel en ce monde, pas même la reconnaissance des princes de l'Eglise !

— Cette nuit, reprit Bembo sans relever cette ironie, lorsque vous m'êtes apparu comme un sauveur, j'ai dû dire des choses dont je n'ai pas conservé un souvenir bien net. Il me semble pourtant vous avoir parlé de Roland Candiano.

— Oui ! vous me demandiez s'il vous faisait enfin grâce.

Bembo eut un frémissement de rage.

Pourtant, il se contint et reprit :

— Roland Candiano serait-il de vos amis ?

— Comme l'ouragan est l'ami du pilote, comme le tigre est l'ami de l'antilope ; je hais cet homme de toutes les puissances de mon être, et si je n'avais supposé en vous une haine semblable à la mienne, je vous eusse laissé pourrir dans le cachot où il vous avait jeté. Excusez ma franchise, messire !

— Parlez, parlez ! s'écria Bembo. Nulles paroles ne pouvaient m'être aussi agréables que celles que vous venez de prononcer.

— Eh bien, parlons donc net : vous ne me devez aucune gratitude. En venant vous délivrer, je n'éprouvais aucun intérêt pour vous et je cherchais en vous une arme nouvelle contre Candiano. Je lui ai déjà porté quelques coups sensibles, ajouta le bandit avec un sombre sourire, j'ai pensé que vous m'aideriez à lui porter le dernier coup, le bon... celui dont on ne revient pas !

— Comptez sur moi, dit Bembo avec une force qui ne laissait aucun doute sur ses intentions. Mais j'ai besoin de savoir avec qui je fais alliance offensive. Vous savez qui je suis, je ne sais pas qui vous êtes.

— Je vous l'ai dit : je suis lieutenant aux archers du capitaine général Altieri. Mais je ne le suis que depuis peu... depuis quelques heures à peine. Avant d'occuper cette fonction, j'étais bandit.

Bembo regarda Sandrigo avec stupeur.

— Oui, cela vous étonne, fit Sandrigo ; mais il y a quelqu'un qui vous dira sur moi ce que vous désirez savoir, et ce quelqu'un-là, vous devez avoir en lui pleine confiance.

— Qui ?

— Le doge Foscari.

— Soit ! J'attendrai d'être à Venise pour savoir à quoi m'en tenir sur votre compte. En attendant, dites-moi ce que vous attendez de moi.

Sandrigo parut réfléchir quelques moments, puis il dit :

— J'attends de vous deux choses : la première, je vous l'ai dite, c'est de m'aider de tout votre pouvoir contre Candiano.

— Ceci est convenu ; voyons la deuxième chose.

— Eh bien, messire cardinal, si étrange que cela vous paraisse, j'ai été bandit avant d'être archer, et même bandit notable... Or, j'aime... depuis peu, il est vrai, mais je suis l'homme des décisions rapides. J'aime donc une jeune fille...

— Et vous voulez que je vous aide à l'obtenir ?

— Non, c'est fait. Ce sont là des besognes que je ne confie à personne.

— Alors ?

— Ecoutez-moi. Bandit hier, lieutenant aujourd'hui, j'ai besoin de m'imposer par un coup d'éclat à la société italienne, et de lui imposer en même temps celle qui deviendra ma femme.

— Pourquoi cela ?...

— Parce que cette jeune fille, pour certaines raisons que vous comprendrez plus tard, risque de n'être accueillie qu'avec froideur. Or je veux que le lieutenant Sandrigo et sa femme puissent entrer partout la tête haute.

— Je comprends. Que faut-il pour cela ?

— Il faut que de hauts personnages assistent l'ancien bandit le jour de son mariage. Cela, je m'en charge encore. Il faut encore que la cérémonie soit éclatante, magnifique, et que la bénédiction nuptiale soit donnée par le plus haut personnage ecclésiastique de Venise, c'est-à-dire par le cardinal-évêque en personne !

— Voilà donc pourquoi vous m'avez délivré ? s'écria Bembo.

— Non ; je vous ai tiré de la Grotte-Noire parce que je supposais que vous aviez dû faire bonne provision de haine. Aussi je ne vous cacherai pas que lorsque je vous ai vu suppliant, lorsque je vous ai entendu glorifier la générosité de Roland Candiano, j'ai eu un moment la pensée de vous abandonner.

Bembo sourit comme il souriait parfois dans certaines occasions, c'est-à-dire que les commissures de ses lèvres se retroussèrent sous l'effort convulsif d'un sentiment de haine sauvage et triomphante ; ses dents, qu'il avait aiguës, se découvrirent. Il avait ainsi, avec une frappante exactitude, la physionomie du tigre qui veut mordre.

Sandrigo le vit et eut presque peur.

— Je vois que je me trompais, dit-il en riant d'un rire forcé.

— Oui, répondit Bembo, vous êtes une nature violente et toute extérieure en vos expansions ; vous n'étiez pas forcé de savoir que la supplication est parfois une des formes les plus parfaites de la haine... Mais que disiez-vous ?

— Je disais que si je suis venu vous chercher, c'est que Roland Candiano est un rude adversaire, et que nous ne serons pas trop de deux hommes tels que nous.

— Je suis de votre avis, dit Bembo. Hâtons-nous donc. Tant que nous serons dans ces parages, je ne me croirai pas en sûreté.

Les deux cavaliers reprirent le galop qu'ils avaient interrompu pour converser. Ils traversèrent Mestre sans s'arrêter et bientôt leur apparut la grande lagune qui séparait entièrement Venise de la terre ferme, et que traverse aujourd'hui la chaussée d'un chemin de fer. Vers deux heures de l'après-midi, Bembo était dans son palais, au grand ébahissement de ses serviteurs qui le croyaient à jamais disparu.

Une heure plus tard, accompagné de

Sandrigo, il entrait dans le cabinet du doge Foscari.

— Vous voyez, monseigneur, que je tiens parole, dit Sandrigo.

Le doge remercia Sandrigo d'un geste, et examina Bembo.

Il fut réellement effrayé du changement qui s'était opéré dans le visage du cardinal.

Ces quelques jours passés dans la Grotte-Noire avaient bouleversé Bembo plus que les six ans passés au fond des puits n'avaient bouleversé Roland.

La peur est peut-être en effet l'agent le plus actif et le plus puissant de désorganisation.

Or, Bembo avait eu peur au delà de toute expression.

Peur de mourir, peur d'être torturé, peur de demeurer toute sa vie en prison, peur de revoir Roland et de ne pas le revoir : toutes les peurs s'étaient accumulées dans l'esprit du cardinal et, les dominant toutes, la peur de ne plus jouir de la vie qu'il s'était faite, remplie de toutes les jouissances.

— Mon pauvre ami ! fit le doge en lui serrant les mains.

— Oui, je suis changé, n'est-ce pas, monseigneur ? Et pourtant, il n'y a guère que quelques jours que je souffre. Mais chacune de ces journées a été un siècle.

Il baissa la voix :

— Il faut que je vous parle au plus tôt.

— Dès ce soir.

— Où ?

— Notre rendez-vous ordinaire : le Pont des Soupirs.

— Bien... Roland est vivant.

— Je sais.

— Il est déchaîné contre nous. La vengeance de cet homme sera affreuse, si j'en juge par ce que je viens de voir.

Le doge était brave autant que Bembo était lâche.

Mais il ne put s'empêcher de frissonner.

— Garde à vous, monseigneur ! continua Bembo en observant l'effet qu'il produisait sur Foscari. Et garde à nous ! à nous tous ! Il faut que nous prenions des mesures rapides, que nous frappions comme la foudre, si nous ne voulons tomber l'un après l'autre sous les coups de Roland. Je vous dis que cet homme est fort et redoutable au delà de ce que vous pouvez imaginer !

— Ce soir ! dit le doge.

Et s'adressant à Sandrigo à haute voix :

— Monsieur le lieutenant, dit-il, je vous rends grâce. Le cardinal est un de nos amis les plus chers, un des plus fermes soutiens de l'Etat. Soyez donc remercié pour nous l'avoir ramené si promptement. A ce que vous venez de faire, je puis mesurer ce que vous êtes capable de faire. Continuez à nous servir... à servir la république, et soyez assuré que le grade que nous vous avons octroyé n'est qu'un acheminement à d'autres plus dignes de votre valeur.

Ces paroles, prononcées avec un sourire gracieux, étaient adressées par le chef d'une puissante république à un bandit sans scrupules.

Et ceci est de tous les temps.

Ivre de joie, sûr désormais de sa fortune, Sandrigo s'inclina et déjà il entrevoyait à son côté l'épée dorée du capitaine général.

Bembo et lui prirent congé du doge et rentrèrent ensemble au palais du cardinal.

— Mon cher ami, dit alors Bembo, vous voilà sur le chemin des honneurs et de la fortune. Foscari a l'habitude de mesurer ses paroles et de ne promettre que ce qu'il peut tenir. Soyez sûr que, de mon côté, je vous pousserai autant qu'il sera en mon pouvoir.

— J'y compte, par tous les diables ! répondit Sandrigo.

— Venez me voir demain. Ce soir, je dois m'entendre avec une personne qu'il est nécessaire que je consulte. Demain nous pourrons donc causer utilement.

— D'ici là, je vais commencer à agir, fit Sandrigo en se levant pour se retirer. Mais vous pouvez dès maintenant me donner une réponse à ce que je vous demandais sur la route des lagunes.

— Que me demandiez-vous donc, mon cher ?

— Je veux que mon mariage soit béni en présence de tout Venise, dans la cathédrale de Saint-Marc, par le cardinal-évêque !

— Honneur rare et réservé aux grands dignitaires. Mais je ne puis rien vous refuser : il sera fait comme vous dites. A propos, comment se nomme la jeune fille ?

— Vous allez comprendre la nécessité d'imposer ma femme à la société vénitienne. Celle que j'épouse s'appelle Bianca, et c'est la fille de la courtisane Imperia.

Sandrigo, en disant ces mots, s'était incliné, et il se retira.

Bembo était demeuré immobile, comme frappé d'un coup de foudre.

Ce ne fut qu'au bout de dix minutes qu'il put reprendre ses esprits, et alors il murmura :

— Bianca ! Il épouse Bianca !... Et c'est moi qui vais bénir leur union ? L'aventure est plaisante !

Il éclata d'un rire terrible.

Puis, appelant ce valet de chambre qui était un peu son confident, il se fit habiller de ce costume à demi cavalier qu'il portait en dehors de ses fonctions ecclésiastiques.

Bientôt, il sautait dans sa gondole, et dit quelques mots au barcarol.

Un quart d'heure plus tard, la gondole de Bembo s'arrêtait devant le palais d'Imperia.

Bembo, en débarquant, marcha droit sur le magnifique escalier du palais. Il redressait sa taille courte et ramassée. Une sombre expression de menace violente convulsait son visage, et sa main se crispait sur le manche de son poignard.

Ainsi dépouillé — en cette minute où la passion l'exorbitait — de ce masque d'hypocrisie qui le rendait hideux, emporté comme vers un rêve d'amour et de sang, la démarche fatale, Bembo paraissait un autre homme. Il était presque supportable à voir. Il entra en grondant :

— Les tuer toutes deux, plutôt que cela !

A l'instant même où le cardinal entrait dans le palais, une autre gondole rapide et légère s'approchait de la demeure d'Imperia.

Et l'homme qui en débarquait bientôt, c'était Sandrigo !

XI

VERS LA MORT

Pendant que Sandrigo et Bembo entraient dans cette nouvelle phase de leur destinée, pendant que Roland accomplissait au loin la mission inconnue qu'il avait entreprise et que Scalabrino tombait dans le traquenard de Bartolo, le patron de l'Ancre d'Or, enfin, pendant que Juana continuait à veiller sur le vieux Candiano en essayant vainement de se soustraire à ses tristes pensées, en cherchant un refuge dans le dévouement, trois personnages de ce récit évoluaient de leur côté dans l'orbe inexorable du malheur ; nous voulons parler de Léonore, d'Altieri et de Dandolo.

Nous reprenons donc le simple exposé de leurs faits et gestes à cette nuit où Roland Candiano fut sauvé dans la maison de l'île d'Olivolo par Léonore.

La jeune femme, on l'a vu, avait péniblement regagné le palais d'Altieri, délivré Imperia, et était tombée dans sa chambre, à bout de forces, presque mourante. Elle avait donné en effet depuis quelques heures le maximum d'effort cérébral et physique que puisse donner une créature humaine : sa lutte avec Imperia, son esprit soudain bouleversé de fond en comble par l'étrange nouvelle que Roland vivait, que Roland avait passé six ans en prison, sa marche sur l'île d'Olivolo, son entrevue avec Roland, enfin ce terrible entretien qu'elle avait eu avec son père et son mari, tous ces événements accumulés, resserrés dans l'espace de quelques heures, avaient formé un énorme bloc de malheur qui devait la terrasser.

Elle était tombée sur un tapis, et tout de suite, une fièvre ardente s'était déclarée. Ses femmes qui la trouvèrent là, délirante, la déshabillèrent, la couchèrent dans son lit et prévinrent aussitôt le capitaine général.

Altieri ne s'était pas couché.

Après la scène de l'île d'Olivolo, il était rentré chez lui, très calme en apparence, mais bouleversé en réalité par une double terreur.

D'abord Roland Candiano lui échappait.

Il tenait pour très exact le récit de Léonore et était convaincu qu'elle l'avait prévenu assez à temps pour qu'il pût s'éloigner. Où était-il maintenant ? Que méditait-il ?

Ah ! qu'il fût loin ou près de lui, il n'y avait pas d'existence possible pour Altieri tant que Roland vivrait.

Dans le trajet de l'île d'Olivolo à son palais, Altieri ne songea qu'à ce duel à mort où il pressentait vaguement qu'il ne serait pas le plus fort. Vingt fois il s'arrêta frissonnant, s'attendant à voir l'ennemi surgir de l'ombre et le frapper du coup mortel. Il sondait les ténèbres et s'avançait ramassé sur lui-même, le pistolet chargé à la main.

Quand il fut enfin dans sa chambre, il respira.

Il essuya la sueur froide qui coulait de son front et résuma la situation : Roland était fort sans doute, mais lui ! Lui, Altieri qui commandait à toute une armée, qui donc oserait l'attaquer dans ce palais toujours plein nuit et jour d'officiers et d'hommes d'armes qui montaient la garde ?

Mais dès qu'il fut parvenu à se rassurer, l'autre terreur s'empara de lui plus violemment encore.

Altieri conspirait !...

Depuis des temps lointains déjà, il avait entrevu la magistrature suprême comme le couronnement de sa vie d'ambitieux. Lorsque le doge Candiano fut renversé par la foudroyante et soudaine révolution de palais sur laquelle s'ouvre ce récit, Altieri s'aperçut un peu tard qu'il avait surtout travaillé pour le grand inquisiteur Foscari.

En effet, à cette époque, Altieri n'avait pour lui que quelques officiers et un certain nombre de patriciens. Foscari tenait le Conseil des Dix, le tribunal des inquisiteurs, les Conseils, toutes les forces légales de Venise.

Un moment, dans cette terrible nuit où le vieux Candiano fut aveuglé et où son fils fut jeté dans les puits, Altieri eut la pensée de lutter contre Foscari. Il l'eût entrepris — et peut-être avec succès — si toute son énergie vitale ne s'était concentrée sur un but unique :

Obtenir Léonore !

L'amour avait été plus fort que l'ambition.

Foscari, devenu doge, lui avait d'ailleurs offert de belles compensations : le commandement suprême de l'armée qui, légalement, devait rester dans les mains du doge, avait été confié à Altieri.

Après son mariage avec Léonore, lorsqu'il fut bien convaincu que la fille de Dandolo ne serait jamais sa femme que de nom, Altieri s'était rejeté sur l'ambition.

Non qu'il renonçât à triompher un jour de Léonore : par lassitude, tout au moins, celle-ci finirait par lui appartenir. Mais il cherchait à s'environner d'un appareil de grandeur et s'envelopper d'une sorte d'auréole qui devait plus vite éblouir sa jeune femme.

Etre doge !...

Ce rêve devint dès lors en lui une obsession.

Doge, il serait l'homme tout-puissant, non plus le second, mais le premier de tous dans la république. Doge, il serait peut-être enfin aimé de Léonore !

Et pour être doge, il fallait renverser Foscari son complice !

Lentement, avec des précautions qui révélaient un esprit subtil et prévoyant, Altieri prépara sa conspiration.

Il entrevoyait déjà la certitude du succès ; il avait pour lui les principaux chefs de l'armée et la foule de patriciens, toujours ombrageux et mécontents ; il allait enfin tenter un grand coup, lorsqu'il apprit soudain l'évasion de Roland, puis son arrivée dans Venise.

Il fallait tout d'abord se débarrasser d'un pareil adversaire.

Le nom de Candiano était populaire.

Roland était aimé des barcarols, des marins du port, du peuple qui pouvait le porter au palais ducal dans un de ces irrésistibles mouvements dont il avait déjà donné des exemples.

Altieri prit avec Dandolo des mesures

qui aboutirent au résultat que l'on a vu.

Mais si Altieri conspirait contre le doge Foscari pour mettre sur sa tête la couronne ducale, il était du moins assuré que le secret était rigoureusement gardé. Quelques hommes seulement étaient au courant de l'entreprise, et le capitaine général était sûr de ces hommes. Chacun d'eux, en effet, eût risqué sa tête dans une trahison.

Et c'est à ce moment-là que Léonore lui révélait qu'elle savait tout !...

Il n'y avait qu'une personne au monde qui fût en situation de révéler la conspiration sans danger pour elle :

C'était Léonore.

Et Léonore savait...

Comment avait-elle appris ?

Peu importait au fond.

L'essentiel, le terrible, c'était qu'elle savait !...

Ah ! pourquoi était-ce elle qui pouvait le trahir ! Elle : c'est-à-dire la femme même pour laquelle il conspirait, pour la conquête de laquelle il jouait sa vie !... Comme, d'un coup de poignard, il se fût à l'instant débarrassé de tout autre !...

Lorsque cette pensée se présenta à l'esprit d'Altieri, il tressaillit.

Et les deux grands sentiments conducteurs de sa vie se présentèrent à lui comme pour lui dire :

Nous sommes incompatibles ; il faut que tu choisisses entre ton amour et ton ambition !

Il frémit d'épouvante et d'horreur.

S'il tuait Léonore, il comprenait que son existence était désormais vide et sans but.

S'il ne la tuait pas, il était à la merci d'un mot échappé, d'un mouvement de colère...

Le dilemme fut très clair et effroyable :

Vivre sans Léonore, ou mourir par elle !

Comme il en était là de ses pensées, on vint lui dire que Léonore en proie à une fièvre violente délirait dans son lit où on l'avait couchée.

Tout disparut à l'instant de l'esprit d'Altieri ; comme autrefois, chez Dandolo, il n'y eut plus chez lui que la pensée de sauver d'abord celle qu'il aimait — il verrait ensuite.

Pâle, mais calme en apparence, il pénétra pour la première fois dans la chambre de sa femme.

Il vit Léonore dans son lit, le visage très rouge, plaqué de taches livides. Elle était immobile, ses yeux étaient fermés, ses lèvres fortement serrées s'ouvraient seulement par intervalles pour une respiration sifflante.

Le mari regarda autour de lui avec la maladive curiosité de voir le milieu où vivait sa femme — si près et si loin de lui ! La chambre de Léonore, simplement meublée, portait la marque de cette élégance charmante qui émanait d'elle. Un léger parfum qu'il reconnut aussitôt pour le parfum préféré de Léonore se balançait dans l'atmosphère attiédie. Des rêves d'amour assaillirent Altieri ; ses poings se crispèrent, un sanglot déchira sa gorge, et il s'approcha du lit. Deux ou trois femmes allaient et venaient silencieusement.

— Qu'on prévienne notre médecin, ordonna Altieri.

— C'est fait, monseigneur, répondit la femme de chambre de Léonore.

Il fit un signe de tête, s'assit et prit dans sa main la main de Léonore qui pendait par-dessus les couvertures.

Il tressaillit — peut-être de joie, peut-être de douleur.

C'était la première fois qu'il serrait cette main fine et délicate, et c'était la mort proche qui la mettait dans la sienne !

Un silence lugubre pesait sur cette scène.

Tout à coup, ce silence fut interrompu par quelques paroles très distinctes que prononçait Léonore.

Le délire la reprenait.

Dès lors, elle se mit à parler longuement, tantôt à son père, tantôt à Roland... Altieri frémissait de rage. Elle demandait pardon, jurait que son amour était demeuré pur, fidèle, comme au jour lointain du premier regard de tendresse !

Et brusquement, elle cessa de parler à Roland.

Ce fut à lui-même, Altieri, qu'elle s'adressa dans son délire.

Des noms lui échappèrent... c'était tout le secret de la conspiration qui allait sortir de ses lèvres...

Livide, terrible, Altieri se tourna vers les femmes et rugit :

— Que faites-vous là, vous autres ? Dehors ! Vous la troublez ! Vous êtes cause que son délire augmente ! Dehors, vous dis-je !...

Les femmes, terrifiées par cet incompréhensible accès de fureur, étaient déjà sorties, qu'il continuait de crier pour couvrir les paroles de Léonore.

Quand il se vit seul avec elle, il eut autour de lui un regard farouche, puis il alla s'assurer que nul ne s'était arrêté dans la pièce voisine.

Alors, il revint s'asseoir près de Léonore, et, hagard, il écouta.

Oui ! elle parlait de la conspiration, elle en disait les détails, les précisait, et à chaque instant, revenait le nom d'Altieri.

Puis, avec la même soudaineté, elle se tut, s'affaissa dans une sorte de prostration. A ce moment, on heurta à la porte.

— Qui est là ? gronda Altieri en sursautant et en tirant son poignard.

— Le médecin ! répondit une voix du dehors.

Altieri respira.

— Je deviens fou ! pensa-t-il. Je vais me trahir moi-même.

Il s'efforça de se calmer, et alla ouvrir.

Le médecin, vieillard compassé, entra en se courbant devant le redoutable seigneur.

— Maître, dit Altieri, une chute qu'a faite la signora a provoqué en elle une forte fièvre.

— Bien, bien, nous allons voir, monseigneur.

Le vieux s'approcha du lit, examina longuement la malade, penché sur elle, grommelant des mots sans suite, invoquant le divin Hippocrate, et finalement, il se releva vers le capitaine général.

Le vieillard demeura tout blême, le visage décomposé par la terreur.

Altieri était penché sur lui, le poignard nu à la main !

Que Léonore eût dit un mot, et c'en était fait du malheureux.

— Monseigneur, balbutia-t-il... je ne comprends pas...

Altieri éclata de rire :

— Ne faites pas attention, maître ! Je crois en vérité que j'ai le délire moi-même. Mais venez... venez donc !...

Il avait rengainé son poignard et, violemment, entraînait dans la pièce voisine le vieillard encore tout ébahi et épouvanté.

Là, Altieri se vit en sûreté.

Son visage reprit cette expression de froideur qui lui était habituelle.

— Ah ! dit le médecin, j'avoue que vous m'avez fait peur...

— Excusez-moi, fit Altieri. On a de ces moments de folie lorsque le cœur est plein d'une mortelle angoisse. Mais veuillez me dire ce que vous pensez...

Le vieillard, décidément rassuré, commença par donner quelques conseils touchant la précieuse santé de monseigneur.

Puis, lentement, il expliqua la situation de la signora.

Elle était en danger de mort et devait être veillée nuit et jour.

— Bien ! Je la veillerai, moi.

— Admirable dévouement, monseigneur !

Le brave émule d'Hippocrate indiqua alors les remèdes qui lui parurent les plus efficaces en cette circonstance et finit par se retirer en disant qu'il reviendrait dans la matinée.

— Vous ferez mieux, maître ! dit Altieri. Vous vous installerez dans ce palais, et je vais vous faire préparer un appartement.

Le vieillard s'inclina, très flatté en apparence.

Mais il ne put s'empêcher de jeter un regard inquiet sur le poignard qu'Altieri avait remis à sa ceinture.

— Pourquoi cet homme a-t-il voulu me frapper ? se demanda-t-il lorsqu'il fut dans l'appartement où, sur l'ordre d'Altieri, on l'avait installé. A-t-il réellement eu un accès de folie ?...

Cependant, le capitaine général était rentré dans la chambre de Léonore où il s'était enfermé. Mais, avant, il avait fait venir son intendant, sorte de majordome à demi domestique à demi soldat, et lui avait dit :

— Tu as vu le maître chirurgien que j'ai installé ici ?

— Oui, monseigneur.

— Eh bien, si cet homme sort du palais avant que j'en aie donné l'ordre, tu es mort.

Le valet savait parfaitement que le seigneur capitaine général plaisantait rarement. Il prit donc la menace fort au sérieux, et plaça des sentinelles devant la porte du pauvre médecin. Il demeura d'ailleurs convaincu que son maître voulait simplement être sûr d'avoir le médecin à portée, et comme tout le monde dans le palais, il admira le dévouement d'Altieri qui ne quittait plus le chevet de la malade.

Il ne permettait à personne d'entrer dans la chambre et administrait lui-même les médicaments.

Cela dura cinq jours et autant de nuits.

Assis dans un fauteuil, à deux pas du lit, Altieri guettait anxieusement les paroles qui s'échappaient des lèvres de sa femme ; une sorte de régularité s'était établie dans la maladie ; le délire violent pendant lequel elle parlait à haute voix survenait en général le soir vers huit heures et s'apaisait environ deux heures plus tard ; alors, il y avait une accalmie jusque vers les quatre heures du matin ; Altieri verrouillait alors la porte et dormait dans son fauteuil d'un sommeil aussi agité que celui de la malade ; le moindre mouvement que faisait Léonore le remettait sur pied.

Léonore revint au sentiment de la vie le matin du sixième jour, c'est-à-dire qu'elle eut conscience de souffrir atrocement dans son corps et dans son âme.

Pour le corps, c'était une fatigue immense ; comme si tous les ressorts de l'organisme se fussent rouillés, la machine humaine criait au moindre effort et paraissait prête à se briser ; pour l'âme, c'était une désespérance absolue, un dégoût de vivre, donc un grand désir de mourir.

Vraiment, elle se trouvait si désemparée qu'elle ne voyait de refuge possible que dans la mort. Et lorsqu'elle songeait que tout le malheur de sa vie venait d'une seule minute de doute, elle sentait une colère l'envahir et se jugeait indigne de pitié.

Elle gardait les yeux fermés.

Immobile, toute raide, dans le grand silence lourd que le seul bruit imperceptible de sa respiration faisait plus lourd encore, elle espérait vaguement que ses yeux ne se rouvriraient plus, que plus un geste, plus un mot n'émanerait d'elle, et qu'elle allait s'endormir pour ne plus jamais se réveiller.

Alors, elle compulsa le drame de sa vie, établit le bilan de son désastre.

Son crime — nous employons ici les termes qui durent se formuler dans cette pauvre pensée affolée — son crime avait duré plus de six ans et s'était traduit par des actes définitifs.

Le crime, c'était de ne pas avoir aimé Roland autant qu'elle en était aimée. Roland était demeuré fidèle. Elle avait trahi.

Elle ne l'avait pas aimé de tout amour, puisqu'elle avait douté de lui ! puisqu'elle avait pu écouter l'accusation de la courtisane !

Dans la nuit des fiançailles, lorsque devant le Conseil des Dix Imperia affirma que Roland était son amant et qu'il avait tué Davila par jalousie, elle aurait dû penser et crier :

— Tu mens, Roland est à moi tout entier, comme je suis à lui tout entière.

Lorsque la vieille dogaresse Silvia avait voulu l'entraîner vers l'escalier des Géants pour soulever le peuple, elle aurait dû penser et crier :

— Courons, mourons avec lui ! Car lui et moi nous ne sommes qu'un seul être et rien ne peut nous désunir.

Lorsque son père lui avait juré que Roland gracié s'était enfui de Venise, elle aurait dû penser et crier :

— Tu mens ! Car Roland libre ne chercherait de refuge nulle part ailleurs que près de moi.

Lorsque son père, encore, lui avait annoncé la mort de Roland, elle aurait dû penser et crier :

— Tu mens ! Car Roland aurait eu la force de se traîner jusqu'ici pour mourir avec moi, dans mes bras.

Et lorsqu'elle avait marché à l'église de Sainte-Marie, à l'église consacrée aux vierges fidèles, elle aurait dû penser et crier :

— Je n'épouse pas Altieri, puisque je suis l'épouse de Roland. Et ne pouvant être à lui, j'épouse la mort !

Oui ! voilà ce qu'elle aurait dû penser et crier, en se poignardant au pied de l'autel des vierges pures, des vierges qui savaient aimer d'amour.

Il est nécessaire que nous le répétions ici : cet admirable *lamento* d'amour n'est pas de notre création ; nous en avons retrouvé les motifs dans une longue lettre que Léonore écrivit peu après et qui était une sorte de confession.

Ainsi donc, voilà quelles étaient les formes visibles qu'avait pris son crime. Et ce crime, qui avait été le doute, la négation de l'amour, s'était perpétré six ans, — jusqu'à cette minute où l'aveuglante vérité l'avait éblouie.

Roland n'était pas mort.

Roland n'avait pas fui Venise.

Roland était demeuré six ans dans les puits.

Et elle, misérable — pour nous pauvre martyre ! — avait trahi, avait terni à jamais la pureté de son amour en acceptant la déchéance d'un mariage.

En vain avait-elle sauvegardé, par une dernière résistance, par un dernier effort de fidélité, la pureté de son corps ; en vain avait-elle mis entre elle et celui qu'elle avait accepté pour mari d'infranchissables barrières, elle n'en était pas moins déchue.

Et c'est cela qu'avait dû penser Roland, puisque dans cette tragique entrevue de l'île d'Olivolo, il était demeuré devant elle muet et glacé.

Que n'avait-elle pas fait pour lui donner la sensation qu'elle était toujours l'amante fidèle !

Elle avait revêtu son costume de jeune fille.

Elle avait choisi le lieu de leur conjonction ; le vieux cèdre témoin de leur mutuelle adoration de jadis.

Elle avait choisi l'heure où, autrefois, leurs mains se joignaient et s'enlaçaient plus étroitement.

Et tout cela en vain !

Roland était demeuré implacable. Et il avait bien raison, puisque lui était demeuré fidèle alors qu'elle avait trahi... trahi devant le Conseil des Dix, trahi devant sa mère, trahi devant l'autel !...

C'était donc fini !

La suprême tentative avortait misérablement, et la séparation était consommée : plus jamais elle ne reverrait Roland : plus jamais ce regard tendre et fier ne croiserait le regard de l'homme aimé...

Alors, quoi ?...

Alors, c'était l'adieu à l'amour, l'adieu à la vie.

Alors, la mort seule, la mort libératrice devenait un refuge possible.

Voilà ce que pensa Léonore dans cette heure de désolation où le délire l'ayant quittée la vie se reprenait à sourdre dans sa robuste nature.

Et comme elle demeurait ainsi prostrée dans un anéantissement de tout espoir, comme elle fermait plus violemment les yeux pour appeler plus vite la nuit éternelle, un murmure de voix, tout près d'elle, la frappa soudain.

Qui donc parlait ainsi ?

Elle écouta, et pour la première fois depuis qu'elle pouvait penser songea à s'étonner d'être là, dans son lit.

Elle se rappela tout à coup qu'elle était tombée au milieu de la chambre. Sans doute ses femmes l'avaient couchée. Mais quel temps s'était écoulé ? Une heure ? Un jour ?

Elle écouta.

Les voix étaient basses mais très distinctes.

Ce n'étaient pas des voix de femmes comme elle avait imaginé au premier instant : c'étaient des voix d'hommes.

Elle les reconnut presque aussitôt et employa tout ce qu'elle avait encore de forces à ne faire aucun geste, à contenir l'horreur qui voulait exploser sur ses lèvres.

Ces voix qu'elle venait de reconnaître, c'étaient celles d'Altieri et de Dandolo, — de son mari et de son père !...

Que faisaient-ils là ? Dans sa chambre !... Une seconde elle supposa qu'on la croyait morte. Elle se raidit pour ne pas se soulever, crier, les chasser...

Elle écouta...

— Cinq jours que cela dure !... disait Altieri. Cinq mortelles journées d'angoisse et de terreur...

— Ainsi elle a parlé ! reprenait Dandolo.

— Elle a parlé... elle va parler encore... dès que le délire lui revient, elle expose toute la conspiration et prononce des noms...

— Le mien ? haleta Dandolo.

— Non ; tous excepté le vôtre.

Il y eut une minute de silence.

Léonore entendit un rauque soupir. C'était son père qui, si près d'elle, respirait fortement à se sentir rassuré.

Elle comprit tout !

Elle avait eu le délire, elle avait dit ce qu'elle savait, et Altieri s'était installé chez elle pour la surveiller !... Et maintenant, il en appelait à Dandolo, le père de la mourante, pour prendre sans doute quelque terrible résolution.

— Peut-être, continuait bientôt Altieri, ne sait-elle pas que vous êtes des nôtres ; ou peut-être, même dans son délire, l'idée de ne pas vous dénoncer, vous, son père, demeure-t-elle vivante...

— Ainsi, elle dit tout !... tout, excepté mon nom !

— Tout excepté cela !

— Mais si on l'entendait !... oh ! si on l'entendait !...

— Il est certain que si nous étions arrêtés, vous le seriez fatalement !

Encore un silence.

Léonore percevait le frémissement des deux hommes près d'elle.

Elle se tenait toute raide, cherchant à régulariser sa respiration.

Altieri reprit :

— Le délire lui vient le soir, et dans la nuit ; maintenant, elle dort tranquille... Oh ! ces nuits... Quelques-unes encore semblables à celles que j'ai passées là écoutant aux portes, le poignard à la main, prêt à tuer quiconque aurait entendu, tressaillant au craquement d'un meuble, inondé de sueur au bruit d'une porte qui s'ouvre... oui, encore quelques nuits pareilles, et je sens que je deviendrais fou... Je n'en puis plus, et je vous ai fait venir... vous, son père...

— Je vous relèverai, dit vivement Dandolo. Reposez-vous, je veillerai à votre place...

Altieri secoua tragiquement la tête.

— Il n'est pas question de repos, dit-il sourdement.

— De quoi est-il question ? demanda alors Dandolo d'une voix où Léonore surprit la profonde angoisse de l'être qui se débat devant quelque catastrophe prochaine.

Et tout à coup Altieri prononça :

— Il ne faut pas qu'on l'entende !...

— Non, dit Dandolo en passant sa main sur son front ; il ne faut pas qu'on l'entende !... Nul au monde !... C'est la mort pour nous... Et quelle mort !... Oh ! l'échafaud sur la place Saint-Marc... ou encore, là-bas, dans le sombre boyau du pont maudit, du Pont des Soupirs, l'infâme chaise de pierre sur laquelle on nous lierait pour nous tuer... ou encore la mort par la faim, par la soif, par le froid, la mort sinistre au fond des puits ! le supplice que nous avons infligé à...

— Silence ! gronda Altieri en saisissant la main du père de Léonore. Ne prononcez jamais ce nom ici !... Enfer ! Si ce nom allait la réveiller ! Si elle allait se dresser pour nous crier qu'elle veut nous jeter où nous avons jeté son fiancé !...

Haletants, livides, ils se turent, les yeux fixés sur Léonore.

— Elle dort ! dit enfin Dandolo.

— Oui, elle dort, gronda Altieri. Elle dort d'un sommeil tranquille. Et de ce sommeil va peut-être sortir notre mort.

Ses yeux se fixèrent, ardents et sauvages, sur ceux de Dandolo.

— Il ne faut pas qu'on puisse l'entendre, répéta-t-il. Et pour cela il n'y a qu'un moyen... un seul...

— Un moyen ? balbutia le père dont les cheveux se hérissèrent d'horreur.

— Oui : il ne faut plus qu'elle parle !... Ecoutez... vous savez si j'ai aimé votre fille, et si je l'aime encore...

— Taisez-vous ! oh ! c'est affreux...

— Je l'aime, vous le savez bien, par l'enfer ! Je l'aime et c'est ce qui cause mon désespoir. Elle me hait, me méprise, me maudit. Et moi, je l'aime... Et je n'en puis plus. Il faut que je meure — ou qu'elle meure !...

— Taisez-vous ! gronda le père.

— Je ne me tairai pas ! Car je vous ai fait venir, à bout de forces, pour vous dire cela, pour que vous preniez votre part de la fatalité qui m'accable. C'est vous qui me l'avez donnée... Donnée ! Dérision ! Vous ne savez pas que depuis le jour de notre mariage, nous vivons étrangers l'un à l'autre ! Mille fois j'ai été sur le point de la tuer ! Mille fois je me suis approché d'elle pour en finir avec une telle torture, en faisant disparaître la cause même de la torture ! C'en est assez, vous entendez ! Je ne puis plus ! Je n'irai pas plus loin... Je l'aime, j'en deviens insensé... et depuis cinq jours, j'ai souffert plus qu'en cinq ans. Je l'ai entendue appeler son fiancé, le supplier, lui demander pardon, lui crier son amour, et chacune de ses paroles a été un coup de poignard pour moi... Et voici que, pour comble, elle devient une menace de mort... Voici que ses paroles ne sont pas seulement de mortelles blessures pour mon cœur, voici qu'elles peuvent encore m'envoyer à l'échafaud... C'en est assez, vous dis-je ! Voulez-vous vivre désormais dans une perpétuelle terreur, être à la merci d'un caprice de femme, d'un mouvement de vengeance ? Dites... voulez-vous finir, vous aussi, sur l'échafaud ?...

Dandolo murmura :

— Ma fille ! ô ma fille !...

Et la terreur, une fois de plus, l'emporta dans l'âme misérable de ce père. Seulement, pour sauver sa fille, il essaya d'une faible tentative.

— Peut-être, bégaya-t-il, ne parlera-t-elle jamais plus de ces choses !... Peut-être, quand elle sera guérie, obtiendrez-vous d'elle l'assurance d'un silence absolu... Oh ! grâce... attendez... je suis sûr que ma fille se taira...

A cet instant, Léonore fit un mouvement.

Les deux hommes, pantelants, se turent et la regardèrent.

Elle se tourna vers eux, ouvrit les yeux... non plus des yeux troublés par le délire mais des yeux clairs, implacables...

Les deux hommes virent ce regard où brillait la flamme de l'intelligence, où les vapeurs troubles du délire s'étaient dissipées.

Tous deux eurent le même frisson glacial.

Ils comprirent que Léonore avait tout entendu.

Et elle pensa uniquement, fortement, que l'heure libératrice de la mort était venue, que la parole allait lui être une arme de suicide, puisque son père et son mari étaient décidés à la tuer.

Elle se souleva, rassembla toutes ses forces pour rendre sa voix plus ferme, et prononça :

— Vous vous trompez, mon père, je ne me tairai pas... je parlerai... Dès que je serai debout, je vous livrerai tous les deux.

Et comme ils se taisaient, frappés de stupeur, elle ajouta :

— Vous avez rompu le pacte que nous avions conclu dans l'île d'Olivolo ; en profanant cette retraite de votre présence détestée, vous me déliez du silence que je m'imposais ; je parlerai donc.

Altieri se trouvait le plus près du lit.

Il pencha sur Léonore un visage convulsé par la terreur.

A ce moment, la passion qui jusqu'à ce jour avait été le grand mobile de ses actes et de ses pensées s'effondra d'un coup ; ce revirement qui parfois, bouleverse une âme, comme un cataclysme, une éruption de volcan peuvent bouleverser l'aspect de la nature, fut instantané. La minute avant, il désirait passionnément Léonore ; la minute après, il la haïssait aussi profondément que s'il l'eût haïe depuis toujours.

Il voulut prononcer quelques mots, — probablement une insulte suprême. La voix expira dans sa gorge. Alors, lentement, il leva le bras, cherchant la place pour frapper, pour tuer d'un seul coup.

Léonore, avec un indicible sourire de délivrance, fixa le poignard qui jeta un reflet dans le demi-jour.

Le bras, soudain, s'abattit.

Mais sous une brusque et violente poussée, l'arme dévia, laboura l'oreiller, à deux pouces du visage de Léonore, et Altieri, sous cette même poussée furieuse, chancela, fut éloigné du lit de trois pas.

Et Dandolo se plaça devant sa fille, sombre, livide, tragique.

— Je ne veux pas que ma fille meure ! gronda-t-il.

— C'est toi qui m'a repoussé ? demanda Altieri presque insensé, sachant à peine ce qu'il disait et ce qu'il faisait.

— Oui, c'est moi.

— Tu veux donc mourir aussi ?

— Tout, plutôt que de permettre que tu la touches.

Altieri souffla fortement, se ramassa. L'instinct de sauvegarde qui dominait la violence déchaînée lui fit comprendre qu'il devait opérer sans bruit.

Il regarda Dandolo.

Jamais il ne l'avait vu tel.

Cet homme faible, hésitant, facile à effrayer, venait de se transformer.

Il était terrible. L'âme ancestrale des héroïques Dandolo, des vieux doges qui avaient fait la grandeur et la puissance de Venise, se réveillait en lui.

Il était plus encore, il était mieux : il était le père.

Altieri descendait aux abîmes de la terreur à mesure que Dandolo s'élevait.

Il bégaya :

— Misérable, tu veux donc que nous portions notre tête au bourreau ! Insensé, tu as donc appétit de l'échafaud !

— Ah ! éclata Dandolo dans un sanglot terrible, la mort, le bourreau, l'échafaud, l'infamie, la prison, tout, tout, plutôt que cette suprême lâcheté ! Lâche ! Je l'ai été ! Toute ma vie, je me suis débattu contre la lâcheté. Je t'ai vendu ma fille, je t'eusse vendu mon âme ; tu m'as acheté, infernal marchandeur de consciences ! eh bien ! je me reprends, voilà tout ! Le titre que tu m'as donné, je n'en veux plus, la gloire, la puissance, le vieux palais empli de richesses, reprends tout ! Moi, je me reprends et je reprends ma fille.

Altieri fit un pas.

Dandolo tira son poignard et dit :

— Je te conseille de ne pas approcher de ma fille, si tu ne veux pas que je devance la besogne du bourreau.

— Mort pour mort, rugit Altieri, j'aime mieux en finir ici !

Et il se jeta sur Dandolo écumant.

La lutte fut rapide et silencieuse. Il y eut quelques grondements, quelques chocs d'acier.

Puis soudain, Altieri s'affaissa, l'épaule droite traversée de part en part. Il roula au pied du lit et essaya encore de saisir la main de Léonore. Mais le père, d'une poussée, l'envoya rouler plus loin...

La blessure était sérieuse, non mortelle.

Altieri ne perdit pas connaissance.

Les yeux agrandis par la terreur, la face décomposée par la rage autant que par la souffrance, il regarda ce qui allait se passer.

Dandolo, une fois Altieri repoussé, s'était tourné vers Léonore.

Il ne dit pas un mot.

Mais il s'agenouilla, prit la main de sa fille, y appuya son front brûlant et éclata en sanglots.

Léonore se pencha vers lui et murmura :

— Mon père !

— Pardonné ! cria Dandolo dans une indicible explosion de joie.

— Reconquis, mon père ! répondit Léonore tandis qu'une expression de fierté illuminait son visage.

. . . .

Dandolo s'était relevé.

— Tu ne resteras pas ici, dit-il d'une voix qui tremblait ; je vais te faire emporter, là-bas, dans notre maison de l'île d'Olivolo. C'est moi qui te guérirai, je te l'assure, va, j'en suis sûr maintenant. Nous reprendrons notre vie de jadis, tous deux seuls, rendus l'un à l'autre... Attends... je vais appeler, donner des ordres... heureusement, il n'y a rien de changé à notre maison...

Léonore secoua la tête.

—Mon père, dit-elle, vous oubliez qu'Olivolo n'est plus à nous...

Dandolo demeura atterré.

Il avait oublié cela ! Il avait oublié Roland ! Il murmura :

— La maison est vendue !

— A un étranger ! fit vivement Léonore.

— Eh bien ! peu importe ! reprit Dandolo. Nous louerons une maison...

— Mon père, dit Léonore avec fermeté, vous oubliez qu'une fille des Dandolo n'a jamais quitté la maison du mari qu'elle avait accepté... Ne craignez rien pour moi. Tout à l'heure, je voulais mourir. Maintenant, il faut que je vive... pour vous, mon père... sinon pour d'autres. Le seigneur Altieri comprend sans doute ma pensée... Il sait que jamais un mot ne sortira de ma bouche qui puisse trahir son secret. Il sait que s'il trompait à nouveau notre pacte, s'il entrait encore ici, les conséquences en seraient terribles pour lui... Il sait que si un malheur m'arrivait, l'échafaud se dresserait pour lui, car vous seriez là pour le dénoncer... N'est-ce pas, seigneur Altieri, que vous acceptez ainsi les choses ?...

— J'accepte ! dit sourdement le capitaine général.

— J'ajoute, reprit Léonore, que mon père sera libre d'entrer ici à toute heure de jour et de nuit...

— Ceci est inutile, dit alors Dandolo ; puisque tu ne veux pas sortir d'ici, ma fille, j'y reste. La pièce voisine sera mon appartement ; et nul n'entrera dans cette chambre qu'en me passant sur le corps...

D'un signe de tête, Altieri indiqua qu'il approuvait cet arrangement. Alors, d'un effort qu'une nature aussi énergique que la sienne pouvait seule accomplir, il se leva, et sans tourner la tête vers Léonore et Dandolo, d'un pas presque ferme, il gagna la porte, tira les verrous et disparut.

Léonore, qui s'était à demi soulevée pour suivre toutes les péripéties de cette scène, retomba évanouie sur ses oreillers.

XII

LE CAMP DU GRAND DIABLE (1)

Il faut que nous revenions maintenant à Roland Candiano. On a vu qu'après son étrange rencontre avec Léonore, il avait chargé Scalabrino de quelques ordres aux chefs de la montagne et de la plaine, et qu'il s'était aussitôt éloigné de Venise.

Roland se donnait à lui-même ce prétexte, qu'il fallait voir au plus tôt Jean de Médicis et empêcher à tout prix sa conjonction avec le doge Foscari.

En réalité, il fuyait Venise.

Craignait-il donc une arrestation devenue presque impossible à éviter ? Avait-il peur d'être replongé vivant dans cette tombe que surplombait le Pont des Soupirs comme un catafalque de pierre, ou de succomber dans quelque guet-apens, ou enfin de monter pieds nus, en chemise et les mains liées, l'échafaud qui se dressait pour lui sur la place Saint-Marc ?

Non, Roland ne craignait plus la nuit du tombeau, sous quelque forme qu'elle se présentât à son imagination, par la mort ou par la détention au fond des puits.

Roland fuyait Venise, parce que Venise lui était insupportable, parce qu'il avait peur d'une nouvelle rencontre avec Léonore, peur de lui-même, peur de son amour !

— Quoi ! se disait-il tout en chevauchant le long des routes ombragées de cyprès monstres, de cèdres et de sycomores géants, quoi ! je l'aime donc encore à ce point ! Quoi ! j'ai souffert une éternité de douleur, son nom a meurtri mes lèvres à chaque seconde, chaque pulsation de mon cœur a été un soupir d'amour, et elle m'a trahi odieusement, comme la dernière des malheureuses du port n'eût pas trahi son barcarol préféré ! Quoi ! elle a profité de ce que j'étais jeté dans un cachot pour se donner à un autre ! Elle savait que je pleurais des larmes de sang et courait à l'autel !... Et je l'aime encore !... De quel boue est donc fait mon cœur !... Cette nuit, froide, impassible, tandis que je mordais ma langue pour arrêter le cri d'amour qui montait à mes lèvres, a-t-elle eu seulement un mot de regret !... Elle m'a fait l'aumône de me tirer du guet-apens, elle m'a fait la charité d'un peu de liberté. Elle a fait cela comme elle l'eût fait pour tout autre proscrit...

Roland enfonçait alors ses éperons dans les flancs de sa monture et se lançait dans un galop furieux, comme s'il eût espéré que le cheval fou de douleur l'entraînerait dans quelque précipice.

Mais la route était belle et droite, comme toutes les routes de la magnifique vallée du Pô. Le cheval, après un temps de galopade exaspérée, se remettait de lui-même au trot, et Roland retombait en de mornes pensées.

Ces alternatives de fureur et d'abattement durèrent deux jours.

Puis, peu à peu, les pensées de vengeance se substituèrent aux pensées d'amour et de désespoir. Roland songea à ce Foscari qui était une des causes les plus directes de son malheur. Il évoqua fortement la terrible scène de l'aveuglement de son père.

— Il ne s'est rien passé de nouveau, murmura-t-il. Léonore n'existait plus pour moi. Elle n'existe pas davantage maintenant. Mais ce qui existe, c'est l'infernal Foscari ; c'est son ambition ; et si je le laisse faire, l'homme qui a supplicié mon père deviendra le maître de l'Italie... Mais je suis là... et quant aux autres, nous verrons ensuite !

Dès lors, il concentra toute sa force de raisonnement sur la mission qu'il entreprenait : empêcher par tous les moyens, même par la violence, une entente entre le doge Foscari et Jean de Médicis.

Il avait pris ses renseignements.

Et d'ailleurs, les faits et gestes du célèbre capitaine étaient anxieusement suivis ; le bruit de ses marches et contremarches se répandait rapidement dans toute l'Italie.

A ce moment, le Grand Diable assiégeait la forteresse de Governolo.

Il avait avec lui une armée disparate, gens de sac et de corde, qui professaient pour leur chef une admiration fanatique.

Le plan général de Jean de Médicis n'apparaissait que vaguement. Cet homme de guerre semble surtout avoir fait la guerre par passion de la guerre, du meurtre, du rapt et du pillage.

En cela semblable, au fond, à tous les grands conquérants.

Quelques historiens l'ont appelé un « aimable guerrier ».

Cet « aimable guerrier » était redouté comme un fléau. S'il ne s'appelait pas le « fléau de Dieu », comme Attila, il avait du moins relevé avec une sorte d'insolence le titre que lui avaient donné ses soldats et se faisait une gloire de justifier ce sobriquet de *Grand Diable* qu'il avait accepté.

Il lui arrivait de faire tranquillement passer un ou deux milliers de citoyens au fil de l'épée ; mais il aimait à rire.

Et c'est sans doute en riant qu'il donnait l'ordre de piller et d'incendier les villes qui tombaient en son pouvoir.

De là l'adoration de ses soldats.

Roland arriva la nuit près de Governolo, au camp du Grand Diable. Jean de Médicis, qui voulait lancer bientôt ses soudards à l'assaut de la place, leur avait accordé une nuit de licence, la joie était au camp, dit Philarète Chasles, et la nuit se passait en fête. Mille et mille cris de : Vive le Grand Diable (*Evviva il Gran Diavolo !*) retentissaient de toutes parts.

Il faisait froid. Une bise aigre sifflait à travers les arbres et les tentes. On avait allumé de grands feux.

Une joie énorme montait de ce camp où étaient accourues « les beautés faciles » des environs.

Une odeur de ripaille s'épandait dans l'atmosphère.

Des soldats s'étaient élancés, dans la soirée, pour rapporter du butin. Et ils revenaient chargés de victuailles.

Les uns descendaient de cheval et décrochaient de l'arçon de leur selle les jambons qu'ils avaient volés ; d'autres pous-

---

(1) *Les épisodes qui vont suivre, les tableaux, les scènes de mœurs nous sont fournis par les lettres de l'Arétin.*

saient devant eux, des moutons et des chevreaux qu'on tuait aussitôt et qu'on faisait rôtir en les suspendant devant les feux ou en les embrochant à des lances ; d'autres encore roulaient des tonneaux de vin qui bientôt étaient défoncés.

On voyait çà et là des paysans et des femmes ruinés par ces rapines qui pleuraient, sanglotaient et s'arrachaient les cheveux.

Et sous les grands chênes qui, malgré les froids, conservaient en partie leur feuillage épais, à la lumière sombre des torches ou dans l'embrasement rouge des feux, apparaissaient des groupes de soudards qui mangeaient, buvaient, chantaient et enlaçaient des femmes.

C'était la débauche qui précède les batailles.

L'odeur forte des vins fumeux avant l'odeur du sang.

Des jurons, de rauques chansons, des vociférations de joueurs, des hurlements sauvages de soldats se disputant une femme, voilà ce que vit et entendit Roland qui traversa cette cohue de reitres, le cœur soulevé de dégoût.

Il demanda à être conduit auprès du chef.

Le Grand Diable était sous sa tente, au milieu du camp, entouré de quelques-uns de ses lieutenants préférés. La tente était vaste ; un grand feu brûlait devant l'ouverture, et en avant du feu, douze cavaliers immobiles, l'escopette au poing, montaient la garde. Une grande table avait été dressée. Jean de Médicis et ses officiers y avaient pris place, tandis que des joueurs de luth et de flûte essayaient vainement de couvrir la voix énorme de la ripaille et de la débauche qui montait du camp dans un grand souffle rauque. Jean de Médicis buvait, mangeait, riait à gorge déployée, et n'eût été son costume, on l'eût pris pour un de ces reitres que Roland avait aperçus sous les chênes, dans la lueur des brasiers.

Lorsque Roland parut devant lui, il fronça le sourcil.

Ce cavalier poudreux, dont le visage sombre contrastait si violemment avec toute la joie qui l'entourait, lui parut de mauvais augure.

A l'aspect de Roland, les éclats de rire et de voix s'étaient, sur un geste du Grand Diable, arrêtés soudain.

— Qui êtes-vous ? demanda Jean de Médicis.

— Je viens de Venise, dit Roland, et j'ai à vous parler en secret, je suis Roland Candiano, fils du doge Candiano, lâchement surpris en pleine fête, et aveuglé dans son palais.

Un sourd frémissement accueillit ces paroles prononcées d'un ton calme.

L'effrayante histoire des Candiano était connue ; elle était presque passée à l'état de légende de terreur, et quant à la tragique aventure de Roland Candiano, arrêté, jeté dans les puits au moment de ses fiançailles, elle était devenue légende d'amour et de pitié.

— Je croyais, dit Jean de Médicis, que vous étiez en prison ?

— On sort d'une prison, même quand cette prison s'appelle les puits de Venise.

— Vous voulez donc me parler ?

— Si cela vous agrée.

— Soyez le bienvenu à ma table et dans ma tente, dit alors le Grand Diable. J'ai connu Candiano ; c'était un homme trop bon et qui connaissait mal le moyen de gouverner en paix ; mais enfin, c'était un homme qui, dans l'occasion, savait rendre service, et je m'en trouvai bien, il y a quelque dix ans. Que son fils soit donc le bienvenu parmi nous...

En disant ces mots, Jean de Médicis désigna à Roland une place près de lui. Roland s'assit et choqua contre le verre du Grand Diable le verre qu'on venait de remplir devant lui. Cet acte de politesse accompli, il ne toucha ni aux mets, ni aux vins.

Les rires et les conversations bruyantes fusaient de nouveau et emplissaient de tumulte la vaste tente.

Jean de Médicis examinait à la dérobée son invité, et il admirait sa mâle beauté, la force et la souplesse qui paraissaient évidentes en lui à chacun de ses mouvements.

— S'il compte sur moi pour l'aider à reprendre la couronne du vieux Candiano, il se trompe fort, songeait-il. Par tous les diables, Foscari est un rude joueur et je ne me soucie pas de l'avoir contre moi. Mais s'il veut accepter de commander une partie de mon armée, j'aurai fait cette nuit une bonne acquisition.

Tout en monologuant ainsi en lui-même, le Grand Diable ne laissait pas que d'interroger Roland sur son séjour au fond des puits, sur la manière dont il avait été arrêté, comment il s'était évadé...

Roland lui répondait sobrement, en quelques mots.

Mais chacune de ses réponses donnait de lui une plus haute idée.

Lorsque le Grand Diable annonça enfin à ses officiers qu'il était temps de se retirer, il était résolu à faire des propositions à Roland pour prendre du service auprès de lui, et à lui confier un grade important.

Les officiers, les serviteurs, les joueurs de luth se retirèrent avec une rapidité qui prouvait que la discipline relâchée en apparence dans ce camp de la Débauche était très puissante en réalité !

— Nous voilà seuls, dit alors le Grand Diable ; parlez ! Qu'avez-vous à me dire ?... Laissez-moi vous prévenir tout d'abord que je suis empêtré dans des opérations de guerre qui dureront longtemps, s'il plaît au diable, mon patron. Je ne pourrais donc, à mon regret, tenter pour vous le moindre mouvement du côté de Venise.

Roland secoua la tête et sourit dédaigneusement.

— Rassurez-vous, dit-il, je fais mes affaires moi-même, et lorsque je rentrerai dans le palais ducal, ce sera parce que je l'aurai voulu ainsi, et non parce qu'on m'y aura conduit.

— Par le ciel vous me plaisez ainsi... et je ne vous cache pas que j'ai conçu de vous la plus haute estime s'il vous agrée de commander sous mes ordres...

— Je n'obéis qu'à moi-même, dit Roland ; mais je vous remercie de l'offre que vous me faites et de la pensée généreuse qui l'inspire.

— Que voulez-vous donc ? fit Jean de Médicis étonné.

Roland se recueillit un instant.

Au dehors, les bruits de la débauche, du rut et de l'ivrognerie de tout un camp s'apaisaient en un sourd murmure.

— Jean de Médicis, dit Roland, vous êtes un homme de guerre, et non un homme de diplomatie ; vous êtes redouté parce que vous avez une armée qui vous suit aveuglément et que vos faits d'armes passés donnent la mesure de ce que vous pouvez entreprendre ; mais vous devez rester le grand guerrier que vous êtes ; si vous vous mêlez d'intrigues, vous y perdrez votre prestige.

— Et qui vous dit que je veuille intriguer ?

— C'est là pourtant ce qu'on veut vous proposer.

— Qui cela ?

— Le doge Foscari.

— Ah ! ah ! fit Jean de Médicis qui devint songeur.

— Il y a, reprit Roland, une lutte à mort entre Foscari et moi ; Jean de Médicis, je viens vous demander de demeurer neutre entre nous deux.

— Expliquez-vous, dit froidement le Grand Diable.

Roland eut conscience de cette froideur soudaine et se demanda s'il n'arrivait pas trop tard. Une flamme de menace brilla dans ses yeux noirs.

— Je vais, dit-il, vous expliquer très nettement la situation et vous verrez ensuite quel parti vous avez à prendre.

— Je vous écoute, Candiano.

— Foscari a fait subir à mon père un supplice horrible ; Foscari m'a jeté dans les puits de Venise où j'ai passé six ans ; Foscari doit être puni, lui et ses complices !...

Roland prononça ces mots avec un tel accent de haine que Jean de Médicis tressaillit et s'écria :

— Par tous les diables cornus, je ne voudrais pas être de vos ennemis !...

— Tous ceux qui aideront mes ennemis seront mes ennemis, répondit Roland. Je continue. J'ai entrepris contre Foscari et ses complices une guerre sans merci. J'y mourrai ou ils y mourront, pas de milieu. Or, pendant que dans le port, dans le peuple de Venise, je sape activement la puissance de Foscari, lui songe à se créer des alliés pour de vastes entreprises qui le mettraient, s'il réussissait, hors de ma portée... Et le premier de ces alliés auxquels il songe, c'est vous, Jean de Médicis...

— Comment le savez-vous ?...

— Foscari vous a envoyé un ambassadeur, un homme que vous connaissez...

— Qui donc ?

— Pierre Arétin.

— Pietro ! Ce bon Pietro !... Je serai ravi de le revoir... Il me manque...

— Vous ne le reverrez pas : j'ai saisi Pierre Arétin, j'ai su le secret de l'ambassade dont il était chargé, je l'ai mis en lieu sûr et je viens à sa place.

— Vous avez fait cela, vous !

— Oui, Jean de Médicis, je l'ai fait.

— Et c'est à moi que vous venez le dire ! Parbleu, vous ne manquez pas d'audace, je l'avoue !

— Jean de Médicis, dit Roland, l'audace est ma dernière richesse.

— Et vous dites que vous savez ce que Pierre Arétin était chargé de me dire ?

— Je vais vous répéter les paroles que l'Arétin devait vous transmettre de la part de Foscari. Seulement je les résume et les dépouille de tous les artifices dont il n'eût pas manqué de les envelopper. Foscari veut s'emparer de l'Italie et en faire un royaume unique. Il vous propose de joindre à votre armée l'armée de Venise augmentée de sa flotte qui servirait à déposer des troupes sur les côtes et à éloigner les étrangers qui voudraient s'opposer à la combinaison (1). Une fois l'Italie soumise, vous régneriez tous les deux, lui au nord avec Venise ou Milan comme capitale, vous au midi avec Rome ou Naples pour capitale. Voilà le plan dans sa simplicité. Telle est l'alliance que vous propose Foscari. Qu'en pensez-vous ?

— Et si je vous dis ce que j'en pense, vous chargerez-vous de faire tenir ma réponse à Foscari comme vous m'avez apporté ses offres ?

— Sans nul doute, quelle que soit cette réponse. Rien ne m'était plus facile que de vous laisser ignorer les propositions du doge.

— Etonné de mon silence, il m'eût envoyé un autre député.

— Peut-être ! quoi qu'il en soit, je serai aussi loyal au retour que je le suis ici. Vous pouvez donc parler franchement.

— Soit. Le plan de Foscari dans son ensemble me paraît grandiose ; c'est une idée de génie et il serait dommage qu'un homme comme moi n'aidât pas à sa réussite. En principe, donc, j'accepte l'alliance proposée. Voilà ce que vous aurez à dire à Foscari.

— C'est tout ?

— C'est tout pour le moment. Pour une entente définitive, il faut une entrevue entre le doge et moi. Cette entrevue, le lieu, le jour, je les lui indiquerai par un courrier que j'enverrai à Venise. Et ce, dans trois ou quatre jours au plus tard. Dès demain matin, je veux aller étudier le point faible de Governolo et combiner l'assaut qui aura lieu après-demain. Un jour pour le pillage... Puis je fais partir mon courrier que vous précéderez seulement de trois ou quatre levers de soleil.

Le Grand Diable, en prononçant ces derniers mots, avait pris un ton narquois qui n'échappa pas à Roland. Celui-ci comprit que le terrible guerrier méditait quelque guet-apens. Mais il demeura calme et grave, sans qu'un pli de sa physionomie décelât en lui une inquiétude quelconque.

La proposition de Foscari enthousiasmait, en effet, Jean de Médicis.

Lui qui, jusqu'ici, avait fait la guerre à tort et à travers, entrevoyait un but magnifique à ce jeu sanglant des batailles qui le passionnait.

Il répéta à diverses reprises entre ses dents :

— Superbe !... Idée superbe !... Digne de moi !...

---

(1) Combinazione, *en italien, est un mot qui s'adapte à toute opération préméditée : guerre, diplomatie, jeu, commerce.*

Cependant il s'était renversé sur le dossier de son siège, et, les yeux à demi fermés, il étudiait Roland, d'un mince regard ironique et dur.

— Ainsi, reprit Roland, vous acceptez ?... Sans réflexion, sans hésitation, du premier coup, vous acceptez ?

— Qu'est-il besoin de tant de réflexion ! s'écria le Grand Diable. L'idée est superbe, vous dis-je, et je l'accepte.

— Il me reste à vous faire quelques objections.

— Venant d'un homme aussi hardi et aussi mesuré que vous, elles seront les bienvenues, Candiano.

— Voici donc la première, dit Roland toujours aussi calme. Elle vous concerne personnellement. Vous êtes, à mon avis, homme de guerre avant tout. Je crois réellement que la diplomatie vous perdra. Vous pouvez certes, en unissant votre armée et vos efforts à ceux de Foscari, vous emparer de l'Italie, bien que l'entreprise en elle-même comporte plus de difficultés que vous n'en supposez. Milan, Florence, Pise, Mantoue sont des républiques puissantes qui formeront une redoutable ligue. Mais supposons qu'après dix ans et plus peut-être de guerres sanglantes vous ayez réussi, supposons l'Italie vaincue prête à vous accepter pour maître. Supposons même une chose impossible : le pape consentant votre royauté, l'Europe ne se levant pas à son appel... Admettons tout cela. Vous voilà en présence de Foscari. Votre rôle est terminé. Le sien commence. Le guerrier s'efface, le diplomate entre sur cette scène rouge de sang que vous avez préparée... Que se passe-t-il alors à votre avis ?

Jean de Médicis avait suivi très attentivement les paroles de Roland.

Le pli ironique de ses lèvres avait disparu.

Cet air de confiance illimitée que reflétait son visage de guerrier heureux s'était évanoui. Roland constata l'effet qu'il venait de produire et se hâta de continuer :

— Je ne parle pas de la résistance certaine et peut-être victorieuse de Venise elle-même. Venise que ses destinées conduisent à un avenir de liberté, Venise qui regarde vers la mer et non vers la terre, Venise qui aspire à la paix, au commerce, à la gloire des arts, sera sans doute la première à se révolter. Mais je reviens à ma question. Vainqueur, que ferez-vous ?

— Par le diable, mon patron, je règnerai à Naples, sinon à Rome même ! Qui donc saurait alors m'en empêcher ?

— Qui ? Votre associé, Jean de Médicis ! Je ne veux pas dire votre complice. Je connais Foscari. Je l'ai percé à jour. Quand vous aurez conquis l'Italie, il y aura un roi unique, et ce roi...

— Ce sera moi ! gronda Jean de Médicis en assénant sur la table un coup de poing qui fit trembler les verres dont elle était chargée.

Mais se reprenant aussitôt, comme s'il eût craint d'avoir dévoilé sa pensée :

— Foscari sera loyal. Il le sera de force, s'il ne veut l'être de bon gré.

— Soit, dit Roland, j'en ai donc fini avec les objections qui vous concernent. Il me reste à vous exposer celles qui me sont personnelles. Je vous ai dit les motifs de haine que j'ai contre Foscari. Si vous devenez son associé, vous faites obstacle à ce que j'ai résolu de faire. Jean de Médicis, je vous jure sur ma mère morte de souffrance et de douleur, sur la tête de mon père supplicié, je vous jure que rien au monde ne peut sauver Foscari du moment que je l'ai condamné. Loyalement, je vous préviens que je supprimerai tout obstacle qui se dressera entre le doge et le châtiment que je porte dans ma pensée.

Roland se leva, et dit :

— Réfléchissez, Jean de Médicis.

— Je crois que vous me menacez ! fit le Grand Diable en se levant de son côté.

— Je vous préviens, voilà tout. Foscari, c'est le crime ; moi, je suis la vengeance. Choisissez, Médicis !

— Mon choix est fait ! rugit le Grand Diable. Holà ! à moi !

Une douzaine d'officiers se ruèrent dans la tente.

— Qu'on s'empare de cet homme ! ordonna Jean de Médicis. Et qu'on le garde à vue jusqu'à ce que j'aie statué.

Roland fut aussitôt entouré.

Il demeura aussi impassible qu'il l'avait été depuis son entrée dans la tente.

— Médicis, dit-il froidement, je vous ai donné à choisir entre le Calme et la Justice. Prenez garde ! Il est encore temps...

— Qu'on l'emmène ! répondit le Grand Diable.

— C'est donc vous qui l'aurez voulu !...

Roland jeta ce mot sans colère apparente.

Il parlait encore que les deux officiers les plus rapprochés de lui lui mirent la main à l'épaule.

On connaît la force herculéenne de Roland.

Au moment même où il jetait au Grand Diable une dernière menace, il se ramassa sur lui-même ; sa physionomie si froide jusqu'alors se transformant devint terrible, flamboyante.

Il écarta les deux bras d'un geste foudroyant.

Les deux officiers roulèrent comme assommés.

D'un bond, Roland se jeta alors vers la porte de la tente.

— Arrête ! Arrête ! hurla le Grand Diable.

— Trahison ! Arrête ! Arrête ! hurlèrent à leur tour les huit ou dix officiers restants qui formèrent entre Roland et la porte une barrière hérissée de poignards.

En même temps, une troupe nombreuse de soldats, attirés par les cris, s'avançait vers la tente, tandis que les cavaliers de garde formaient un demi-cercle et levaient leurs pistolets.

Roland avait tiré la lourde épée de combat qui ne le quittait jamais.

Il était acculé à un coin de la tente, et d'un geste forcené, d'un effort de géant, avait attiré à lui la vaste table qui lui forma un rempart.

— Arrête ! Arrête ! hurlait le Grand Diable, tandis qu'un tumulte de prise d'armes se déchaînait dans le camp.

— Médicis ! rugit Roland, souviens-toi que tu as repoussé ma justice et que ma justice te condamne !...

XIII

CHOC DE PASSIONS

Au sein du palais d'Imperia, dans cet appartement qui était réservé à Bianca et que la courtisane avait paré avec une virginale élégance...

La mère et la fille, assises l'une près de l'autre, causaient, les mains dans les mains. Bianca venait de raconter à sa mère les péripéties de son voyage à Mestre, son séjour auprès de Juana, la soudaine arrivée de Sandrigo.

Elle avait à peine parlé de Roland, mais dans le peu de mots qu'elle avait dits, Imperia avait senti un respect passionné, une admiration et une confiance sans bornes. Elle avait écouté les paroles de sa fille avec une sombre inquiétude.

— Enfin, dit-elle, nous voilà unies, mon enfant ; te voilà hors de tout danger, grâce au courage de ce brave officier... le seigneur Sandrigo.

— Mais, ma mère, dit Bianca, je n'étais pas en danger auprès de Juana... Le danger était ici... le danger c'était cet homme qui m'enlevait... cet être hideux que je n'ai fait qu'entrevoir, mais dont les traits demeurent gravés dans ma mémoire...

Bianca parlait de Bembo. Elle frissonna.

— Ne crains plus rien de cet homme, dit sourdement Imperia.

Bianca hocha la tête.

— Qui sait s'il ne reviendra pas ! murmura-t-elle.

— Il est mort ! dit sourdement Imperia.

Et elle se perdit dans une songerie sombre. Oui, Bembo était mort, frappé par Roland. Lui-même le lui avait annoncé. Et qui savait maintenant où s'arrêterait la vengeance de Candiano ?

Elle avait su que Roland, traqué dans la maison de l'île d'Olivolo, était parvenu à fuir.

Mais il reviendrait ! Elle en était sûre !

Elle ignorait d'ailleurs le rôle de Léonore. Mais ce rôle, elle le soupçonnait.

Sa lutte avec Léonore se retraça vivement à son esprit. Elle avait été vaincue !

Elle avait dû livrer le secret de l'évasion de Roland !... Sans doute, à ce moment, Léonore songeait au moyen de rejoindre celui qu'elle aimait ! Peut-être lui avait-elle parlé ?

Et maintenant, elle enveloppait dans la même haine Léonore Dandolo et Roland Candiano, ceux qu'autrefois on appelait les amants de Venise ! Oui, elle les haïssait tous les deux, farouchement. Elle n'aurait de paix qu'au jour heureux où elle serait sûre que la pierre d'une tombe était à jamais scellée sur les amants...

Elle tressaillit et une expression de menace si violente, si implacable convulsa son visage, que Bianca, timidement, lui en fit la remarque.

Nous disons timidement... car Bianca, maintenant, avait peur de sa mère.

— Qu'avez-vous, mère ? demanda la jeune fille, vous paraissez toute bouleversée.

— C'est que je songe à cet homme dont tu me parlais, à cet homme qui a voulu t'enlever... Mais ne crains plus rien : il est mort.

Et de nouveau, sa pensée se reporta sur Bembo — le premier qui eût succombé sous les coups de Roland.

— Oui, murmura-t-elle à voix basse en se parlant à elle-même, Bembo a succombé... A qui le tour à présent ?...

A ce moment, la femme de chambre favorite d'Imperia entra dans la pièce où se tenaient la fille et la mère.

— Signora, dit cette femme, quelqu'un est là qui veut vous parler...

— Qui est-ce quelqu'un ? demanda Imperia.

— Il ne dit pas son nom, signora.

— Mais est-ce quelqu'un qui soit déjà venu ici ?

— Je n'ai pu voir son visage qu'il tient à demi caché dans les plis de son manteau.

Ce mystère et ces précautions amenèrent à l'instant même un nom et une image dans l'esprit de la courtisane.

Roland Candiano !...

Seul Roland avait intérêt à se cacher ainsi pour entrer chez elle.

Aussitôt, elle fut debout, pâle, agitée, son regard dans un grand miroir. Machinalement, du bout de ses admirables doigts de statue grecque, elle arrangea ses cheveux, elle chercha à se faire plus coquette.

Pour qui ? Pour Roland ?... Ne le haïssait-elle donc pas de toutes ses forces depuis que — de toutes ses forces — elle aimait Sandrigo, lieutenant des archers de Venise ?...

Oui, elle le haïssait !

Oui, elle l'eût étranglé de ces doigts qui fourrageaient en ce moment dans sa chevelure et arrangeaient avec une science rapide la lourde torsade que soutenait un énorme peigne d'or enrichi de diamants.

Mais peut-être allait-elle tomber aux pieds de l'homme haï, dont malgré toute sa haine elle conservait le portrait au fond du mystérieux retrait d'amour.

Imperia n'était pas une courtisane.

C'était la courtisane.

L'excessive mobilité des sentiments, les subits revirements d'âme, la même fougue apportée à des passions contradictoires, l'amour ou la haine, selon la vision de la minute, le caprice enfin, mais le caprice violent, absolu dans son expression et dans sa volonté.

— Si c'est lui, et ce ne peut être que lui, murmura-t-elle, il ne sortira pas d'ici vivant.

Et en parlant ainsi, elle saisissait un écrin d'argent, l'ouvrait, y puisait un crayon dont, avec une activité fébrile et une impeccable sûreté de main, elle rehaussait d'une ligne noire l'éclat de ses yeux et d'un léger trait rouge la fleur rouge de ses lèvres.

Elle avait oublié sa fille.

Bianca, elle aussi, se demandait qui pouvait être cet inconnu qui voulait parler à sa mère.

La pauvre petite tremblait.

Ce n'était pas la figure de Roland qu'elle évoquait.

Ce qu'elle entrevoyait, c'était la redoutable figure, la hideuse physionomie qui hantait ses nuits de mauvais rêves.

Pasquali film. Exclusivité Gaumont.

Des cris féroces éclatèrent contre Roland. Et la voix du Grand Diable domina le tumulte : — Tuez ! Tuez !...

Pasquali-film. Exclusivité Gaumont

Elles étaient toutes pimpantes, jolies et gracieuses, ces Arétines dont la chronique nous a conservé les noms.

Pasquali-film. Exclusivité Gaumont.

Bembo avait compris qu'il ne lui restait plus qu'à faire massacrer Roland.

Pasquali-film. Exclusivité Gaumont.

Scalabrino se souvenait le temps déjà lointain où il avait recueilli Juana.

Et tout à coup, elle le vit dans l'entre-bâillement de la porte, derrière la femme de chambre. Ses yeux louches et ardents se fixaient sur elle et dardaient d'âpres convoitises. Il souriait, et ce sourire glaçait la malheureuse enfant.

Eperdue, folle de terreur, Bianca se rejeta en arrière en poussant un cri de terreur.

Imperia se retourna et vit l'homme.

— Bembo ! exclama-t-elle presque aussi épouvantée que sa fille.

Bembo voulut s'avancer.

Il saluait, s'inclinait, cherchait à se faire gracieux.

— Je m'ennuyais d'attendre... j'avais une si grande hâte de revoir la signora... et vous aussi... vous surtout, signorina, ajouta-t-il en s'adressant directement à Bianca.

Surmontant sa terreur superstitieuse, trop certaine que Bembo était bien devant elle en chair et en os, Imperia s'élança, saisit le cardinal par la main, et ordonnant d'un signe à la servante de veiller sur Bianca, referma la porte.

Quelques instants plus tard, la courtisane et le prêtre se trouvaient dans cette petite pièce où Imperia recevait ses intimes.

— Pourquoi ne pas être restés là-bas ? bégaya Bembo.

— Pourquoi ? Une fois déjà vous vous êtes avancé jusqu'à l'appartement de ma fille... Cette attitude, je dois l'avouer, me paraît étrange.

Bembo prit place sur un fauteuil.

Son sang-froid lui revenait.

L'émotion violente qu'il avait ressentie à la vue de Bianca faisait place à cette subtile présence d'esprit qui l'abandonnait bien rarement.

— Je vois, dit-il, que nous avons à causer une bonne fois de nos affaires. Veuillez donc m'écouter, madame, nous allons causer, puisque vous le voulez.

On n'a pas oublié sans doute la scène dans laquelle Sandrigo avait annoncé au cardinal Bembo son proche mariage avec Bianca et lui avait demandé de bénir lui-même leur union dans une imposante cérémonie qui aurait lieu dans la cathédrale même.

Bembo était demeuré d'abord comme frappé de la foudre.

Puis il s'était dirigé vers le palais d'Imperia, bouleversé, sachant à peine ce qu'il voulait faire ou dire.

Mais lorsque sa gondole l'avait déposé devant les degrés de marbre de la somptueuse demeure, il avait déjà combiné un plan.

On a vu qu'il avait évité de se faire reconnaître.

Bembo avait depuis longtemps étudié l'intérieur du palais et savait exactement par où il fallait passer pour arriver jusqu'à Bianca. A peine se trouva-t-il dans la pièce où on venait de l'introduire qu'il fut pris de l'irrésistible désir de voir la jeune fille, dût-il être encore accueilli par quelque geste d'horreur.

Il s'élança donc à travers les couloirs et parvint jusqu'à l'appartement de Bianca presque en même temps que la femme de chambre...

Il vit Bianca.

Elle lui apparut plus belle, plus désirable que jamais.

— Et cette poule, gronda-t-il, appartiendrait à ce forban !... ou à un autre, peu importe... Allons donc !...

Ce fut à ce moment que Bianca l'aperçut.

L'idée de Bembo était d'entrer coûte que coûte et de parler devant la jeune fille. Mais la passion l'avait bouleversé à un tel point que, lorsqu'Imperia saisit sa main et l'entraîna, il se laissa faire sans résistance.

La courtisane, maintenant, le regardait avec stupéfaction.

C'était Bembo qui était là devant elle !...

Mais alors, Roland Candiano s'était donc vanté ?

Il était donc moins redoutable qu'il le paraissait, puisqu'il avait été obligé de mentir, puisque Bembo était vivant.

— Vous avez été blessé ? demanda-t-elle sans répondre aux dernières paroles du cardinal.

— Moi ? Pas le moins du monde... Croyez-vous que l'on me blesse aussi facilement ?... Ah ! madame, ajouta-t-il en jouant sur le mot, il faut, en effet, que je sois difficile à blesser, puisque je ne m'émeus pas de l'accueil qu'on me fait ici !

— Mais votre absence...

— Un voyage, madame, un petit voyage aux environs de Venise.

— Quoi ! vous n'avez même pas été blessé le soir où vous avez tenté d'enlever ma fille !... Quoi ! Roland Candiano ne vous a pas arraché Bianca !...

— Qui vous a fait ce beau conte ?

— Candiano lui-même !

— Vous l'avez donc vu, vous aussi ! s'écria Bembo d'une voix sombre.

— Ah ! vous voyez bien que vous l'avez vu vous-même !

— Eh bien, oui, c'est vrai. Je l'ai vu, et je puis vous dire, madame, que notre vie à tous est en danger.

— Je le sais ! dit Imperia frissonnante.

— Plus que jamais nous devons veiller, plus que jamais nous devons rester unis. Si je lui ai échappé cette fois, c'est par une évidente protection du ciel. Mais peut-être une autre fois serais-je moins heureux... Pour moi, encore, pour Foscari, pour Altieri, la lutte est facile ; nous sommes des hommes, et Roland Candiano si redoutable qu'il soit n'est qu'un homme. Mais vous, madame, vous, une femme, faible, isolée dans Venise, qui vous protégera, qui vous défendra, sinon nous, sinon moi surtout !...

Il étudia l'effet de ces paroles sur Imperia...

A sa grande surprise, elle ne témoigna pas l'épouvante qu'il espérait.

Imperia songeait en effet qu'elle avait un protecteur dont elle connaissait la force et l'audace.

C'était Sandrigo.

— D'où lui vient une pareille tranquillité ? songea Bembo.

Et changeant aussitôt ses batteries, il reprit :

— Tout, d'ailleurs, madame, vous oblige à demeurer mon alliée fidèle.

— J'y suis résolue, croyez-le, dit froidement Imperia.

— Frappons le grand coup, murmura entre ses dents Bembo exaspéré.

Il leva vers la courtisane un visage implacable, et de cette voix douceâtre qui ressemblait à un glissement de reptile :

— Vous ignorez peut-être, madame, de quoi je suis capable si le malheur voulait que nous devenions ennemis...

— Pourquoi deviendrions-nous ennemis ? balbutia la courtisane.

— A Dieu ne plaise, madame ! Mais enfin, si de pénibles circonstances m'obligeaient à vous considérer comme mon ennemie, j'aurais à prendre aussitôt telles mesures de défense que je crois devoir vous exposer...

— Je vous écoute...

Imperia était devenue livide.

Bembo fut dès lors assuré de son triomphe.

Il continua avec une insolence pleine de douceur :

— Mon premier soin serait de jeter au tronc des dénonciations un billet qui est tout préparé et que je porte toujours sur moi... J'en connais les termes par cœur. Je vais vous les dire. Je dois d'ailleurs vous prévenir qu'un ami sûr est chargé de déposer la même dénonciation au cas où je viendrais à disparaître plus d'un mois. Cela dit, madame, vous n'ignorez pas que les Candiano ont toujours eu des amis dans le Conseil des Dix. Vous devez vous rappeler que si le vieux Candiano fut condamné dans cette nuit dont je n'ai pas besoin de vous retracer les péripéties, *c'est qu'il fut prouvé* que Roland Candiano avait assassiné Davila, votre amant. Vous me suivez bien, n'est-ce pas ?...

— Je vous suis, dit Imperia dont les dents s'entre-choquaient.

— Parfait. Il ne me reste plus qu'à vous réciter le texte de ma petite dénonciation. Elle est d'ailleurs en termes mesurés, et digne d'un bon citoyen désireux d'assurer le libre cours de la justice. Le voici :

« Le soussigné a l'honneur de prévenir « le très haut et très puissant Conseil des « Dix que sa vigilance et sa justice ont été « trompées dans la nuit du 6 juin de l'an « 1509. L'assassin du noble et regretté Davila n'était pas Roland Candiano. C'était « une femme du nom d'Imperia, qui habite « encore Venise, en son palais du Grand « Canal. »

Bembo garda une minute le silence.

Le visage d'Imperia était décomposé par la terreur.

Elle grelottait comme par un grand froid.

— Je termine, continua Bembo. Ce billet, je le signe. Appelé devant le tribunal suprême, je maintiendrais les termes de ma dénonciation à laquelle mon caractère de prêtre, mon autorité de cardinal-évêque donneraient tout le poids nécessaire. Vous êtes, madame, beaucoup trop intelligente pour ne pas imaginer les suites fatales du procès qui vous serait fait...

Dans une vision sanglante, Imperia entrevit l'échafaud dressé pour elle sur la place Saint-Marc.

— Oh ! bégaya-t-elle, tout ceci n'est qu'un rêve affreux, n'est-ce pas ?... Vous ne me dénoncerez pas ?... Et d'ailleurs, ajouta-t-elle avec un sauvage éclat, ce serait vous perdre vous-même !...

— C'est peut-être vrai, madame ; mais mieux que personne, vous devez savoir de quoi est capable un amour sincère et passionné... Tout, madame, tout, même la honte publique et la mort ! Je suis décidé à tout !...

— Que voulez-vous donc ?...

Bembo se leva, se pencha sur Imperia :

— Je ne veux pas que tu donnes ta fille à Sandrigo, car ta fille m'appartient !...

Imperia s'écroula dans son fauteuil, le visage dans les deux mains.

Lorsqu'elle releva la tête, Bembo avait disparu.

Le cardinal s'était éloigné silencieusement.

— Qu'elle reste trois jours sous cette impression, gronda-t-il, que la terreur accomplisse son œuvre dissolvante dans cette âme !... Dans trois jours je reviendrai, et Bianca sera à moi !

Il avait ouvert une porte, et un valet se présentait à lui pour l'escorter. Au moment où il entrait dans le vaste salon qu'il lui fallait franchir pour sortir du palais et où on faisait attendre les visiteurs, il aperçut un homme qui franchissait une des portes conduisant à l'intérieur.

Il le reconnut aussitôt :

C'était Sandrigo.

— Mon ami, dit-il tranquillement au valet qui l'escortait, prends ces dix écus et réponds-moi.

Le valet saisit l'argent et s'inclina en homme tout dévoué.

— Mon ami, reprit Bembo, l'homme qui vient de franchir cette porte, là... qui est-ce ?

— Je l'ignore, monseigneur. Je sais seulement que c'est un visiteur qui attendait pour être conduit auprès de la signora.

— Et il est en ce moment près d'elle ?

— Sans aucun doute.

— Cinquante doubles ducats pour toi, si je peux entendre ce que cet homme et la signora vont se dire...

— Cinquante doubles ducats !

— Oui ; me reconnais-tu ?

— Oui, monseigneur.

— Ce soir, en mon palais, tu toucheras la somme.

— Venez !

Le valet entraîna Bembo. Quelques instants plus tard, celui-ci se trouvait dans une étroite pièce, et le valet, mettant un doigt sur sa bouche, lui désignait d'un coup d'œil une tenture derrière laquelle on entendait un murmure de voix.

Le domestique s'inclina en murmurant :

— Quand vous voudrez vous retirer, vous ouvrirez cette porte: je serai là et vous conduirai sans que vous soyez vu.

Puis il disparut silencieusement.

Bembo, étouffant le bruit de ses pas sur le tapis, s'approcha lentement de la tenture, s'assit et écouta.

L'homme qui parlait en ce moment à Imperia était en effet Sandrigo. On a vu qu'il était arrivé au palais cinq minutes après Bembo. On lui avait dit que la signora était en conférence avec un seigneur, et il avait patiemment attendu jusqu'au moment où un valet, voyant que

Bembo se retirait, lui avait fait signe de le suivre.

Sandrigo fut aussitôt introduit auprès d'Imperia.

Avec l'instinct particulier aux gens de maison, les domestiques avaient, dès les jours précédents, deviné en lui le favori, celui qui n'attend pas.

Ou du moins, celui qui attend le moins possible, et qu'il n'est pas besoin d'annoncer à la maîtresse.

Sandrigo fut donc, avec toutes sortes d'égards, remis à la femme de chambre d'Imperia, qui, elle-même, le fit entrer dans la pièce d'où Bembo venait de sortir.

Imperia, avec la prodigieuse mobilité de physionomie qui, au dire des poètes du temps, faisait d'elle une comédienne accomplie, chassa de son front les nuages que la terreur y avait accumulés ; sa bouche, pareille à une grenade qui s'entr'ouvre, se détendit dans un sourire enchanteur et ses yeux humides dardèrent sur le bandit des effluves de passion.

Cette fois, Sandrigo ne représentait plus seulement pour elle le beau mâle vigoureux, élégant, de cette élégance qui séduit tant les femmes, audacieux, entreprenant, brutal et jovial, tel enfin qu'il fallait être pour lui inspirer un amour définitif.

Il était aussi, il était surtout le défenseur rêvé.

Bembo lui avait apporté les ténèbres.

Sandrigo entrait comme un rayon de soleil.

La nécessité de l'attacher à jamais, de le convaincre, de lui faire entreprendre une lutte sans merci contre le redoutable cardinal imprima sur son visage une étrange animation et un caractère de beauté spéciale qui frappa Sandrigo.

Il fut un moment ébloui.

— J'avais hâte de vous revoir, dit-il.

— Et moi je vous attendais, répondit Imperia de cette voix enveloppante qui était déjà une promesse de plus suaves tendresses.

Mais Sandrigo, faisant effort pour échapper à l'ensorcellement, reprit :

— Je me suis préoccupé de chercher un prêtre pour bénir mon union avec Bianca.

La courtisane pâlit légèrement.

Et si, en ce moment, elle fût descendue au fond de son cœur, peut-être eût-elle été épouvantée d'y trouver l'aube livide d'un sentiment qui devait être de la haine...

Oui, elle était jalouse, maintenant... jalouse de sa fille.

— Un prêtre ! fit-elle. Et qu'importe le prêtre qui prononcera les paroles du rite ! Et puis, pourquoi tant se presser...

— La question du prêtre avait pour moi de l'importance, dit fermement Sandrigo en évitant de relever les derniers mots d'Imperia. Ou plutôt la question de la cérémonie. Je suis inconnu à Venise ; les rares personnes qui me connaissent sont des chefs de sbires et ils ne connaissent en moi que le bandit. Je veux donc une belle cérémonie, au grand jour, dans la plus belle église, et je veux un prêtre qui jouisse du respect universel.

— Et qui est ce prêtre ?

— Le cardinal-évêque en personne. Il consent à officier pour unir le lieutenant Sandrigo à la fille d'Imperia.

— Vous dites ? bégaya la courtisane.

— Je dis le cardinal en personne.

— Bembo ?

— Lui-même.

Et Sandrigo eut un sourire de triomphe.

— Cela vous étonne, n'est-ce pas ? On fera pour moi ce qu'on ferait pour un fils de doge. Voyez-vous Saint-Marc pavoisé, illuminé de mille cierges, tout le clergé réuni, les chanoines, les diacres, et la haute société de Venise accourue, le capitaine général, le grand inquisiteur, peut-être le doge lui-même ! Et au maître-autel, entouré de ses dignitaires, l'évêque de Venise, le cardinal Bembo !... Qu'en dites-vous ?...

— Bembo !... répéta sourdement Imperia.

— Lui-même. J'ai sa parole.

— Il vous a promis ?

— Ce matin même.

— Et il sait le nom de la fiancée ?

— Il le sait.

Imperia passa ses deux mains sur son front.

L'étonnement qu'elle éprouvait tenait du cauchemar.

Il n'y avait pas dix minutes que Bembo était là, penché sur elle, le visage convulsé, menaçant, lui disant :

— Je ne veux pas que Bianca soit la femme de Sandrigo. Bianca m'appartient !

Et c'était une vision d'échafaud rouge, avec une tête de femme que le bourreau montre au peuple accouru.

Et maintenant, Sandrigo, remplaçant l'atroce figure du cardinal, lui disait :

— Bembo consent à bénir mon union avec Bianca.

Il y avait là quelque terrible mystère, et sa première pensée fut que l'évêque avait donné sa promesse à Sandrigo pour ne pas éveiller ses soupçons...

— La chose, continuait Sandrigo, est en effet assez surprenante. Mais elle cessera de vous étonner quand je vous aurai dit que Bembo me doit la vie.

Et en peu de mots, il raconta son expédition aux gorges de la Piave.

Dès lors, il fut évident pour Imperia que Bembo avait promis tout ce que le bandit avait pu demander en feignant une vive reconnaissance, mais qu'il s'apprêtait à se débarrasser de lui.

Elle frémit.

Des projets contradictoires se heurtèrent dans sa tête.

Devait-elle prévenir Sandrigo ?

Oui, certes !... Tout lui dire, le mettre en garde, unir leurs deux efforts, leurs deux énergies contre Bembo.

Mais l'inévitable conclusion en cas de victoire, c'était le mariage de Sandrigo et de Bianca !

Alors, la malheureuse vit clair en soi-même.

Elle constata que la vision de l'échafaud qu'avait évoquée Bembo lui apparaissait moins sinistre que la vision de la belle cérémonie évoquée par Sandrigo.

Le dilemme était effroyable dans cette nature où la passion se développait avec une sorte de fureur d'ouragan.

Elle ne trouva d'autre solution que de gagner quelques heures, pendant lesquelles elle pût réfléchir, prendre une détermination.

Avec l'instantanéité de son fougueux tempérament, elle écarta alors toute pensée, toute préoccupation pour se livrer entière à Vénus qui grondait en elle. Ces troubles profonds, ces terreurs successives avaient surexcité ses nerfs.

Pâle d'amour, languissante, elle se leva, se jeta sur les genoux de Sandrigo, l'enveloppa de ses bras et murmura :

— Qu'importe le prêtre qui t'unira à *une autre* !... Moi, je n'ai pas besoin de prêtre pour me donner à toi !...

Lorsque Sandrigo s'éloigna, ivre de volupté, il se demanda laquelle maintenant tenait la plus grande place dans ses pensées surexcitées :

La mère ou la fille !...

Bembo, derrière sa tenture, avait assisté à tout cet entretien qui s'était terminé par une scène d'amour effréné, par une sauvage étreinte de deux impudeurs déchaînées.

Il avait suivi pour ainsi dire la pensée d'Imperia dans tous ses méandres.

Et il résolut de porter un grand coup.

Au moment où Imperia brisée, languissante, achevait de rajuster ses vêtements en désordre, il souleva la tenture et apparut.

Imperia fut si stupéfaite, si bouleversée de terreur qu'elle ne put faire un geste, prononcer un mot...

Déjà Bembo s'inclinait devant elle et disait :

— Madame, j'ai votre secret, maintenant, tout votre secret. Vous aimez Sandrigo. Vous êtes la rivale de votre fille, et dans votre âme que la passion domine, une seule question domine toutes les autres : comment faire pour que Sandrigo n'aime plus Bianca, pour que votre amant soit à vous seule, tout entier !... Est-ce vrai, madame ?

— C'est vrai ! gronda Imperia parvenue à ces limites d'exaspération où la dissimulation est impossible.

— Eh bien, dit alors Bembo, la solution, je vous l'apporte, moi !...

— Vous !...

— Tenons pour nul et non avenu tout ce que nous avons dit tout à l'heure. Oubliez mes menaces. Soyons amis. Soyons alliés. Voulez-vous ?

— Je le veux...

— Eh bien, à vous Sandrigo... à moi Bianca. Je vous laisse l'un, je vous jure qu'il ne lui sera fait aucun mal... Donnez-moi l'autre ! Voulez-vous ?

La mère frémissante, la courtisane déchaînée répondit :

— Je le veux !

— Bien ! Cessez donc de vous inquiéter... Sous peu, Bianca ne s'élèvera plus entre vous et votre amour. Est-ce conclu ?

Imperia eut un tressaillement profond ; peut-être un dernier soubresaut de son amour maternel. Bembo la dévorait du regard.

Elle dit enfin, audacieuse, frénétique :

— Conclu !...

Et Bembo s'éloigna, ivre d'espoir, comme Sandrigo s'était éloigné ivre de volupté...

XIV

LES REMPARTS DE GOVERNOLO

Roland, ayant tiré la vaste table à laquelle, quelques instants auparavant, il était assis auprès de Jean de Médicis, s'était acculé à un coin de la tente.

Autour de lui, de l'autre côté de la table, les officiers du Grand Diable, hurlant et gesticulant, se pressaient, se gênaient l'un l'autre. Au dehors, le camp était en rumeur.

— Trahison ! Aux armes !

Ces cris éclataient de toutes parts.

Tout ceci s'était passé en quelques secondes.

Roland, de sa main droite, tenait la lourde épée de bataille. Cette épée qui semblait légère comme une plume à sa main nerveuse, tourbillonnait, et déjà trois des vaillants qui avaient escaladé la table étaient tombés en inondant de sang les planches que le vin avait tachées de rouge.

Cependant sa main gauche, derrière son dos, fourrageait furieusement dans la toile de la tente.

Il y eut soudain une poussée plus violente.

Des cris féroces éclatèrent.

Et la voix du Grand Diable domina le tumulte.

— Tuez ! Tuez !...

D'un bond, une vingtaine d'officiers et de soldats avaient sauté sur la table et se ruaient sur Roland. Vingt épées se dirigèrent sur lui, de haut en bas...

Soudain, il disparut.

— Il est tombé ! vociférèrent les assaillants.

— Il a son compte, rugit un officier.

— Il se sauve ! hurla le Grand Diable. Arrête ! tue !...

Et blanc de fureur, de la main il désignait une large fente qui béait sur les flancs de la tente.

Pendant qu'il tenait ses adversaires en respect, Roland, de son poignard incrusté à sa main gauche, avait déchiré la toile, et, au moment où il allait être atteint, s'était évanoui par la déchirure qu'il venait de pratiquer dans toute sa hauteur, d'un effort furieux.

La tente se vida en un instant.

Des centaines de soldats se mirent à battre les épais bouquets de chêne... Toute recherche fut inutile : Roland avait disparu.

La colère de Jean de Médicis fut terrible. Tout ce qu'il connaissait de jurons et d'imprécations, il le vociféra.

Mais comme il était homme de méthode, comme d'ailleurs il avait bu plus que de raison, et qu'il se sentait les paupières lourdes, il remit à plus tard sa vengeance contre le fugitif, et se jetant sur son lit de camp, s'endormit d'un profond sommeil.

A l'aube, selon les ordres qu'il avait donnés, il fut réveillé.

Il monta aussitôt à cheval, avec quelques officiers, et suivi d'une centaine de cavaliers seulement, se dirigea vers Governolo dont les remparts se dressaient à une demi-lieue du camp.

Il s'enquit tout d'abord de savoir si on avait retrouvé le fugitif, et comme on lui répondait qu'aucune trace n'en avait été trouvée, il secoua la tête en grommelant :

— Roland Candiano m'a menacé, il m'a mortellement offensé. Je le retrouverai. Et ce jour-là, il subira le même supplice que son père.

Là-dessus, il piqua droit vers les remparts.

Jean de Médicis avait résolu de donner assaut à la forteresse de Governolo le lendemain ou le surlendemain. L'aventure de la nuit précipita sa décision. Il prit le parti de marcher le jour même.

En effet, la conversation qu'il avait eue avec Roland Candiano lui avait ouvert de nouveaux horizons. Les propositions de Foscari l'enthousiasmaient. Et il voulait agir vite afin d'envoyer aussitôt après la prise de la forteresse un émissaire au doge de Venise.

L'émissaire devait d'abord dire à Foscari que Jean de Médicis acceptait en principe le projet d'alliance, et lui indiquer un jour et un lieu de rendez-vous.

Puis il devait aussi lui recommander de se défier de Roland, de s'emparer de lui et de le livrer vivant au Grand Diable.

Ces divers projets arrêtés dans son esprit, Jean de Médicis ne songea plus qu'à assurer le succès de l'assaut.

Pour cela, il voulait étudier une dernière fois les abords de la forteresse et trouver son point faible, afin de concentrer sur un seul côté tous ses efforts.

C'était une tactique qui jusqu'ici lui avait toujours réussi : il lançait toutes ses troupes sur un point unique, faisait la brèche ou jetait des échelles et entrait.

Un temps de galop d'un quart d'heure l'amena à une portée de mousquet des remparts.

Alors, il fit faire halte à sa troupe et s'avança suivi seulement de deux de ses lieutenants à qui il voulait donner des instructions précises.

Il allait au pas, étudiait la situation avec ce soin qui était une des principales causes de ses succès antérieurs.

Sur les remparts de Governolo, il y avait peu de monde.

Des soldats en sentinelle suivaient des yeux la manœuvre de Jean de Médicis. Ils le saluèrent de quelques coups d'arquebuse, et le Grand Diable, tout en continuant sa route, se contenta de se mettre hors de portée.

Il s'arrêta enfin à l'ouest de la forteresse.

Là, les remparts étaient évidemment en mauvais état ; quelques coups de bombarde devaient facilement pratiquer une brèche.

Les assiégés, surpris par la brusque arrivée de l'armée de Médicis, n'avaient pas eu le temps de réparer ce côté et s'étaient contentés de boucher avec des pièces de bois les trous de leur muraille, plutôt pour essayer d'en masquer le délabrement que dans l'espoir de les renforcer.

En outre le fossé, qui était partout à pic, était de ce côté d'une descente praticable. Sans doute les habitants avaient pris l'habitude de descendre à cet endroit dans le fossé, des sentiers s'étaient peu à peu établis, des terres avaient déboulé.

Le Grand Diable, ayant fait ces remarques, tressaillit de joie.

— Governolo est à nous, dit-il.

Comme il disait ces mots, deux coups de feu retentirent, successivement.

Les deux officiers qui accompagnaient Jean de Médicis tombèrent, l'un tué sur le coup, l'autre grièvement blessé à l'épaule.

Le cheval du Grand Diable se cabra.

Mais son cavalier le maintint en place.

Jean de Médicis était d'une bravoure physique à toute épreuve ; sa témérité était proverbiale. Au lieu de rendre la main au cheval effrayé qui voulait fuir, il le tint dans les rênes et regarda autour de lui.

En avant des remparts, d'une touffe de ronces, un homme s'était levé. C'était évidemment celui qui venait de faire feu sur les deux officiers.

Jean de Médicis constata avec stupeur que cet homme était seul, et, que loin de s'enfuir, il paraissait vouloir attirer son attention.

A ce moment, l'homme lui cria :

— Jean de Médicis, j'ai encore un pistolet chargé et mon poignard. Tu as tes pistolets et ton épée. Je t'offre le combat.

— Roland Candiano ! gronda le Grand Diable ; c'est mon digne patron qui me l'envoie.

En même temps, il tira de ses fontes ses deux pistolets, prit sa bride entre les dents, et, ainsi armé, piqua sur Roland.

A dix pas, il fit feu coup sur coup.

Un troisième coup de feu éclata.

Jean de Médicis roula de son cheval. Roland jeta le pistolet fumant qu'il tenait à la main et s'avança vers le blessé.

Le Grand Diable avait les yeux fermés.

Il était livide, de cette lividité spéciale dont la mort proche masque les visages qui se tournent vers le néant éternel.

Il était sur le dos, les bras en croix.

Roland, les lèvres crispées par un sombre sourire, le contempla un instant.

— Il n'est pas mort, pensa-t-il, mais dans peu d'heures, ce sera fini.

Il se pencha alors.

A ce moment, Jean de Médicis ouvrit les yeux.

— Puis-je quelque chose pour vous ? demanda Roland.

— Va-t'en au diable !

— Jean de Médicis, vous vous êtes fait mon ennemi, alors que je venais, loyal et confiant, vers vous. Je vous apportais la preuve de ma loyauté et de ma confiance. Vous m'avez considéré comme un ennemi. Je vous ai donné à choisir entre le crime et la justice. Vous avez choisi le crime. Je vous ai alors condamné, Jean de Médicis. Ainsi seront frappés les amis de mes ennemis.

— Et que feras-tu donc à tes ennemis eux-mêmes ? râla Jean de Médicis.

Roland eut un effrayant sourire.

— Oh ! ceux-là, dit-il, je ne veux pas les frapper...

Il y eut un instant de silence lugubre.

Roland reprit :

— Jean de Médicis, je vous ai frappé sans haine ; j'ai simplement supprimé un obstacle. Aussi je vous répète ma question : puis-je quelque chose pour vous ? Quoi que vous me demandiez, je vous jure de l'exécuter fidèlement...

Le Grand Diable regarda Roland de ses yeux troubles où nageaient déjà les vapeurs de la mort.

Il eut un rire sauvage, ses poings se crispèrent, ses yeux se convulsèrent ; il se tint immobile, tout raide...

Roland poussa un profond soupir, et s'éloignant, sans tourner la tête, descendit dans le fossé où il disparut.

Cependant, le Grand Diable n'était pas mort encore.

Une vingtaine de soldats de Governolo avaient assisté du haut des remparts à la scène rapide que nous venons de retracer.

Ils descendirent, s'approchèrent du blessé, en qui l'un d'eux reconnut Jean de Médicis.

Aussitôt, ils organisèrent un brancard.

Un quart d'heure plus tard, des vivats retentissaient dans Governolo, les cloches sonnaient à toute volée...

Et le brancard, sur lequel était étendu Jean de Médicis mourant, traversait les ruelles au milieu d'une joie terrible.

Ce fut ainsi que le Grand Diable fit son entrée dans la forteresse de Governolo.

XV

UNE LETTRE DE L'ARÉTIN

A Venise, au palais ducal, dans le cabinet particulier des doges que Titien a, vers cette époque, enrichi de fresques admirables, Bembo et Foscari étaient seuls et causaient à voix basse.

C'était un matin d'hiver.

Un grand feu flambait dans la haute cheminée où de temps à autre un serviteur venait jeter une nouvelle brassée de bois.

Alors les deux hommes se taisaient un instant.

Dans son vaste fauteuil, Foscari se tenait frileusement près du feu. Bembo, au contraire, paraissait suffoquer.

Ceci se passait quelques jours après les événements divers que nous avons retracés dans les chapitres précédents.

— Voilà douze jours écoulés, disait le doge, continuant sans doute une conversation commencée déjà, et Pierre Arétin ne revient pas.

— Je passe régulièrement chez lui tous les jours, répondait le cardinal ; on n'y a reçu encore aucune nouvelle.

— Jean de Médicis se trouve en ce moment non loin de Mantoue : notre envoyé devrait être de retour.

— C'est vrai ; mais on dit que les neiges sont tombées en grandes quantités dans la plaine et il est possible que les routes soient obstruées.

Il y eut un long silence.

Le doge fixait un sombre regard sur le feu qui crépitait.

— Bembo, dit-il tout à coup, regarde ce bois embrasé. Ne dirait-on pas une place forte avec des tours formidables ?... Voici des créneaux, des ponts-levis, tout un hérissement de choses terribles, et cela forme une place invincible... Bon ! tout s'écroule !... Il n'y a plus qu'une ville ruinée, des décombres, des murs jetés bas... Que s'est-il passé ? Quel mystérieux travail a miné la puissance orgueilleuse des tours qui s'élevaient tout à l'heure ?... Il a suffi d'un rien...

— Chassez ces images, monseigneur, dit Bembo, votre puissance n'est pas menacée.

Le doge tressaillit.

— Ah ! toi aussi tu as donc vu dans ce feu le symbole d'un écroulement soudain des plus solides empires ?...

— Non, monseigneur, je n'ai pas vu ce symbole, mais j'ai suivi votre pensée, et je m'inquiète de vous voir si sombre, alors que tout vous sourit.

Le doge se leva, alla lentement à une fenêtre et fit signe à Bembo de s'en approcher.

Il souleva le lourd rideau de brocart.

— Que vois-tu ? demanda-t-il.

— Je vois, dit Bembo, une ville superbe et majestueuse avec ses dômes, ses flèches hardies, ses mille canaux couverts de gondoles. Je vois un peuple affairé sous un ciel pur que traversent des vols de colombes. Et je me dis, monseigneur, que tout cela est à vous ! Je me dis que si vous êtes aujourd'hui le chef de cette république, vous en serez le maître quand il vous plaira. Ces hommes d'armes qui traversent en ce moment la place en bon ordre sont les gardes qui viennent relever leurs camarades, et ils viennent pour vous. C'est pour vous faire honneur et au besoin pour vous protéger.

« Ces barcarols qui lèvent la tête avec respect vers cette fenêtre se disent : Là vit, là pense et travaille l'homme le plus puissant de la république et peut-être de l'Italie. Là-bas, dans le lointain du port, cette flotte à l'ancre attend vos ordres. Ces navires qui se préparent à hisser la voile vont porter la gloire de votre nom aux quatre coins du monde... Voilà ce que je vois, monseigneur !

— Et moi, dit Foscari, voici ce que je vois !

Et faisant faire un quart de tour à Bembo, du doigt il lui désigna la sombre masse du sarcophage de pierre qui unissait le palais aux prisons.

— Le Pont des Soupirs ! murmura Bembo en pâlissant.

Le doge, avec la même lenteur, revint prendre sa place auprès du feu.

— Je m'approche rarement de cette fenêtre, dit-il alors, car jamais je ne vois ce que tu as vu, toi ! Toujours mes yeux sont invinciblement attirés vers le pont maudit que tant de doges avant moi ont franchi en hurlant d'épouvante.

— Monseigneur...

— Et lorsque je jette un regard sur Venise qui resplendit sous le soleil, je me dis que peut-être ces barcarols qui lèvent la tête me maudissent, que peut-être ces hommes d'armes viennent m'arrêter, que peut-être ces navires qui partent vont répéter au monde que Foscari fait peser sur Venise une tyrannie qui appelle des représailles... Les prisons sont pleines, Bembo, et le tronc des dénonciations nous indique tous les jours de nouvelles victimes... la nuit, je crois entendre des sanglots lointains.

— Chimères !...

— Lorsque le vieux Candiano fut arrêté,

lorsque, plein d'ardeur et d'espoir, j'organisai ce terrible coup de théâtre, lorsqu'en pleine fête je lui mis la main à l'épaule, comme j'avais mis la main à l'épaule de l'évêque en plein office, je me dis que j'étais vraiment fort redoutable. Maintenant, je me dis que deux heures, deux minutes avant son arrestation, le vieux Candiano pouvait se croire aussi en sûreté que je m'y crois maintenant. Il ne savait pas que, dans l'ombre, je m'approchais de lui. Qui sait si maintenant, aussi, quelqu'un ne vient pas dans l'ombre !..

— Vaines terreurs !

— Bembo, je te dis que le sang appelle le sang ! Je te dis que le fils de Candiano rôde autour de moi !... Je te dis qu'il est de par le monde d'inéluctables et mystérieuses justices, et que le justicier approche.

Bembo se mit à ricaner :

— Roland Candiano, monseigneur, ne tardera pas à tomber dans nos mains... et alors !...

— En attendant, il est libre !... Tiens, Bembo, depuis quelque temps, il me semble que je suis condamné. Tu dis : chimères ! Tu dis : vaines terreurs ! Je dis, moi : réalité sinistre, bien que je ne la connaisse pas. Je te dis que j'ai surpris autour de moi, dans les yeux de certains officiers, des regards qui m'ont épouvanté...

— Que ne faites-vous saisir ces hommes ?

— Je te dis que dans les fêtes mêmes que je donne, des patriciens semblent échanger des paroles que je n'entends pas, mais qui résonnent sourdement dans ma pensée.

— Pourquoi ces gens sont-ils encore libres et vivants ?...

— Patience, Bembo ! fit le doge en posant sa main sur une feuille de papier qui était devant lui. Voici la liste. Elle s'allonge tous les jours.

Bembo jeta un regard sur le papier et vit qu'une centaine de noms y étaient déjà inscrits.

— Patience ! reprit le doge ; je frapperai un coup si terrible que, de vingt ans, Venise n'osera lever la tête... Mais, pour cela, il faut d'abord deux choses. D'abord que Candiano soit pris. Tant que cet homme sera libre, tant qu'il sera à la tête des bandes qu'il a organisées, j'ai tout à redouter, et il faut que Venise n'ait pas peur de moi !... Puis il faut aussi, il faut surtout que Jean de Médicis accepte l'alliance. Comprends-tu ma force alors ? Comprends-tu la terreur qui frappera ceux qui conspirent lorsqu'ils sauront que l'armée du Grand Diable est à ma disposition... Alors, vraiment, je serai le maître... alors je pourrai agir...

— J'admire votre génie ! dit Bembo avec un accent de sincérité réelle.

— Comprends-tu ? continua le doge en s'animant. Comprends-tu maintenant pourquoi j'ai songé à Jean de Médicis ? Comprends-tu que j'attende le retour de Pierre Arétin avec l'impatience frénétique du condamné au moment où les juges ont prononcé leur arrêt ?

A ce moment, le serviteur qui entretenait le feu et qui était le valet de confiance de Foscari entra.

Il présenta au doge une lettre sur un plateau d'argent, et dit :

— Messire Pierre Arétin fait apporter cette missive à Monseigneur et le supplie de l'excuser : malade, au lit, il ne peut venir lui-même.

Le doge avait saisi la lettre.

Le valet, s'étant incliné, avait disparu.

Foscari tenait à la main la large enveloppe et Bembo attendait.

Tous deux fixaient un ardent regard sur cette enveloppe.

Enfin, silencieusement, le doge ouvrit et lut les premières lignes.

Il devint livide.

Une sorte de malédiction gronda sur ses lèvres blanches.

La lettre lui tomba des mains.

Bembo la saisit et, à son tour, parcourut les premières lignes.

Elles étaient ainsi conçues :

« Au très puissant et très illustre sei-
« gneur doge de la sublime république de
« Venise.

« Monseigneur.

« Daigne Votre Haute Excellence me pardonner ; ce que j'ai à dire est si affreux que le courage me manque en même temps que les forces. Si triste est la nouvelle dont je suis le désolé messager que tout à l'heure, en arrivant, j'ai dû prendre le lit, malgré les soins empressés de mes serviteurs, malgré une excellente tisane que me fit avaler Pétrina, l'une de mes servantes.

« En un mot, voici cette nouvelle terrible que j'écris en tremblant :

« L'illustre Jean de Médicis est mort...

— Mort ! Le Grand Diable est mort ! exclama sourdement Bembo.

Foscari garda le silence.

De tragiques pensées évoluèrent en ce moment dans le cerveau de cet homme. Il voyait d'un coup s'effondrer son rêve de puissance comme il avait vu s'effondrer les tours de feu qui s'élevaient dans le brasier de la cheminée.

Il voyait déjà triomphantes les conspirations qu'il devinait autour de lui.

— C'est le coup fatal ! murmura-t-il enfin.

Et ils échangèrent un long regard plein d'angoisse.

Puis, lentement, le doge reprit la lettre qui s'étalait sur la table.

Maintenant, il voulait être sûr du malheur, il était avide d'en connaître les détails... Il tendit le papier à Bembo et lui dit :

— Lis... lis tout... Je veux tout savoir...

Et Bembo, d'une voix basse, comme s'il eût récité quelque *requiem* monotone, se mit à lire.

« L'illustre Jean de Médicis est mort... Ce cher seigneur, objet de ma profonde affection et de mon admiration sans bornes, a expiré pour ainsi dire dans mes bras, ou tout au moins sous mes yeux (1). Il a été frappé d'un coup de fauconneau à la jambe mardi matin en approchant des remparts de Governolo — d'autres disent

(1) *Les principaux passages de cette lettre sont authentiques*

d'un coup de pistolet. Avec son ordinaire témérité, il s'était avancé presque seul, accompagné pour toute escorte de deux officiers. Ses deux compagnons tombèrent les premiers. Il fut frappé, lui troisième, par un homme qui n'était pas de Governolo, que nul ne connaît. Pourtant, plusieurs affirment que cet homme est Vénitien, et certains vont même jusqu'à jurer qu'ils auraient reconnu en lui le fils de l'un des anciens doges de Venise... »

— Roland Candiano ! murmura Foscari avec un sourire livide.

— Fatalité ! gronda Bembo.

— Continue ! continue !...

Bembo reprit sa lecture :

« A peine avait-il reçu le coup fatal, toute l'armée fut frappée de mélancolie et de terreur. Adieu à l'audace et à la joie ! Chacun s'oubliant soi-même se plaignait du sort qui menaçait ce noble duc au commencement de ses nouveaux exploits. On parlait de son âge à peine mûr, de ses vastes desseins, de ce qu'il aurait pu accomplir, et de son intrépidité sans égale, et de sa prévoyance, et de sa fureur guerrière, et de son astuce admirable. Enfin, la neige qui tombait à grands flocons fondait sous l'ardeur de ces plaintes universelles. (1)

« Enfin, porté d'abord dans Governolo, il est ensuite rendu à ses valeureux soldats qui viennent le chercher en pleurant et l'emportent au camp. Alors Jean de Médicis demanda à être transporté dans Mantoue auprès de Frédéric de Gonzague qui, bien que son ennemi, voulut le recevoir.

« Nous nous mîmes en route, tout pleurant, et bientôt nous entrâmes dans Mantoue ; la civière fut portée au palais et Jean fut mis dans un lit. Il faisait nuit. Alors, je m'approchai de lui en lui disant :

« Je ferais injure à votre grande âme si je vous parlais de la peur de la mort et si je voulais vous persuader ce que vous savez déjà. Le plus grand bien de la vie, c'est d'agir librement ; que ce soit donc de votre gré et par une résolution toute personnelle que vous vous laissiez opérer. En huit jours, vous serez guéri. Vous porterez la béquille sans doute, mais ce sera pour vous une marque d'honneur. — Eh bien, qu'on en finisse, s'écria-t-il.

« Les vomissements le prirent presque aussitôt. Il dit : « Voici les grands symptômes, ce n'est plus à la vie qu'il faut penser. Puis, joignant les mains : « Je fais vœu d'aller à Compostelle. »

« Alors entrèrent d'habiles médecins avec leurs instruments et ils ordonnèrent qu'on cherchât huit ou dix hommes pour tenir le patient. Il se mit à sourire : — Vingt hommes ne m'effraieraient pas, dit-il.

« Se levant d'un air assuré, il prit lui-même le flambeau et le tint pendant qu'on lui coupait la jambe. Je m'enfuis en me bouchant les oreilles. Cependant, j'entendis qu'il m'apelait ; je revins. — Je suis guéri ! s'écria-t-il.

« Il se fit apporter sa jambe coupée et se mit à jouer avec elle et à se moquer de nous.

« Mais deux heures après, les douleurs reparurent. Comme je l'entendais se démener dans sa chambre, je me rhabillai, car j'étais couché, et j'accourus. Il avait le délire et répéta à diverses reprises une phrase que j'ai retenue :

« — Pourquoi, disait-il, ai-je choisi le crime et non la justice ?... Seigneur ! Seigneur ! Voici le justicier qui vient !... »

Bembo s'arrêta, haletant.

— Le justicier qui vient ! répéta Foscari hagard.

— C'est dans la lettre, monseigneur.

— Continue ! continue !...

Le cardinal poursuivit d'une voix étranglée :

« Au lever du jour, sa raison lui revint. Mais le mal avait empiré. Il fit son testament, distribua beaucoup de cadeaux à ses amis, et voyant le confesseur arriver : Mon père, dit-il, mon métier est celui des armes, j'ai vécu comme un soldat. J'aurais vécu comme un moine si j'avais porté votre habit. Je n'ai rien à confesser... et cependant... cependant... oui, je crois... que j'aurais dû écouter... celui qui est venu...

Il fut alors évident que sa raison l'abandonnait à nouveau. Bientôt la mort qui l'appelait sous la terre annonça son approche. Parents et domestiques vinrent sans ordre et en foule assiéger son lit. Lui, appelait ses soldats. Mais le seigneur de Gonzague ne leur avait pas permis d'entrer dans Mantoue. Il essaya de parler de la guerre. Puis, tout à coup, il ferma les yeux en prononçant un nom que nul n'entendit. Et il expira tandis que tous les assistants éclataient en larmes.

« Tels ont été, seigneur doge, les derniers moments de cet homme d'une vigueur d'âme extraordinaire, dont toutes les paroles étaient des actions. L'Italie saura bientôt ce qu'elle a perdu.

« Quant à moi, je perds une illustre amitié, et ma douleur serait inconsolable si je n'avais eu au moins cette dernière joie bien triste et bien amère de le revoir à l'heure de sa mort et de lui montrer combien je lui étais attaché.

« Cette joie, monseigneur, si douloureuse, n'en est pas moins une joie dans un cœur où l'amitié exerce des droits souverains. Et c'est à vous que je la dois. Je vous en aurai toute la vie une reconnaissance digne de vous et de moi, digne aussi de celui qui a voulu que je fusse envoyé par vous à Jean de Médicis en un tel moment.

« Pardonnez-moi de ne pouvoir moi-même vous apporter, avec cette triste nouvelle, l'hommage de l'affection et de l'admiration que vous m'avez inspirées. Les larmes qui ne cessent de couler de mes yeux m'eussent sans doute empêché de parler.

« Je suis, monseigneur, de votre illustre Excellence,

« Le très fidèle et très obéissant serviteur.

« PIERRE D'AREZZO. »

Bembo, ayant achevé la lecture de cette lettre, regarda silencieusement le doge. Foscari semblait abattu. Cet homme si fort qui, depuis de longues années, suivait avec une implacable rigueur la ligne ascendante que s'était tracée son ambition, qui ne s'était

(1) *Quel dommage ! s'écrie l'un des commentateurs de l'Arétin, qu'un trait de si mauvais goût détruise l'effet de cette lettre !*

pas jusqu'alors laissé terrasser par la mauvaise fortune ni étourdir par la bonne, murmura avec un visible accablement :

— Ceci est un terrible malheur.

— Un revers tout au plus, dit Bembo.

— Un revers qui peut être le commencement d'un désastre.

— Monseigneur, je vous ai vu plus calme dans des circonstances plus périlleuses.

— C'est qu'alors les circonstances seules menaçaient.

— Que voulez-vous dire, monseigneur ?

Le doge se leva, saisit la lettre de l'Arétin, la parcourut comme pour bien se convaincre qu'il n'y avait plus d'espoir possible.

Son doigt se posa sur cette ligne qui, relatant l'agonie du Grand Diable, répétait les mystérieuses paroles échappées à son délire. Bembo tressaillit.

— C'est le Justicier qui vient ! murmura-t-il.

— Oui, Bembo, dit le doge, ne vois-tu pas quelque chose d'extraordinaire dans ce fait que Jean de Médicis a succombé sous les coups de Roland Candiano ?

— Il n'est pas prouvé que ce soit lui.

« Candiano n'a jamais eu la moindre relation avec Jean de Médicis. Candiano était à Venise il y a une dizaine de jours. Il est poursuivi, traqué. Quelle apparence qu'il ait été trouver Jean de Médicis dans son camp ? Et même, si cela était, pourquoi l'aurait-il tué ?...

— Pourquoi ? gronda sourdement le doge, pourquoi ?... Ne vois-tu pas que cet homme a su mes intentions. Comment ? Je ne sais. Mais il a su ! Je vois clair dans ce sinistre événement. Roland Candiano a vu Jean de Médicis, parce que Jean de Médicis pouvait et devait me sauver !

— Il faut savoir l'exacte vérité ! s'écria Bembo qui se leva en frémissant. Je vais de ce pas chez l'Arétin. Dans une heure, je saurai...

— Va, mon ami, va et reviens vite...

Bembo sortit en toute hâte.

L'abattement du doge le gagnait ; mais chez lui, cet abattement prenait la forme de l'épouvante.

. . . .

Trois heures avant que la lettre ne fût remise au doge, un homme était entré dans le palais de l'Arétin.

— Le seigneur Arétin est en voyage, dit le serviteur auquel s'adressa cet homme, et on ne sait quand il sera de retour.

— C'est bien, mon ami : allez dire à votre maître, que vous trouverez dans son cabinet de travail, que je viens de la part du Grand Diable.

Le valet regarda avec effarement celui qui parlait ainsi. Mais il obéit et quelques instants plus tard revint chercher l'inconnu qu'il conduisit aussitôt auprès de l'Arétin en lui prodiguant les marques de respect.

— Vous enfin ! s'écria Pierre Arétin en apercevant Roland. Je vous avoue par ma foi que je commençais à m'ennuyer.

— Nul ne s'est douté que vous étiez resté à Venise ?

— J'en réponds. La consigne était formelle. Vous avez dû vous en apercevoir.

— Vous n'êtes pas sorti une seule fois ?

— Ni jour ni nuit.

— Les gens de la maison ?

— Croient que je suis parti ; jusqu'à mes pauvres Arétines que j'entends parfois se désoler de l'absence de leur maître ! Seul le valet qui vous a reçu savait.

— C'est bien, maître Arétin.

Roland s'assit, pensif.

— Oserais-je vous interroger ? fit Pierre.

— Faites.

— Vous avez vu Jean de Médicis ?

— Je l'ai vu.

— Vous lui avez parlé ?

— Je lui ai parlé.

— De ma mission ?

— De votre mission.

— Ah ! ah !... Et qu'a-t-il dit ?... Qu'a-t-il fait ?... Et vous-même ?... Pardon, je me laisse emporter peut-être ?

— Nullement. Il n'y a rien de caché entre nous deux, et votre curiosité va être satisfaite... Vous voici justement devant votre table, vous allez écrire...

— A qui ?

— Au doge Foscari.

— Au doge ?

— Cela vous étonne ? Ne faut-il pas que vous rendiez un compte exact de votre ambassade ?

— Pourquoi n'irais-je pas le trouver ?

— Parce que vous êtes malade, couché dans votre lit, et qu'il vous est impossible de sortir.

— Je ne comprends pas, fit l'Arétin ébahi.

— Vous allez comprendre. Mais d'abord, pour vos gens vous êtes rentré secrètement cette nuit. Tout à l'heure, vos larmes et vos lamentations vont les attirer.

— Mes larmes ! mes lamentations !

— Oui. Ecrivez. Bien entendu, je ne vous donne que les éléments essentiels de votre lettre. Vous la transcrirez ensuite en l'ornant de ces belles phrases que vous savez trouver.

L'Arétin s'inclina, ne sachant s'il devait être flatté ou inquiet de ce compliment auquel Roland ne l'avait pas habitué.

— Je tiens seulement, reprit Roland, à ce que vous respectiez tout le passage qui sera relatif à l'homme qui a tiré sur le Grand Diable et aux paroles d'agonie prononcées par Jean de Médicis.

L'Arétin bondit.

Il devint très pâle.

— Que dites-vous ? balbutia-t-il.

— Je dis que Jean de Médicis a été tué.

— Jean de Médicis !... Tué !... J'entends mal, n'est-ce pas ?... Tué !...

— Par moi ! dit tranquillement Roland.

L'Arétin fondit en larmes.

Roland vit que cette douleur était sincère et la porta à l'actif du poète. Il comprit quelle amitié véritable avait pu unir le soudard violent, sanguinaire, rusé, l'escopette au poing, à la conquête du monde, et le faiseur de phébus et de pathos, poltron, mais rusé, lui aussi, avec la même violence d'appétits, à la conquête des jouissances. Seulement l'escopette de l'Arétin était une plume.

Nous laissons à penser qu'elle était la plus redoutable de ces deux armes. L'Arétin pleura donc le Grand Diable. Roland le regarda pleurer avec une sorte de pitié non exempte d'ironie.

— Quel malheur ! disait Pierre, quel malheur ! Jean de Médicis n'avait pas son pareil pour vider un flasco, ou trousser un jupon de fille. C'était un admirable jouisseur. Il savait le prix de la bonne chère ; il fallait le voir découper une caille grasse à point et rôtie devant une grande flambée. C'est lui qui imagina de barder de lard les fines alouettes et de les envelopper de feuilles de vigne avant de les mettre au four. Il connaissait tous les vins du monde, depuis le chianti et le syracuse jusqu'aux crus de Bourgogne, en passant par les porto espagnols. Quel magnifique ordonnateur de repas ! Quel incomparable général lorsque, d'un coup d'œil, il examinait si tout était en bon ordre dans l'armée des plats et des flacons sur une table flamboyante d'argenterie ! Quant à son intrépidité devant les femmes, elle tenait du prodige ; il passait dans la même maison du lit de la duchesse au lit de la cuisinière, et la conquête était si rudement menée que les pauvrettes en demeuraient ébaubies, déjà vaincues alors qu'elles réfléchissaient encore aux moyens de défense. Pas une ne lui résista. Quel malheur qu'un tel homme ne soit plus !

Telle fut l'oraison funèbre de Jean de Médicis par Pierre Arétin.

Oraison funèbre sincère et douloureuse — plus douloureuse, certes, que les oraisons officielles conservées et mises en confiture par l'Histoire, cette fieffée menteuse.

L'Arétin versa des larmes lorsqu'il rappela les cailles et les alouettes, poussa de grands soupirs quand il en fut aux vins, et éclata en sanglots lorsqu'il aborda l'article des jupons.

Cependant, il n'est douleur si vraie qui ne s'apaise.

L'Arétin finit par essuyer sa barbe et ses yeux.

— J'en suis vraiment malade, dit-il, et n'était la lettre que vous m'avez demandé d'écrire, je me mettrais au lit.

— Ecrivez donc, en ce cas ; mais dispensez-vous de relater les hauts faits que vous venez de signaler.

— J'écrirai, dit l'Arétin, comme si ma lettre devait passer à la postérité la plus reculée. La postérité n'a besoin que de connaître le côté extérieur des grands hommes qu'on présente à son admiration. Les médailles ne doivent être connus que du côté face, — jamais du côté revers, bien qu'à mon avis certains revers de médaille soient supérieurs à la face par la justesse et le fini du travail. Tel était mon pauvre ami... Ah ! pourquoi avez-vous tué un tel homme ?... que vous a-t-il fait ?...

— A moi, rien. Il gênait une justice en marche, cette justice l'a écrasé, voilà tout.

L'Arétin frémit ; un frisson le secoua comme si un grand souffle glacé fût entré soudain dans son âme. Il contempla avec une terreur admirative la sombre physionomie impassible de Roland, et murmura :

— J'attends que vous dictiez, maître.

Roland se mit à dicter, tandis que l'Arétin prenait des notes en jetant parfois une sourde exclamation et en faisant une grimace de douleur.

— Je vois la scène comme si j'y étais ! dit-il, quand Roland eut terminé le récit de l'agonie dans le palais des ducs de Mantoue.

— Ecrivez-la donc comme si vous y aviez assisté vous-même en la complétant de détails qui vous seraient personnels.

L'Arétin prit son front dans sa main gauche, tandis que de la droite il agitait sa plume.

Tout à coup, il se mit à écrire.

Il écrivait tout d'un jet, consultant à peines les notes qu'il avait sous les yeux et dont les termes étaient dans sa mémoire. En moins d'une heure, la lettre se trouva terminée.

L'Arétin la relut à voix basse

Il s'était levé.

D'un geste machinal, il caressait sa barbe qu'il avait fort belle. Il accompagnait sa lecture de gestes arrondis, répéta par deux fois les périodes qui lui paraissaient les mieux venues, s'interrompant parfois pour se dire à lui-même :

— Parfait !... Admirable !...

Ou bien :

— Que Le Tasse viene donc, après cela, me chanter qu'il connait comme moi l'art épistolaire !

A mesure qu'il lisait, sa voix s'enflait, il déclamait, la grimace de douleur s'évanouissait sur son visage, un sourire de satisfaction et d'heureuse vanité fendait sa bouche.

— Hein ! Que dites-vous de ce petit chef-d'œuvre ? s'écria-t-il, oubliant que les principaux épisodes de la lettre étaient textuellement pris sur les notes dictées par Roland.

— Je pense, dit celui-ci, qu'il faut l'expédier à l'instant au palais ducal, puis vous mettre au lit, parce que la douleur vous a rendu malade.

— C'est vrai, dit l'Arétin, j'oubliais ma douleur.

Et il se reprit à pleurer.

A son appel, le valet de confiance qui avait introduit Roland se présenta.

L'Arétin lui remit la lettre en disant :

— Pour monseigneur le doge... vite !

Le domestique disparu, l'Arétin, suivi de Roland, passa dans sa chambre à coucher et commença à se déshabiller, tout en poussant force soupirs.

— Il est très probable, dit Roland, que le doge va vous envoyer un exprès pour se renseigner.

— Croyez-vous ?

— A moins qu'il ne vienne lui-même.

— Diavolo ! Vous faites bien de me dire cela. Je vais me coucher dans la chambre d'honneur.

Il se précipita dans une pièce voisine qui, en effet, était somptueusement meublée.

— Que faudra-t-il que je dise au doge ? demanda-t-il.

— Mais ce que vous dites dans votre lettre. Vous pouvez ajouter que la veille de la mort, plusieurs officiers ont vu arriver au camp un homme dont vous avez entendu parler.

— Qui ?

— Roland.

On se rappelle que Roland ne s'était jamais révélé à l'Arétin.

— Ce Roland Candiano, continua-t-il, serait venu au camp, aurait été reçu dans la tente du Grand Diable, et l'aurait provoqué à une sorte de duel à mort, sans qu'on sache les motifs de cette provocation. Voilà ce que vous direz au doge ou à son envoyé. Maintenant, comme il est possible que cette entrevue soit intéressante pour moi, je désire y assister sans être vu.

— Entrez là, dit l'Arétin en ouvrant une porte. Lorsque vous voudrez voir et entendre, vous n'aurez qu'à pousser ce guichet.

— Très bien.

L'Arétin se mit au lit. Il n'y fut pas plutôt, que ses vociférations éclatèrent.

— Margherita ! Marietta ! Chiara ! Paolina ! Franceschina ! Angela ! Perina !... (1) Gueuses, coquines, me laisserez-vous mourir ? Sera-t-il dit que pas une ne sera là pour essuyer ma barbe ruisselante de larmes ou me faire une tisane ! Car la douleur fait mal au ventre, damnées mégères, dignes d'épouser Satanas ! Holà, friponnes ! Elles sont toutes dans un coin à user le miroir, à peigner leurs tignasses et à admirer leurs tétons. Attendez, guenons, attendez ! Si j'en avais la force, je viendrais vous peigner à coups de matraque, moi ! Et vous débarbouiller à grands soufflets, mes Arétines, assassines !... Chiara ! puisse la fièvre maligne t'enlever en deux heures ! Paolina, puisses-tu te rompre le cou en descendant mon escalier de marbre !... Marietta, que la foudre te consume ! Angela, que la gangrène te ronge les os ! Par la Madone, par le Christ, par le diable, par le ventre, par les tripes, par le...

Essoufflé, l'Arétin lança un dernier et intraduisible juron, et s'affaissa sur ses oreillers de dentelle, en murmurant : Je suis mort ! tandis que les sept ou huit servantes, accourues depuis quelques instants, et dès les premières vociférations, s'empressaient, caquetaient, se bousculaient à qui embrasserait la première maître Pierre Arétin, telle une nichée de pintades empressées autour du seigneur et maître de la basse-cour.

— Les carognes ! les ribaudes ! Elles m'étouffent ! Elles m'assassinent ! Or, çà, brigandes, ne voyez-vous pas que je pleure et que j'ai besoin de tisane !

Elles étaient toutes pimpantes, jolies et gracieuses, ces Arétines dont la chronique nous a conservé les noms et nous a décrit les charmes.

— Eh quoi, cher seigneur, vous pleurez ! s'écriait la Margherita.

— Oui, Pocofila ! (2) Va-t'en à la cuisine et travaille.

— Quelle douleur ! disait la Chiara. Je veux essuyer ses yeux avec mes cheveux noirs.

— Ah ! le pauvre cher !

— Que lui est-il arrivé ?...

— Quand est-il rentré ?

— Quoi ! sans nous prévenir, le méchant !

— Silence ! tonitrua l'Arétin. Je suis rentré cette nuit et j'étais si malheureux, que j'ai eu peur de vous effrayer. J'ai perdu mon ami le plus cher, celui qui m'envoyait mille ducats régulièrement à chaque hiver revenant pour que je n'eusse pas froid.

— Nous vous réchaufferons de notre amour, cher seigneur.

— Silence ! L'ami le plus tendre et le plus fidèle avec qui j'ai vidé je ne sais plus combien de flacons, un homme si bon, si brave, si loyal ! Ah ! J'en mourrai peut-être !

Il sanglotait. Toutes, autour de lui, le dorlotaient, l'une bordant les couvertures, l'autre arrangeant les oreillers, une autre lui présentant une tasse de tisane.

— Chère Margherita ! soupira l'Arétin, tu es plus bête qu'une oie farcie, mais tes tisanes sont un vrai poème... Chère Chiara, tu es plus tendre que la lune, et toi, Angela, plus courtoise que le soleil...

Et il continua, distribuant maintenant des éloges hyperboliques.

Un valet qui entra mit fin à cette scène en disant :

— Monseigneur le cardinal-évêque est là qui attend.

— Disparaissez toutes ! dit l'Arétin.

Cet ordre fut exécuté avec promptitude et toute la nichée s'envola, effarouchée par l'arrivée du sinistre personnage qu'elles redoutaient.

Bembo entra.

Roland avait entendu le valet, et, avec un frémissement, avait poussé le judas invisible que lui avait signalé Pierre Arétin.

Il reconnut Bembo.

Ses lèvres pâlirent légèrement. Ce fut le seul indice de la colère qui se déchaîna en lui. Une foule de questions assaillirent son esprit. Que s'était-il passé ? Pourquoi Bembo, qu'il avait laissé enfermé au fond de la Grotte-Noire, était-il à Venise, chez l'Arétin ?...

Cependant, Bembo s'était assis près du lit.

— J'étais au palais ducal tout à l'heure, dit-il ; le doge m'a prié de venir te demander quelques explications au sujet de ta lettre.

— Hélas ! fit l'Arétin d'une voix dolente, tu vois, mon ami, j'en suis malade.

— Ainsi, c'est vrai ?

— Trop vrai !

— Tu as vu toi-même mourir le Grand Diable ?

— Comment l'aurais-je écrit sans cela !

— C'est un terrible malheur...

— Pour moi, dit l'Arétin.

— Pour tous !

Bembo garda quelques instants un sombre silence. Ce qui l'épouvantait réellement, ce n'était pas que Jean de Médicis fût mort, mais que ce coup qui les frappait, lui et le doge, eût été porté par Roland Candiano.

Le Grand Diable tué, c'était un malheur sans doute, surtout pour Foscari, mais un malheur réparable. Ce qui était irréparable, c'était l'activité et la haine de Roland.

— Voyons, dit-il, donne-moi des détails.

L'Arétin se lança dans une brillante narration qui faisait honneur à son imagination ; il broda sur la lettre qui lui avait été dictée, et les détails que lui suggéra sa fé-

(1) *Noms des servantes de l'Arétin, toutes plus ou moins ses maîtresses et qu'il appelait les Arétines.*

(2) *Cela signifie : femme de peu d'esprit, bouchée, inintelligente.*

condité d'invention furent pathétiques au point qu'ils lui arrachèrent des larmes nouvelles.

Il fut dès lors bien évident aux yeux de Bembo que Pierre Arétin avait réellement assisté à la mort du Grand Diable.

Il avait écouté ce récit avec un intérêt que l'Arétin prit pour une sorte d'hommage muet décerné à son talent littéraire.

Pourtant il ajouta :

— Ce n'était pas le récit de l'agonie que je te demandais, ta lettre est assez prolixe sur ce chapitre. Mais il y a dans tout ceci deux ou trois points qu'il faut que j'éclaircisse.

— Précise ! dit l'Arétin.

— Procédons avec ordre : d'abord, as-tu échangé avec Jean de Médicis quelques paroles au sujet de ta mission.

— Je n'en ai pas eu le temps.

— Ainsi, le Grand Diable est mort sans savoir ce que tu venais faire à son camp ?

— Justement.

— Il en résulte que lui-même, avant de mourir, n'a pu parler à personne des intentions de Foscari ?

— J'en réponds.

— Bien, passons à une autre question, dit Bembo en hésitant. Celui qui a tiré sur le Grand Diable...

— Eh bien ?...

— C'est sans doute un soldat ennemi ?

— Nullement. J'ai écrit et je répète que le meurtrier était inconnu au camp et dans Governolo. Plusieurs ont dit que c'était le fils d'un doge.

— A-t-on prononcé un nom ? balbutia Bembo.

— Oui, quelques officiers m'ont assuré que le meurtrier ne pouvait être que l'homme reçu dans la nuit par Jean de Médicis et avec qui il avait eu une altercation violente.

— Le nom de cet homme ?

— Roland Candiano.

Bembo tressaillit violemment comme s'il n'eût pas dû s'attendre à ce nom. Il se leva, et regarda autour de lui avec terreur. A ce moment, il se disait que Roland allait peut-être apparaître, le saisir, l'entraîner à nouveau dans sa formidable caverne. Il vit l'Arétin qui, dans son lit, le regardait avec étonnement. Il eut honte de cette terreur irréfléchie et se rassit en demandant :

— Voyons, avant de partir, n'as-tu parlé à personne de cette mission ?...

— A personne au monde, dit l'Arétin après une légère hésitation.

Mais si courte qu'eût été cette hésitation, Bembo l'avait remarquée.

— Misérable, gronda-t-il en s'approchant du lit, tu as parlé !

— Non, je te le jure !

— Sais-tu, reprit Bembo en secouant violemment la main de l'Arétin, sais-tu qui était ton secrétaire ?...

— Quel secrétaire ? Deviens-tu fou ?...

— Le mystérieux secrétaire sur lequel je t'ai vainement interrogé et dont tu ignorais tout, jusqu'à son nom ! Sais-tu qui il était ?

— Non, de par les cheveux de Chiara !

— Où est-il ? Qu'est-il devenu ?

— Il a disparu la veille de mon départ. Que le diable le tienne en sa digne garde !

— Eh bien ! triple fou, c'était Roland Candiano.

— Bah !...

— C'était lui, te dis-je !

— Eh bien ! qu'y a-t-il là de si étrange ? Et que veux-tu que cela me fasse ? En quoi les faits et gestes de M. Roland Candiano me regardent-ils, après tout ?... Il est parti, bon voyage. Il ne reviendra pas, ou reviendra, à son aise !

Ces derniers mots firent tressaillir Bembo. Une flamme d'espoir terrible brilla soudain dans ses yeux.

— S'il allait revenir ! songea-t-il.

— Ce que je vois de plus clair en tout cela, continuait l'Arétin, c'est que je perds, moi, outre l'amitié de Jean de Médicis, deux mille cinq cents bons écus que je devais toucher en rentrant, une fois ma mission terminée.

— Ecoute, fit Bembo. Veux-tu toucher la somme tout de même ?

— Si je le veux ! s'écria l'Arétin qui s'arrêta soudain de pleurer.

— Veux-tu en toucher le double, le triple, tout ce que tu voudras ?

— Parle, ami Bembo, tu parles d'or. Que faut-il faire ?

— Presque rien. Ton secrétaire...

— Le fameux Roland Candiano ?

— Oui. Eh bien... tu as dit qu'il reviendrait peut-être ?

— C'est lui-même qui me l'a fait dire.

— Bon. Eh bien, quand il reviendra, il s'agit de lui faire bon visage, de le retenir, coûte que coûte, auprès de toi, une heure ou deux...

— Ce n'est pas difficile.

— Et, tout aussitôt, de me faire prévenir.

— Ah ! ah !

— Hésiterais-tu ? gronda Bembo.

— Non pas, mort diable ! Je ne connais pas cet homme, ni ne veux le connaître. Peu m'importe ce qui peut lui arriver. C'est dit, Bembo ! S'il revient, je t'envoie prévenir tout courant.

— Et dès le jour même, tu touches dix mille écus.

— Dont j'aurais le plus grand besoin. Ces coquines, pendant mon absence, ont fait d'étranges dépenses. Je les ai retrouvées avec des robes de soie brochée et des écharpes de prix. Outre que j'ai moi-même fortement écorné pendant mon voyage...

— Présente-toi au trésor. Tu y toucheras mille écus. On sera prévenu.

— Diavolo ! tu tiens donc les clefs de la caisse ?

— Oui, Pierre, et songe que cette caisse, je l'ouvrirai pour toi autant que tu voudras si tu nous rends ce service.

— C'est dit, et tu peux compter sur moi !

Bembo partit en toute hâte et revint au palais ducal où le doge Foscari l'attendait avec impatience, se promenant tout agité dans son cabinet où ce jour-là il ne voulut donner aucune audience à personne.

— Eh bien ? fit le doge empressé en apercevant Bembo, as-tu quelque nouvelle positive ? Sais-tu le nom du meurtrier du Grand Diable ?

— Monseigneur, dit Bembo, vous ne vous étiez pas trompé.

— C'est donc bien Roland Candiano ! exclama Foscari en pâlissant.

— C'est bien lui, monseigneur. Mais en

apprenant cette mauvaise nouvelle chez l'Arétin, j'en ai appris une autre qui corrige quelque peu la première.

— Parle vite, Bembo ; car je te jure qu'en ce moment je ne vois autour de moi que malheurs et catastrophes.

— Eh bien, monseigneur, je crois que sous peu, Roland Candiano sera dans nos mains.

— Comment cela ?

— Candiano est en relations avec l'Arétin.

— Lui ! Que pouvait-il donc espérer de ce faiseur de vers ?

— Je ne sais ; toujours est-il que Roland s'est mis en relations suivies avec l'Arétin et qu'il est infiniment probable qu'il reviendra chez lui.

— Et alors ?

— Alors, Roland Candiano sera pris.

Foscari secoua la tête. Le coup l'avait découragé.

— Non, Bembo, non ; Candiano ne tombera pas en notre pouvoir. Je me sens pris moi-même dans quelque formidable engrenage. La fatalité est sur moi. En vain, je me débats. La mort du Grand Diable survenant en un tel moment est un irréparable désastre. Mais que Candiano soit la cause directe et volontaire du désastre, voilà ce qu'il y a de plus terrible.

— Monseigneur, dit Bembo d'une voix calme, vous êtes perdu, en effet, parce que vous consentez à la perte. Résistez et vous serez sauvé. Vous parlez de la fatalité. Il y a des concours de circonstances que la volonté puissante des hommes réellement forts agrège ou désagrège. La situation est simple, après tout. Si vous attendez, vous serez frappé. Si vous frappez le premier, le danger s'évanouit.

Bembo, en parlant ainsi, avait redressé sa taille.

Il apparaissait en ce moment ce qu'il était réellement : l'inspirateur de Foscari, l'âme damnée du terrible doge, le mauvais génie de Venise.

— Que faire Bembo ? Que faire ? Conseille-moi... Je n'ai confiance qu'en toi ! Toi seul m'as jusqu'ici guidé...

— Parce que ma fortune, monseigneur, est indissolublement liée à la vôtre ; si vous succombez, je succombe. Si vous montez vers les sommets des hautes puissances, vous m'entraînez dans votre ascension. Un autre vous parlerait d'amitié fidèle, de reconnaissance... Moi je vous dis seulement que votre grandeur est la garantie de la mienne. Moi je ne crois pas à l'amitié, moi je ne crois qu'à la force de la volonté. Et c'est pourquoi, monseigneur, vous avez confiance en moi ; vous avez en moi la même confiance que j'ai en vous. C'est pourquoi aussi, à nous deux, nous formons une force. Je crois sincèrement que seul, c'est-à-dire sans moi, vous seriez en danger. Je crois que sans vous je retombe misérablement dans cette situation d'ignominie dont vous m'avez tiré. Restons donc unis ; soyons-nous l'un à l'autre un appui sûr et infaillible. Que, dans un moment de désolation, vous ayez la certitude que quelqu'un est là, près de vous, qui pense, combine pour vous, qui est prêt, sur un signe de vous, à tout oser, à tout entreprendre... Songez à ce que nous pouvons en de pareilles conditions...

— Oui, Bembo, je sais et j'ai confiance en toi.

La tirade du cardinal, modérée dans la forme, profondément subtile et habile dans les pensées qu'elle exprimait, avait produit une impression violente sur l'esprit du doge.

Il répéta :

— Que faire, Bembo ? conseille-moi...

Mais ce fut sur un ton plus ferme et qui annonçait la volonté d'agir.

— Que faire, monseigneur ? dit Bembo. C'est facile.

Il se leva, s'approcha de la table et, lourdement comme s'il eût asséné un coup, posa sa main sur la feuille que le doge lui avait montrée et qui contenait déjà une centaine de noms :

La liste de proscription !

Le doge comprit.

— C'est tout une révolution, dit-il.

— Je le sais, monseigneur. Aussi faut-il vous entourer des précautions nécessaires. Pouvez-vous compter sur les soldats ?

— Altieri m'est tout dévoué.

— Oui, celui-là est inébranlable dans sa fidélité parce que celui-là aussi a attaché sa fortune à la vôtre. Altieri fera des soldats ce qu'il voudra. Il les a fanatisés. C'est une grande force. Voici donc ce qu'il faut faire : il faut dès aujourd'hui faire venir Altieri et prendre avec lui les mesures nécessaires à l'arrestation des suspects. Il sera bon que Dandolo soit au courant de ce qui se prépare afin qu'il sonde le Conseil des Dix. Si, dans le conseil, il y avait des hésitants, c'est par eux qu'il faudrait commencer.

Déjà le doge écrivait deux lettres.

Une pour Altieri, l'autre pour Dandolo.

Les lettres qui appelaient le capitaine général et le grand inquisiteur au palais ducal furent aussitôt envoyées.

Bembo se retira. Au moment où il allait disparaître, le doge lui saisit la main.

— Et Candiano ? demanda-t-il.

— Je m'en charge ! répondit Bembo.

XVI

POURSUITE

Bembo venait de donner un effort grave en parlant au doge comme il venait de le faire. Il connaissait admirablement Foscari, et avait essayé de le mettre dans la situation d'esprit qui lui semblait indispensable.

Il s'en allait méditant, répondant d'un geste distrait aux profondes salutations qui l'accueillaient au passage — les unes réellement respectueuses, les autres recouvrant des haines furieuses sous le vernis du respect.

Sur la place, une femme entourée d'enfants s'avança vers lui et s'agenouilla, les mains jointes, le front courbé.

Les enfants s'étaient agenouillés aussi.

— Que veux-tu, femme ? demanda le cardinal.

— Monseigneur l'évêque, mon mari, le père de mes enfants, a été arrêté cette nuit. Nous allons mourir de misère.

— Qu'avait fait ton mari ? fit durement le cardinal.

— Qui le sait, monseigneur ! Rien, sans doute, rien, je vous le jure ! Il ne songeait à rien qu'à son travail, et son seul bonheur était de rentrer le soir parmi nous. Monseigneur l'évêque, un mot de vous peut nous sauver. Je demande grâce.

Bembo, en maintes occasions, avait été supplié par quelque femme, sœur ou épouse d'un malheureux que la dénonciation d'un sbire avait fait jeter sous les plombs ou au fond des puits.

Cette fois, comme les autres, il fut sur le point de passer outre en haussant les épaules. C'est ce qu'il faisait généralement.

Il regarda autour de lui et vit qu'une vingtaine d'hommes et de femmes du peuple faisaient cercle autour de ce spectacle, à distance respectueuse.

Une idée soudaine traversa son esprit.

La femme pleurait, et, ayant conté son malheur, ne trouvait plus rien à dire que ce mot qu'elle bégayait parmi des sanglots :

— Grâce, monseigneur l'évêque !...

— Pauvre femme ! Pauvres enfants ! dit Bembo à haute voix.

Et sa physionomie prit une expression de miséricorde.

— Me jures-tu, continua-t-il, que ton mari n'est réellement pas coupable ?

— Je le jure, monseigneur, je le jure sur ma part de paradis !

— Relève-toi, femme, dit Bembo, Dieu a entendu ton humble prière. Nous vivons sous un doge ami de la pitié. Le nom de Foscari veut dire Justice. Relève-toi et vas en paix. Ton mari te sera rendu dès aujourd'hui.

— Monseigneur ! Monseigneur ! balbutia la malheureuse, ivre de joie.

— Vivat ! Vivat ! cria la foule qui s'était assemblée. Vive Foscari ! Vive l'évêque !...

Bembo étendit la main et bénit le peuple qui se jeta à genoux.

Il passa dans un grand murmure attendri, et il était déjà loin que les cris de : Vive l'évêque ! arrivaient encore jusqu'à lui.

— Foscari, songea-t-il, je viens de travailler pour toi !... Mais comme les peuples sont faciles à conduire ! Cent arrestations sont oubliées parce qu'une grâce est promise !... Peuple imbécile ! comme tu mérites bien les charges dont nous te chargeons !...

Un sourire de mépris plissa ses lèvres.

Puis il reprit sa méditation :

— Foscari est un homme faible lorsqu'il se persuade que sa chute est proche. Mais il devient fort, invincible et formidable lorsqu'il croit au succès de ses entreprises. C'est dans cette situation d'esprit qu'il osa arrêter l'évêque et qu'il fomenta la chute de Candiano. Toute la question est donc de maintenir Foscari en forme de volonté et de décision.

Il rentra dans son palais, songeant à ces choses, écrivit quelques lettres, et, sur le soir, s'étant revêtu d'un costume cavalier, sortit.

Il voulait aller chez Imperia.

Les images de la courtisane et de Bianca évoluaient dans son cerveau avec les images de Sandrigo et de Roland.

Bembo évita le chemin du canal, soit qu'il ne voulût pas être remarqué, soit qu'il voulût, en marchant, se donner encore le temps de réfléchir.

Comme il pénétrait dans une ruelle, il aperçut à vingt pas devant lui un homme qui marchait sans hâte.

Il tressaillit.

La tournure de cet homme, sa taille, sa manière de marcher formaient un ensemble qu'il connaissait, ou qu'il crut reconnaître.

Il s'enveloppa de son manteau, couvrit à demi son visage et hâta le pas. En passant près de l'homme, il le dévisagea.

— Ce n'est pas lui ! murmura-t-il.

Et de nouveau, il se laissa dépasser par l'homme qui semblait ne pas l'avoir remarqué. Mais alors, il fut repris de doute, et machinalement se mit à le suivre.

— Voilà qui est étrange, songea-t-il. Cet homme, vu d'ici, c'est Roland Candiano. C'est sûrement lui ! C'est sa démarche, c'est sa taille... C'est lui, j'en suis certain ! Et pourtant, ce n'est pas son visage !... Non, ce n'est pas son visage, mais était-ce son visage lorsque Roland Candiano m'est apparu sous les traits du secrétaire de l'Arétin ? L'ai-je reconnu lorsque j'ai été entraîné dans le navire ? L'ai-je reconnu avant la grotte ?... S'il a pris alors un déguisement, ne peut-il en avoir pris un autre maintenant ?... C'est lui... oui, c'est lui !...

Le cœur de Bembo battait violemment.

Il commençait à faire nuit.

Il regarda autour de lui, il n'y avait personne.

Alors la pensée lui vint tout à coup que Roland l'avait peut-être reconnu, lui !... Il se dit que Roland allait se retourner tout à coup, marcher sur lui... un frisson d'épouvante le secoua.

— Mais non ! gronda-t-il. Si Roland a tué le Grand Diable, il n'est de retour à Venise que d'aujourd'hui seulement. Il n'a pu faire plus diligence que Pierre qui est revenu en toute hâte. Donc, il me croit encore dans la grotte. Il est loin de songer à moi !... Oh ! il est pris, je le tiens...

Au détour d'une ruelle, deux hommes étaient arrêtés, immobiles sous l'auvent d'un cabaret.

Bembo reconnut deux sbires secrets.

Ils écoutaient ce qui se disait dans le cabaret où des ouvriers buvaient et parlaient haut.

— Le Tronc des Dénonciations attendra, murmura Bembo.

Il alla droit aux deux sbires, se fit reconnaître d'eux et leur dit quelques mots à voix basse. Les sbires s'inclinèrent ; l'un d'eux disparut en courant, l'autre se mit à suivre Bembo.

Cependant l'homme — que ce fût ou non Roland Candiano — continuait à marcher tranquillement.

Se doutait-il qu'il était suivi ?

Il traversa des ruelles, des ponts, et arriva enfin devant une maison du port.

Là, il s'arrêta un instant et regarda autour de lui.

N'ayant sans doute rien vu de suspect, il entra.

Bembo ne l'avait pas perdu de vue. Dès

que l'homme fut entré, il sortit de l'encoignure où il était tapi.

Maintenant, il avait près de lui quatre sbires.

Ils étaient tous solidement armés.

Bembo comprit quil était à une de ces minutes où se décide la vie d'un homme. Il tremblait de terreur et se disait que c'était de la folie que d'attaquer Roland avec les quatre hommes seulement qu'il avait ramassés en chemin. Celui qu'il avait envoyé pour chercher des renforts sérieux ne revenait pas.

Mais d'autre part, l'occasion était unique.

Tenir là Roland Candiano et le laisser échapper !

— Il faut agir ! gronda-t-il, fût-ce au risque de la vie !...

Bembo se tourna vers les sbires :

— Vingt ducats d'or à chacun de vous si vous capturez l'homme qui vient d'entrer ici.

Les sbires eurent un frémissement et leurs yeux brillèrent dans la nuit avec un éclat métallique. Vingt ducats d'or, pour ces gens, représentaient une petite fortune.

— Marchons ! dirent-ils, enflammés d'un zèle qui parut de bon augure au cardinal.

Cependant il les arrêta d'un geste.

— Un instant, dit-il, cet homme est très fort. Prenez garde !

Ils sourirent, et d'un mouvement spontané, montrèrent leurs poignards.

C'étaient de solides lames triangulaires, courtes, acérées à leur bout, larges à leur base, emmanchées de chêne poli.

— Faut-il que l'homme soit pris vivant ? demanda l'un d'eux.

— Vivant ou mort, peu importe, dit Bembo les dents serrées.

Il ne s'agissait plus, déjà, de faire souffrir Roland. Il s'agissait de se débarrasser de lui coûte que coûte.

— Là n'est pas la question, continua Bembo. Qu'il soit pris, c'est tout ce qu'il faut. Maintenant, voici ce que je voulais vous dire : L'homme va sûrement se défendre. Il est possible que quelqu'un de vous soit frappé.

— C'est le risque de notre métier...

— Bon. Je vous ai promis vingt ducats d'or à chacun. Vous êtes quatre. Cela fait quatre vingts ducats, quel que soit le nombre des survivants ; vous comprenez ?

— Marchons ! reprirent-ils.

Ils s'enfoncèrent dans une allée noire au bout de laquelle se trouvait un escalier de bois.

Ils commencèrent à le monter.

On n'entendait aucun bruit. A eux quatre, ils ne donnaient pas un frémissement ; il n'y avait pas un craquement dans le bois. Ils montaient comme des chats tigres.

La maison n'avait que deux étages.

Au premier, ils s'arrêtèrent hésitants.

Il y avait deux portes.

Ils écoutèrent à chaque porte. Aucun bruit ne leur parvint. Leurs mains, en se frôlant, échangèrent un signal.

Ils continuèrent à monter.

En haut, il y avait une porte.

Là, ils s'arrêtèrent net.

Ils percevaient derrière la porte le bruit lent et cadencé du pas d'un homme qui se promène.

L'homme était là...

En bas, dans une encoignure en face de la porte d'entrée, Bembo attendait, ramassé sur lui-même, haletant.

Ses yeux, lentement, s'étaient levés le long de la façade de la maison.

On eût dit qu'il suivait pas à pas l'ascension des sbires.

En effet, en même temps qu'ils s'arrêtaient devant la porte, les yeux de Bembo se fixaient sur une fenêtre de la façade, la seule qui fût éclairée, semblable à un regard pensif dans un visage que la nuit faisait indéchiffrable...

Brusquement, cette lumière s'éteignit.

Alertes, rapides, silencieux, les sbires s'étaient concentrés.

L'un d'eux alluma une lanterne sourde.

Un deuxième, d'un geste souple et discret, fit glisser son poignard dans la jointure.

Les deux autres appuyèrent leurs épaules à la porte et poussèrent.

L'homme qu'avait suivi Bembo était bien Roland.

S'était-il aperçu qu'il était suivi ? C'est peu probable. Il était absorbé par ses pensées qui toutes, à ce moment, se concentraient sur Léonore.

Son retour dans Venise avait ravivé les souffrances qui s'étaient apaisées pendant ces quelques jours de route.

Lorsqu'il avait vu Bembo, il avait eu un mouvement de fureur. Mais il s'était calmé. Il n'entrait pas dans son plan de tuer cet homme sur-le-champ.

Bembo ayant quitté l'Arétin, comme on a vu, Roland était sorti de la pièce où il s'était tenu caché.

— Ai-je parlé selon vos intentions, maître ? avait demandé l'Arétin.

— Oui.

— Et quant à la proposition que m'a faite Bembo de le prévenir si vous reveniez chez moi, que faudra-t-il faire ?

— Eh bien, mais il faudra le prévenir. Je ne vois pas pourquoi je vous priverais de la forte somme qui vous est promise.

L'Arétin avait ouvert de grands yeux ébahis.

— Seulement, avait ajouté Roland, je me réserve de vous indiquer le jour où il sera bon que vous préveniez votre excellent ami. D'ici là, silence.

Là-dessus, Roland était sorti à son tour.

Son intention était de retrouver Scalabrino et de courir aussitôt à la Grotte-Noire.

Il se rendit donc à la maison du port.

Mais Scalabrino ne s'y trouvait pas.

— Pourtant, songea Roland, les huit jours sont écoulés. Que se passe-t-il !... Bembo délivré... Scalabrino absent, tué, peut-être !... Allons à la Grotte-Noire.

Il s'habilla, se fit un nouveau visage, sortit et gagna le Grand Canal.

Un grand trouble agitait ses pensées.

Si près du palais Altieri, si près de Léonore, il ne pouvait se résoudre à quitter encore Venise. Ce vague espoir qui conduit les passionnés lorsque l'amour se trouve surexcité en eux le retenait hésitant sur les bords du canal.

Il eut un geste de découragement, s'en,

alla rôder pendant quelques heures dans l'île d'Olivolo, puis il se retrouva aux abords du palais Altièri sans qu'il eût décidé quoi que ce soit de positif.

Maintenant, il en venait à douter de la nécessité d'une vengeance.

— A quoi bon, puisque jamais plus il ne reverrait Léonore ! Ou du moins, s'il la revoyait, ce serait de loin, et pour souffrir encore.

— Oui ! à quoi bon se venger ! à quoi bon agir ! à quoi bon vivre !

Et il eut cette étrange sensation que la vie pesait sur lui d'un poids formidable et que ce qui pouvait lui arriver de mieux, c'était de mourir !... Renoncer !... Oublier tout dans la mort !

Il était dans cette situation d'esprit lorsqu'il s'aperçut que la nuit venait peu à peu : il s'éloigna, marcha au hasard, passa non loin du palais Imperia, puis, las d'une immense lassitude, se dirigea vers la maison du port comme vers une sorte de refuge où il chercherait un peu de repos pour le corps, un peu de calme pour l'esprit.

Arrivé dans cette chambre où était morte sa mère, où rien n'avait été changé depuis ces années, il retrouva en effet un peu de calme.

Toute son exaspération de la journée, toute sa douleur se fondit et quelques larmes brûlantes glissèrent sur ses joues.

Il se mit à se promener lentement, songeant parfois à ce Foscari à qui il venait de porter un si rude coup, tantôt à ce Bembo qui lui échappait.

Tout à coup, il perçut un léger craquement à la porte et s'arrêta court.

Presque au même instant, un deuxième craquement retentit, mais plus fort ; il y eut un violent déchirement, la porte s'ouvrit toute grande, et les quatre sbires firent irruption dans la chambre.

D'un coup de poing, Roland renversa le flambeau qui éclairait la chambre, et, sans un mot, s'accula d'un bond dans l'angle le plus lointain de la porte, c'est-à-dire près de la fenêtre.

Les quatre sbires s'avancèrent de front, le poignard à la main.

L'un d'eux gronda :

— Rends-toi, allons.

Roland assura dans sa main le large poignard qu'il avait tiré. Dans l'ombre, il compta les sbires. Ils étaient quatre.

Leurs attitudes ramassées, leur démarche ferme et prudente, leur manœuvre, tout prouva à Roland qu'il avait affaire à des hommes déterminés.

Il comprit qu'il était perdu.

En effet, il pouvait bien porter deux ou trois coups décisifs, mais il était très certain qu'il serait atteint lui-même.

Ces quatre sbires qui, en plein air, eussent été une force insignifiante pour Roland, devenaient, dans cet espace resserré, une véritable machine prête à le broyer.

Il s'apprêta à mourir en se défendant jusqu'au bout.

— Te rends-tu ? grondèrent les policiers.

Leurs haleines rauques souffletaient maintenant son visage.

Pour toute réponse, il détendit violemment le bras. L'un des sbires recula avec un hurlement. Les trois autres se ruèrent, silencieux, formidables.

Mais à peine avaient-ils esquissé ce mouvement, à peine Roland avait-il levé le bras que des clameurs d'épouvante retentirent, une terrible bousculade renversa les sbires l'un sur l'autre, et Roland demeura le bras levé dans une attitude de stupéfaction. Quelque chose comme une trombe venait de faire irruption dans la chambre ; une sorte de colosse hirsute dont les forces herculéennes paraissaient, dans la nuit, plus gigantesques encore, se précipita, rugissant des jurons ; son bras énorme se levait, sifflait dans l'air, pareil à une massue, et s'abattait sur les policiers. Puis le colosse, sans se donner la peine d'ouvrir la fenêtre, la défonçait, la faisait voler en éclats ; alors, il empoignait le premier sbire qui lui tombait sous la main, et, à toute volée, l'envoyait dans l'espace ; le bruit sourd du corps qui se brisait sur les dalles du quai retentit.

— Et d'un ! hurla le colosse.

Puis, d'instant en instant, il continua sa terrible besogne :

— Deux !... Trois !... Quatre !... Il n'y en a plus ?... A qui le tour ?...

Les quatre sbires s'étalent, écrasés l'un près de l'autre sur les dalles, dans une large mare de sang...

— Scalabrino ! Scalabrino ! rugit Roland.

— Moi-même, monseigneur ! Il paraît que j'arrive à temps !... Mais vite... fuyons !...

Tous les deux s'élancèrent.

Au moment où ils atteignaient l'allée du bas et où ils allaient se jeter dehors, un tumulte de pas nombreux retentit au dehors et une voix — la voix de Bembo — clama :

— Cernez la maison ! Fouillez ! Entrez ! Tuez tout !

— Enfer ! gronda Scalabrino.

— Fonçons ! dit Roland.

— Non, monseigneur, remontons... Suivez-moi...

Bembo avait attendu en bas le résultat de l'opération tentée par les quatre sbires qu'il avait raccolés en route.

Il avait levé les yeux vers la fenêtre éclairée.

— C'est là ! murmura-t-il.

Haletant, comme s'il eût suivi pas à pas l'ascension des sbires, il grommelait d'instant en instant :

— Ils montent... les voilà au premier... bon... ils arrivent devant la porte... ils l'enfoncent... ils entrent... Oh ! la lumière s'éteint... les voilà aux prises !...

Bembo s'était avancé, sortant de l'abri qu'il s'était choisi.

Il était si attentif à ce qui se passait là-haut qu'il ne vit pas un homme entrer dans l'allée où il se mit à courir.

Tout à coup, Bembo vit la fenêtre s'ouvrir ; il entendit le fracas des volets disjoints, une masse noire traversa l'espace et vint s'abattre à ses pieds.

— Ils l'ont jeté !... hurla-t-il. Enfin, je le tiens !

Il s'abattit à genoux sur l'homme qui venait de s'écraser sur les pavés et plaqua ses deux mains sur les épaules du corps.

Pasquali-film. Exclusivité Gaumont.

Le vieux Candiano, de ses mains que la vieillesse faisait tremblantes, cherchait à attirer à lui Roland.

Pasquali-film. Exclusivité Gaumont.

La salle à manger où l'Arétin reçut Bembo était célèbre dans Venise et aux [illegible]rs, à tel point que le duc de Ferrare fit le voyage pour y venir manger.

Pasquali-film.

PIERRE BEMBO, *cardinal-évêque de Venise.*

Exclusivité Gaumont.

SANDRIGO, *devenu lieutenant des archers.*

Mais il se releva brusquement avec un cri de rage :

— Ce n'est pas lui ! Oh ! le démon !...

Au même instant, un deuxième corps s'abattit à quelques pas de lui, puis un autre, enfin un dernier.

Hébété de fureur, Bembo avait reconnu les quatre sbires.

— Oh ! le démon ! répéta-t-il en s'arrachant les cheveux, il m'échappe encore !...

Il regarda autour de lui, songeant à fuir.

La course précipitée d'une troupe le fit palpiter soudain.

C'était le renfort attendu qui arrivait !

Une cinquantaine de sbires et d'archers s'arrêtèrent devant la maison, aux cris de Bembo ivre d'une joie furieuse.

Pêle-mêle, en désordre, la troupe se rua dans l'allée, pendant qu'aux maisons voisines, des têtes effarées se montraient aux fenêtres, puis précipitamment disparaissaient.

Roland et Scalabrino avaient remonté l'escalier au moment même où les premiers archers pénétraient dans l'allée. En quelques instants, ils regagnèrent l'ancien logis de Juana et entassèrent devant la porte défoncée le lit, une armoire, la table, tout ce qu'ils trouvèrent de meubles.

— Nous avons trois minutes à nous, dit Roland.

— Venez, monseigneur, venez ! répondit Scalabrino en entraînant son compagnon dans la deuxième pièce, sorte de petite cuisine, on s'en souvient.

La porte de communication fut elle-même barricadée.

Déjà on entendait des coups sourds à la première porte d'entrée.

Scalabrino s'était mis à genoux devant la cheminée.

Roland, deux pistolets aux mains, s'était planté devant la porte, sans s'occuper de ce que faisait Scalabrino, se disant que là allait se livrer la suprême bataille.

Scalabrino, cependant, de son poignard labourait l'un des côtés de la cheminée. En quelques secondes, il eut descellé plusieurs briques.

La porte de communication commençait à céder sous les coups.

— Tenez bon, monseigneur ! cria Scalabrino, continuant à travailler avec rage.

Une grande clameur retentit : une déchirure venait de se produire dans la porte et les assaillants criaient victoire.

Un coup de feu éclata et l'un des sbires tomba frappé à mort. Il y eut un recul, un silence, puis, tout à coup, des cris sauvages se ruèrent ensemble.

Un deuxième coup de feu...

Un homme encore tomba.

Roland jeta son deuxième pistolet et mit le poignard à la main.

Un craquement terrible...

C'était la fin...

— Le passage ! rugit Scalabrino. Le passage est ouvert !

Roland se tourna vers son compagnon. Sur l'un des flancs de la cheminée, un large trou béant.

Scalabrino le lui montra, et, haletant, prononça :

— A vous, monseigneur !

— Passe ! répondit Roland.

Scalabrino comprit que Roland ne céderait pas. Il n'y avait pas une seconde à perdre ; il s'enfonça dans le trou.

Roland le suivit.

Au même moment, la porte céda, la petite pièce fut pleine de sbires hurlant et gesticulant. Ils virent le passage. Il n'y avait place que pour un homme à la fois... L'un d'eux, plus brave ou plus furieux, s'y engagea... les autres demeurèrent silencieux, haletants, penchés sur le trou... Deux secondes s'écoulèrent puis ils entendirent un râle sourd...

Roland, en suivant Scalabrino, s'était trouvé dans un étroit boyau. Il rampa l'espace de quelques pas, puis, à grand'peine, se retourna vers l'ouverture par laquelle il venait de passer. A genoux, le poignard à la main, il attendit.

Scalabrino s'arrêta aussi, comprenant l'intention de Roland.

L'attente ne fut pas longue !

Roland vit le sbire qui rampait vers lui.

Son bras, d'un geste foudroyant, se détendit, et c'est alors que l'on entendit ce râle sourd de l'homme qui expire.

Alors, pâle mais calme, Roland se retourna vers Scalabrino et dit :

— Maintenant, le boyau est bouché !...

— La route ! répondit Scalabrino.

Ils s'avancèrent alors en rampant ; cela dura une minute environ. Derrière eux, ils entendaient les hurlements de rage des sbires.

Tout à coup, Scalabrino se dressa debout. Le boyau montait droit vers les toits.

Scalabrino se mit à monter en s'accrochant à des crampons de fer qui avaient été disposés jadis le long des parois de cette sorte de puits. Bientôt tous les deux se trouvèrent sur le toit de la maison voisine. Ils s'avancèrent à plat ventre le long de la bordure. En penchant sa tête dans le vide, Roland vit une foule sur le quai. Cette foule grondait et quelques cris de « Mort aux archers ! » montèrent jusqu'à lui.

Tout à coup, Scalabrino disparut : il venait de s'enfoncer par une lucarne dans un grenier.

Roland l'y suivit.

Scalabrino ouvrit une porte, descendit rapidement un escalier, et cinq minutes plus tard, ils se trouvaient tous les deux dans une ruelle écartée, silencieuse, déserte et noire.

Alors Scalabrino eut un gros rire de satisfaction.

— Lorsque j'ai songé à établir ce passage pour m'assurer une fuite à tout hasard, il y a plus de dix ans de cela, je ne songeais guère qu'il devait un jour servir au fils du doge alors régnant...

— Ce qui prouve, Scalabrino, que tu es un homme d'ordre et de méthode.

— Bah ! monseigneur, je fais comme j'ai vu faire aux renards de la montagne, voilà tout. Ils se terrent dans un trou, mais ils ont toujours soin de s'ouvrir une porte de derrière.

— Partons... et chemin faisant, raconte-moi ce qui t'est arrivé, et comment tu t'es trouvé à point nommé pour me montrer l'issue de ce terrier.

. . . .

On nous permettra de nous substituer à Scalabrino dans ce récit qui, nous osons l'espérer, est attendu par le lecteur avec la même curiosité que par Roland. En effet, si le bon géant a su inspirer quelque sympathie, on n'aura peut-être pas oublié que nous avions dû le laisser dans une situation fort critique.

Pendant que le patron de l'auberge de l'Ancre d'Or et Sandrigo se penchaient sur le couvercle de la trappe pour surprendre le dernier cri d'agonie du malheureux précipité dans la cave inondée, Scalabrino, repoussé peu à peu par l'eau qui montait, s'était réfugié jusque sur la dernière marche de l'escalier.

Il avait d'abord résolu d'en finir en se laissant couler à fond et s'était jeté à l'eau.

Alors l'instinct de vivre avait amené un soudain revirement dans son esprit, et il s'était mis à nager autour de la cave.

L'eau était montée presque jusqu'au plafond.

En sorte que Scalabrino, en rasant la muraille, finit par se trouver au niveau de l'ouverture grillée par où l'eau se précipitait et il s'était cramponné aux barreaux.

La secousse qu'il imprima au fer lui fit pousser un rugissement d'espoir fou. En effet, il avait senti que les barreaux tremblaient dans leurs crampons. Ces barreaux étaient vieux, usés, limés par la rouille.

Scalabrino s'arc-bouta sur ses genoux et commença à tirer sur le fer. Sa force herculéenne, décuplée par l'imminence du danger, entreprit la besogne impossible.

Ce fut, pendant quelques minutes, une lutte tragique de cet homme cramponné aux barreaux qu'il attirait, ployait, brisait par des secousses frénétiques.

L'un des barreaux céda.

Scalabrino essaya de passer.

Il passa !

Mais ce qu'il allait tenter était effroyable.

L'ouverture communiquait directement avec le canal.

Une fois levée la plaque de fer que manœuvrait le Borgne, c'était le canal lui-même qui se précipitait dans la cave.

Scalabrino, en passant, se trouva donc au fond du canal, ayant à remonter une sorte de courant ou de tourbillon qui faisait trombe.

Il s'élança d'un effort de tout son être, en retenant sa respiration.

Il lui sembla que quelque démon le tirait par les pieds, tandis qu'il s'efforçait de remonter.

Combien de temps cela dura-t-il ?

Par quel effort surhumain Scalabrino parvint-il à échapper à la formidable étreinte du tourbillon ?

Lui-même n'eût pu le dire.

Il se trouva tout à coup dans une eau plus tranquille, et un coup de talon le fit remonter à la surface du canal.

Il était sauvé !

Une demi-heure plus tard, il était dans la maison du port, et changeait de vêtements.

La tentative avait donc avorté.

Il avait cherché à s'emparer de Sandrigo pour sauver Bianca. L'aventure qui venait de lui arriver lui prouvait que Sandrigo avait à Venise des appuis contre lesquels il faudrait lutter.

Tel fut le récit que Scalabrino fit à Roland.

— Mais que diable avais-tu été chercher à l'Ancre d'Or ? demanda celui-ci lorsque le colosse eut achevé.

— Voilà, monseigneur. C'est le plus dur qui me reste à vous dire.

Scalabrino devint sombre.

Quelque chose comme une grosse larme brilla un instant dans ses yeux.

Tout en causant, ils avaient marché. Ils se trouvaient maintenant dans l'île d'Olivolo.

Roland s'approcha de la maison Dandolo.

— Monseigneur, observa Scalabrino, ne m'avez-vous pas dit au moment de votre départ que cette maison était suspecte ?

— Oui, à ce moment-là. Mais on a dû cesser de la surveiller. D'ailleurs, nous allons voir.

Suivi de son compagnon, Roland escalada le mur et marcha droit la maison. En passant près du cèdre, il frémit. Mais il ne laissa rien paraître des sentiments qui pouvaient l'agiter.

Il frappa à la porte.

— Qui va là ? demanda une voix au bout de quelques minutes.

Et le vieux Philippe, une lanterne à la main, apparut, entre-bâillant la porte.

— Ne reconnais-tu pas Jean di Lorenzo, ton nouveau maître ? fit Roland.

— Pardon, monseigneur, dit le vieux serviteur en ouvrant.

Il s'empressa d'allumer des flambeaux.

Roland remarqua que les mains du vieillard tremblaient légèrement et qu'il lui jetait parfois un singulier regard.

— Tu ne me reconnais pas ? demanda-t-il.

— Monseigneur, je vous ai reconnu à la voix, et vous reconnais encore, bien que votre visage ne soit plus celui du seigneur Jean di Lorenzo.

— Oui, c'est une fantaisie que j'ai quelquefois de changer ma figure.

Le vieillard secoua la tête.

— Que veux-tu dire ? fit Roland.

Philippe désigna Scalabrino d'un coup d'œil.

— Tu peux parler devant lui.

— En ce cas, je vous dirai, monseigneur, que votre visage de maintenant n'est pas plus le vôtre que celui de Jean di Lorenzo...

Scalabrino pâlit. Ses poings se crispèrent.

— Paix, Scalabrino, dit Roland. Je connais de longue date le vieux Philippe, et je sais qu'il est incapable d'une trahison. Il doit avoir une raison sérieuse pour parler comme il vient de faire, et, cette raison, il va nous la dire.

— Oui, monseigneur Roland !... s'écria le vieillard.

A ce nom ainsi brusquement jeté, Roland ne put s'empêcher de tressaillir.

Le vieillard était courbé, accentuant encore son attitude de respect.

— Parle, dit Roland.

— J'ai vu hier la signora Léonore.

Philippe ne disait plus la « signora Altieri ».

Roland étouffa une exclamation et, sous ses fards, devint très pâle.

— Elle est revenue ici ? demanda-t-il d'une voix rauque.

— Non, monseigneur. Elle m'a appelé près d'elle, au palais Altieri. Et là, dans le secret, seul à seule, elle m'a tout dit, monseigneur. Je sais le véritable nom de Jean di Lorenzo, je sais ce que vous avez souffert... et maintenant, je me demande comment je ne vous ai pas reconnu du premier coup lors de votre première visite.

Roland se taisait, agité de sentiments tumultueux.

— La signora, continua Philippe, m'a affirmé que vous reviendriez sûrement ici.

— Ah ! elle a dit cela ! fit Roland d'une voix étouffée.

— Oui, monseigneur, et elle m'a commandé de veiller quand vous seriez là. Je veillerai donc. Voilà ce que j'avais à vous dire. J'ajouterai seulement que vous êtes aussi en sûreté dans cette maison qu'au temps où libre, heureux, vous y veniez en fiancé, non en proscrit... En ces années de soudaines révolutions et de bouleversements, j'avais songé à préparer pour le seigneur Dandolo et sa fille une retraite sûre et introuvable. Cette retraite, j'en ai gardé jusqu'ici le secret... Vienne donc le danger, monseigneur, et il passera à côté de vous, je le jure. Tel est aussi le serment que j'ai fait à la signora Léonore.

Roland, silencieusement, tendit sa main au vieillard qui la serra avec une sorte d'effroi respectueux.

— Monseigneur, dit-il, voulez-vous, à tout hasard, voir la retraite dont je vous parle ?

— Allons, dit Roland.

Il avait hâte d'échapper aux pensées que les paroles du serviteur avaient soulevées dans son esprit, comme le vent qui passe soulève des tourbillons de feuilles mortes.

Accompagné de Scalabrino, il suivit le vieux Philippe.

Celui-ci se dirigea vers le cèdre.

Cet arbre, nous l'avons répété, était énorme. Son tronc noueux et tordu offrait, en outre, une particularité singulière : il était composé de neuf troncs différents, issus tous des mêmes racines et formant un cercle de neuf colonnes.

Les troncs différents qui, à l'origine, avaient dû pousser isolément, avaient fini par se réunir et n'en formaient plus qu'un.

Seulement, le cercle intérieur demeurait vide, et il y avait là une sorte de puits circulaire dont les parois naturelles étaient les neufs troncs cimentés l'un à l'autre par le lent ravail de la nature (1).

Les branches du cèdre, pesantes, s'allongeaient, s'inclinaient vers le sol.

Philippe saisit l'une de ces branches et, avec plus d'agilité qu'on n'eût pu lui en supposer, s'enleva. Bientôt il atteignait le nœud du tronc central. Roland et Scalabrino suivirent le même chemin.

Le vieillard déblaya alors quelques branchages et des ronces parasites entremêlées de lierres et d'épines. L'ouverture d'une sorte de puits apparut. Philippe projeta dans ce puits la lumière de sa lanterne.

— Voilà, dit-il. Il n'y a qu'à se laisser tomber au fond. Hier, j'ai descendu là un siège, une petite table que vous voyez couverte de vivres. Au besoin, on demeurerait là deux ou trois jours. Il y a deux bonnes couvertures... j'ai découvert cela il y a une quinzaine d'années en voulant dénicher des merles.

— Excellent ! dit Scalabrino.

Les trois hommes redescendirent et se dirigèrent vers la maison où Roland et Scalabrino restèrent seuls, tandis que Philippe demeurait dans le jardin, en sentinelle.

Roland était pensif et sombre.

— Monseigneur, dit Scalabrino, voulez-vous que je remette à demain la suite de mon récit ?

Roland tressaillit, violemment ramené par ces paroles à la situation présente.

— Non, non, dit-il, parle, mon bon Scalabrino.

— J'allais donc vous expliquer pourquoi j'avais eu l'idée de me rendre dans cette damnée auberge de l'Ancre d'Or où j'ai failli boire pour la dernière fois. Il faut que vous sachiez, monseigneur, qu'après votre départ, je me rendis à la Grotte-Noire où je trouvai tout en bon ordre. Je transmis vos ordres aux chefs. Puis, tout galopant, je me rendis à Mestre. Une douloureuse surprise m'y attendait.

Cette altération que Roland avait déjà remarquée chez Scalabrino se produisit dans sa voix et sa physionomie.

— Mon père ! s'écria Roland qui frémit de terreur.

— Non, non, monseigneur, ne craignez rien. Le vieux doge est toujours à Mestre, sous la garde de Juana.

— Alors ?...

— Bianca, monseigneur !

— Eh bien ?

— Enlevée !

— Par qui ?... Le sais-tu ?

— Juana m'a tout dit. Enlevée par Sandrigo...

— Ce bandit qui était devenu ton ennemi ?

— Oui, monseigneur, et qui doit avoir contre vous une haine terrible, car c'est vous qu'il a voulu certainement frapper en enlevant Bianca.

— Moi ! Comment cela ?

— Que sais-je ! Il a peut-être supposé que vous aimiez cette enfant...

— Et pourquoi m'en voudrait-il ?

— Ne l'avez-vous pas vaincu, humilié devant ses hommes ?

Roland devint pensif :

— Ainsi, cet homme, pour me frapper, s'en est pris à Bianca et a épargné mon père...

— Il a pensé que la blessure serait ainsi plus profonde.

— Mais Juana ?

— Juana, monseigneur ! Ah ! la pauvre petite ! Ce que je vais vous dire va bien

(1) *Le cèdre du jardin des Dandolo n'est pas une exception bizarre. On retrouve cette particularité dans certaines forêts. Dans la forêt de Compiègne, notamment, il y a un hêtre qu'on appelle les Seize Frères. Ce hêtre énorme est composé de seize hêtres dont les troncs ont poussé côte à côte et sont en train de se cimenter complètement, si la cognée les épargne.*

vous surprendre, et pourtant cela est ! Juana aime Sandrigo.

Roland tressaillit.

— Elle aime cet homme depuis bien longtemps, elle a toujours espéré devenir sa femme, et pourtant elle a bien défendu Bianca, elle s'est battue comme une lionne. C'est alors que je suis venu à Venise. Je voulais voir Sandrigo. Je voulais le sauver, savoir s'il y avait en lui quelque sentiment que je puisse faire vibrer. Vous savez comment Sandrigo m'a répondu.

— Le drame qui doit se passer dans le cœur de Juana est vraiment effrayant, murmura Roland.

— Mais ce n'est pas tout, monseigneur. Après m'être évadé de la cave de l'Ancre d'Or comme vous savez, je n'eus plus qu'une pensée : vous retrouver. Pendant les jours qui suivirent, espérant que vous étiez revenu, je vous cherchai dans tous nos rendez-vous. Je passai par Mestre où je revis Juana et votre père. J'aboutis enfin à la Grotte Noire, où j'ai trouvé tout en désordre : par surcroît, Bembo a disparu.

— Cela, je le sais. Continue...

— C'est tout, monseigneur. Ne vous ayant trouvé nulle part, je suis revenu à Venise, j'ai attendu la nuit et je suis arrivé au port. Devant la maison stationnait un homme que j'ai pris pour un sbire. Alors je me suis élancé dans l'escalier. Vous savez le reste...

Scalabrino garda un sombre silence.

Le cœur de ce colosse était né à la vie du jour où cette profonde, respectueuse et admirative affection qu'il avait conçue pour Roland était entrée en lui.

Ce jour-là, une aube de lumière s'était levée dans cette âme obscure.

Puis, la pleine clarté l'avait inondé avec cette révélation :

Il avait une fille !

Un être vivant, issu de lui, quelque chose comme une partie de son cœur...

Dès lors, Scalabrino avait aimé et, par conséquent, souffert.

Il fut père avec emportement, avec toute la violence de sa rude nature. Tout ce qu'il avait en lui de forces vives, d'amour accumulé depuis des ans, se concentra sur l'enfant.

Lorsqu'il la vit, il connut l'extase de l'admiration, forme d'amour.

Bianca eût été un laideron qu'il l'eût sans doute admirée tout de même. Mais Bianca, belle, véritable joyau de beauté, digne de servir de modèle à ces têtes de madones que nous ont léguées les artistes de cette époque, lui inspira une sorte d'étonnement contemplatif. Il pensa confusément que cette joie infinie devrait être payée par quelque grand sacrifice et se prépara, sans y songer d'une manière précise, à ce sacrifice.

Que Bianca eût été enlevée, qu'elle l'eût été justement par Sandrigo et que ce Sandrigo lui eût dit brutalement sa passion pour la jeune fille, c'était là une catastrophe qui l'hébétait, ne lui laissait même plus la force de combiner une défense.

Dans cette situation d'esprit, Roland devenait pour lui une sorte de dieu qui allait le sauver.

Sa confiance était sans bornes dans celui qui avait fait de lui un homme.

Il le regardait aller et venir avec cette patience tranquille sous laquelle couvait le désespoir.

Roland lui jetait parfois un coup d'œil à la dérobée et suivait pas à pas sa pensée.

Et sans doute ces regards qu'ils échangeaient leur suffisaient pour se comprendre, car tout à coup Roland s'arrêta devant le colosse et, paisiblement, lui dit :

— Rassure-toi, c'est elle que nous sauverons la première, je te demande seulement un jour pour m'assurer que mon père est à l'abri.

— Je vous accompagne, monseigneur, dit Scalabrino d'une voix frémissante.

— Partons donc à l'instant.

XVII

TRANSFIGURATION DE JUANA

Roland, comme on a pu le voir, avait depuis longtemps organisé à Venise une sorte de service occulte destiné à assurer ses allées et venues.

Outre la grande tartane sur laquelle nous l'avons vu prendre bord, il avait dans le Lido trois autres navires de grande taille, qui pouvaient débarquer ensemble, à un moment donné, trois cents combattants.

Ces navires, que rien ne pouvait faire soupçonner, se livraient au cabotage régulier, mais ne s'éloignaient jamais bien loin. Leurs absences étaient courtes ; au contraire, lorsqu'ils revenaient chargés de marchandises, le débarquement s'opérait avec une lenteur calculée. Il n'y avait jamais plus d'un navire absent sur les quatre, en sorte que Roland en avait continuellement trois à sa dispositon.

Sur différents points de la ville, des gondoles à marche rapide l'attendaient en permanence pour lui faire, au besoin, traverser la grande lagune qui séparait Venise de la terre ferme.

En terre ferme, trois relais de chevaux étaient disposés depuis la lagune jusqu'aux gorges de la Piave.

Grâce à ces arrangements, Roland ou l'un de ses émissaires pouvait, en quelques heures, gagner la Grotte-Noire et en revenir.

Ce fut vers l'une de ces gondoles que Roland et Scalabrino se dirigèrent. Celle-ci était amarrée au Grand Canal, non loin du palais Altieri.

Les deux hommes, après avoir échangé un signe de reconnaissance avec le patron de la gondole, embarquèrent, et les rameurs se mirent aussitôt à manœuvrer avec l'adresse et l'agilité qui distinguaient les marins de cette époque où l'homme n'avait pas à compter sur la force des machines

Roland s'était jeté sous la tente.

Comme à son habitude, Scalabrino s'était assis à l'arrière.

L'embarcation passa devant le palais Altieri.

Roland ne souleva pas les rideaux de la tente. Il ferma les yeux comme s'il eût craint d'apercevoir le palais par une échappée

Si ses yeux se fussent fixés à ce moment

sur le sombre palais, ils eussent pu voir une fenêtre éclairée.

C'était celle de la chambre de Léonore.

Dans cette chambre, Léonore, couchée, pâle, faible, les yeux grands ouverts, songeait, tandis que son père, à quelques pas, assis dans un fauteuil, montait sa faction.

Léonore songeait...

A quoi ?...

Hélas !... Son bonheur perdu, sa vie brisée, étaient maintenant l'unique sujet de ses méditations, et ses pensées évoluaient autour de Roland.

Pourtant, elle tressaillit.

Dans le grand silence de la nuit, le bruit cadencé des rames avait frappé son oreille.

Elle souleva sa tête, écouta.

Dandolo ne la perdait pas de vue. Il vit le mouvement, l'effort qu'elle faisait, alla à la fenêtre, souleva le rideau.

— Ce n'est rien, ma fille, dit-il... tranquillise-toi...

— J'ai entendu, murmura Léonore.

— Je vois une grande gondole qui passe dans l'ombre... Je vois son fanal rouge...

— Ah !...

— Elle va vite... elle disparaît...

La tête de Léonore retomba sur les oreillers et Dandolo revint prendre sa place dans son fauteuil.

— Tu vois, dit-il, tu as tort de t'inquiéter ainsi au moindre bruit. D'ailleurs je suis là, ne crains rien.

Elle fit un léger signe, comme pour dire qu'elle avait confiance, et ferma les yeux.

La gondole avait passé, légère et rapide comme un oiseau de mer sous les fenêtres du palais Altieri ; bientôt elle fut dans la lagune.

Il faisait nuit encore lorsqu'elle toucha terre.

Roland et Scalabrino sautèrent aussitôt à cheval, et à la pointe du jour ils mettaient pied à terre devant la petite maison de Mestre.

— Mon père ? interrogea Roland au moment où Juana vint lui ouvrir.

— Sain et sauf, monseigneur, mais Bianca...

Roland entra. Scalabrino, d'un signe, indiqua à la jeune femme que Roland était au courant de la disparition de Bianca.

Roland, en entrant, vit son père assis dans la grande salle du rez-de-chaussée, près d'un bon feu.

Il alla au vieillard, et le serra tendrement dans ses bras.

— Qui m'embrasse ainsi ? demanda l'aveugle.

— Moi, fit Roland d'une voix étouffée, moi... votre fils...

— Mon fils ?...

— Hélas ! Ne reconnaissez-vous donc pas encore ma voix ?

Le fou garda le silence.

Scalabrino et Juana contemplaient avec une indicible émotion cette scène poignante dans sa simplicité.

Cependant le vieux Candiano, de ses mains que la vieillesse faisait tremblantes, cherchait à attirer à lui Roland.

Son fils s'agenouilla.

Il y eut dans ce mouvement une sorte d'angoisse terrible.

— Père ! père ! appela le fils de Candiano

Le vieillard avait saisi la tête de Roland, il la touchait, la palpait comme font les aveugles qui, selon une admirable expression du peuple, cherchent à y voir clair avec *leurs doigts*.

— Oui, murmura-t-il, voilà certainement la tête d'un homme intelligent et bon. Si j'avais un fils, je voudrais qu'il fût tel.

— Ton fils est devant toi ! Ton fils est à tes pieds !

— Je me rappelle... oui, je crois me rappeler... J'ai dû avoir un fils autrefois, mais c'est là un rêve de fou peut-être... Quand je regarde en moi-même, quand je descends dans la nuit éternelle de ma cécité, quand j'évoque dans mon cœur des images lointaines, comme disparues, il me semble, en effet, que j'ai dû, jadis, il y a très longtemps, vivre comme les autres hommes, et que mes yeux, alors, se reposaient avec délices sur des êtres qui m'étaient chers... Qui êtes-vous ?... Pourquoi dites-vous que vous êtes mon fils ?... Et si j'en ai un, il est mort sans doute comme sont mortes les choses auxquelles il m'arrive de penser... Je n'ai plus de fils...

Doucement, le fou repoussa la tête de Roland qu'il tenait dans ses mains. Son fils se releva. Un long soupir gonfla sa poitrine. Déjà le vieux Candiano ne s'occupait plus que de chauffer ses mains à la flamme du foyer.

Cependant, il ajouta :

— Juana, mon enfant, tâche de recevoir convenablement ce noble étranger ; malgré la folie qui le pousse à se dire mon fils, il doit être bien traité. Il me semble que jadis je n'avais qu'un signe à faire, et des nuées de serviteurs s'empressaient autour des étrangers qui me venaient visiter. Où est ce temps ? Et ce temps a-t-il jamais existé ?

Roland secoua la tête.

Il lui parut évident que son père ne reviendrait jamais à la raison.

Il se tourna vers Juana comme pour lui demander son avis.

— Et pourtant, murmura celle-ci, il a, par deux fois, appelé son fils et maudit Foscari.

— Ainsi, tu penses ?

— Que des éclairs de raison illuminent parfois sa démence.

— Et c'est tout ?

— C'est tout ce que j'ai pu comprendre, monseigneur.

Roland fit quelques pas silencieusement. Puis, revenant à Juana :

— Il ne peut plus rester ici, dit-il.

— Je le crois aussi, dit Juana en pâlissant.

— Dis toute ta pensée, mon enfant, reprit Roland d'une voix très douce et en fixant son regard sur les yeux de Juana.

— Celui qui est venu peut revenir, dit-elle en baissant la tête.

— Et alors ?...

— Peut-être, alors, s'en prendrait-il au doge comme il s'en est pris une première fois à la jeune fille...

— Mais tu serais là pour le défendre...

— Monseigneur !...

— Je suis sûr que tu frapperais cet homme du coup mortel s'il avait l'audace de revenir ici...

— Monseigneur !...

— Eh bien ?...

— Je le frapperais, car j'ai juré de vous rendre votre père sain et sauf, mais je me frapperais ensuite. Demandez à Scalabrino pourquoi je parle ainsi...

Juana prononça ces derniers mots d'une voix défaillante et se couvrit le visage. Elle ne pleurait pas. Mais de rapides frissons l'agitaient.

— Pauvre Juana ! pauvre petite Juana ! songea Roland en fixant sur la jeune femme un regard d'infinie compassion.

Il lui prit les mains.

— Tu aimes donc bien cet homme ?... murmura-t-il. Sais-tu qu'il a voulu tuer Scalabrino ?

Elle ne répondit pas.

Un tressaillement plus fort indiqua seul ses déchirements de cœur.

— C'est un grand malheur, songea Roland.

Il reprit :

— Je vais conduire mon père en lieu sûr. Tu y seras toi-même à l'abri, mon enfant... Ma sœur bien-aimée, je respecte ta douleur et ton amour... Mais laisse-moi te guider... pars avec mon père...

Juana le regarda en face.

Une douloureuse résolution se lisait sur son visage. Roland fut frappé de la pâleur et de l'amaigrissement de cette figure.

— Monseigneur, dit Juana d'une voix calme et comme si ce qu'elle allait dire eût été arrêté depuis longtemps dans son esprit, monseigneur, pardonnez-moi... j'attendais votre retour... pour vous dire...

— Parle, ma sœur bien-aimée, parle sans crainte... ose tout me dire, car, quoi que tu me dises, je te garde une reconnaissance qui ne finira qu'avec ma vie.

— Monseigneur, je ne puis rester auprès de votre père... monseigneur, pardonnez-moi, il faut que j'aille à Venise...

— Voilà ce que je redoutais, murmura Roland.

Et à haute voix, il continua :

— A Venise !... Eh bien, soit, tu y viendras avec moi... avec Scalabrino... avec tes deux frères qui t'aiment... qui te défendront, te protégeront...

Juana secoua la tête.

— Il faut que j'aille seule à Venise, dit-elle.

— Pour le revoir, n'est-ce pas ? demanda très doucement Roland.

— Pour le défendre, monseigneur.

— Contre moi ? contre Scalabrino ?

Elle tordit ses mains dans un geste d'angoisse confinant à la folie.

Et sanglotante, éperdue, elle balbutia :

— Puissé-je mourir de mille morts plutôt que de porter la main sur vous deux... sur vous qui êtes tout ce que j'aime et vénère au monde. Puissé-je être foudroyée si une pensée criminelle m'anime jamais contre vous !... Mais il est, lui, le cœur de mon cœur, la pensée d'amour qui m'a fait palpiter depuis que ce cœur est capable d'aimer... Je pressens, je vois de sinistres événements... Ah ! vous êtes grand et fort, monseigneur. Dans votre âme vous avez déjà pardonné à Sandrigo. Vous avez résolu de l'épargner... pour m'épargner moi-même. Je le vois dans vos yeux. Sandrigo n'aurait rien à redouter de vous... mais...

— Achève, Juana... parle.. car mon cœur est en harmonie avec toutes tes paroles.

Juana fit un effort, sécha les larmes qui brûlaient ses yeux.

— Oui, continua-t-elle, tandis qu'un frisson convulsif l'agitait, il faut que je répande toute ma pensée à vos pieds. Oh ! j'ai longuement réfléchi pendant les dix mortelles journées qui viennent de s'écouler. Je vois ce qui va arriver comme si déjà était accompli le drame que je redoute... Vous épargnerez Sandrigo, monseigneur, vous ferez cela pour l'amour de moi, je le sais. Mais lui ne vous épargnera pas. Fatalement arrivera l'heure où vous serez forcé de l'immoler. C'est cela que je veux empêcher... oh ! à tout prix... La seule pensée que Sandrigo et vous seriez en présence me glace et m'épouvante.

— Ainsi, tu veux aller à Venise ? Rien ne pourrait te faire changer d'idée ?

— Rien, monseigneur... j'irai.

Ses doux yeux bruns s'éclairaient d'une étrange flamme.

A coup sûr, en ce moment, elle était dans l'état d'âme des premières martyres qui, loin de redouter le supplice, allaient à la mort avec une sorte d'ardeur enthousiaste.

— Pauvre victime ! murmura Roland. Soit, ajouta-t-il, tu es libre, Juana. Mais tu te souviendras toujours que tes deux frères songent à toi. Et si tu as besoin d'un sacrifice, si l'heure vient où, blessée en ton cœur, ne sachant plus où reposer ta tête meurtrie, tu sens le désespoir t'envahir, tu te rappelleras que c'est sur mon sein fraternel que tu pourras chercher un refuge...

Les dents serrées pour ne pas éclater en sanglots, Juana fit un signe de tête.

— Tu connais la maison Dandolo, en l'île l'Olivolo ? reprit Roland.

— Oui...

— C'est là qu'à toute heure de jour ou de nuit, tu pourras nous retrouver. Ou du moins, il y aura toujours là quelqu'un pour nous prévenir. Tu m'as bien compris, ma sœur ?

— Oui, monseigneur.

— Bien... Maintenant, quand veux-tu partir ?

— Tout de suite.

— Tout de suite ! Comment ! Laisse-moi au moins te préparer...

— J'ai tout prévu, monseigneur. Il y a trois jours qu'après de longues discussions avec moi-même, j'ai arrêté mon projet. Et il y a trois jours qu'une voiture m'attend à la prochaine auberge pour me transporter au bord de la lagune. Là, je m'embarquerai dans la gondole publique qui fait le service de Venise. Oh !, ajouta-t-elle fébrilement, il n'y a pas un moment à perdre. Peut-être y en a-t-il trop de perdus... Adieu, monseigneur, adieu, Scalabrino...

Le géant étreignit Juana en grondant de sourdes imprécations.

Roland la serra à son tour dans ses bras.

Alors Juana se dirigea lentement vers le vieux Candiano.

Elle s'agenouilla et murmura :

— Vous que j'aimais, vous qu'aima jadis la morte que mon cœur révère, pardonnez-moi de m'éloigner de vous. L'âme de celle qui m'appela sa fille en me bénissant, si elle palpite autour de nous, comprend mon âme et sait quels déchirements j'ai soufferts pour me décider...

Fut-ce un geste volontaire ?

Fut-ce quelque vague expression d'une pensée de fou ?

Les bras du vieillard s'étendirent et ses mains maigres se posèrent sur la tête de Juana comme pour une bénédiction.

Alors, elle se releva et s'éloigna, en faisant un dernier signe à Roland et à Scalabrino.

Un instant plus tard, elle avait franchi le jardin et disparaissait sur la route. Pendant de longues minutes, les deux hommes demeurèrent silencieux.

Un mouvement que fit l'aveugle rappela l'attention de son fils.

Roland se tourna vers lui.

Au même moment, Scalabrino lui désignait d'un geste le vieillard comme pour lui demander à quelle résolution il s'arrêtait.

— Monseigneur, dit-il, si vous le voulez, je me charge de conduire le vieux doge à la Grotte-Noire.

Roland secoua la tête.

— Monseigneur, fit Scalabrino, se méprenant sur la signification de ce geste, je vous affirme que votre père sera en parfaite sûreté à la Grotte-Noire. Ce qui est arrivé pour l'enlèvement de Bembo a mis les chefs en garde. Nous avons toujours, maintenant, une réserve d'hommes à la Grotte, et vous savez combien elle est facile à défendre.

— Mon père viendra à Venise, dit Roland.

— A Venise !...

— Prépare-toi. Frète dans Mestre une voiture quelconque pour nous transporter tous les trois.

— Et nos chevaux ?

— Tu les laisseras au relais. Nous partirons de façon à rentrer dans Venise à la nuit tombante.

Scalabrino s'éloigna rapidement.

Une heure après, il revenait avec une sorte de carriole que conduisait un paysan.

Roland calcula l'heure du départ sur le moment indiqué pour arriver à Venise. Quand cette heure fut venue il fit monter son père dans la voiture.

Le vieillard n'opposa aucune résistance. Il se contenta de demander :

— Où me conduit-on ?

Roland eut une lueur d'espoir et répondit :

— A Venise, père ! A Venise, entendez-vous ? A Venise où vous avez régné, où vous avez habité le palais ducal avec votre femme Silvia et votre fils Roland.

Mais le vieillard esquissa un geste indifférent.

— Venise ! dit-il. J'ai entendu dire que c'est une belle cité...

— Hélas ! hélas ! murmura Roland.

Il prit place près de son père avec Scalabrino, retrouva sa gondole où il l'avait laissée et rentra dans Venise deux heures après le coucher du soleil, c'est-à-dire à la nuit noire.

Ce fut dans la maison d'Olivolo que Roland installa son père.

Qui sait si quelque secret espoir ne l'avait pas poussé à cette détermination...

XVIII

UNE NOUVELLE ARÉTINE

Nous avons laissé Bembo sur le quai du port, attendant le résultat de la fouille opérée par la nuée de sbires qui s'était abattue sur la maison.

Ce résultat, il le connut bientôt, lorsque les assaillants redescendirent en désordre.

— Encore trois hommes tués, lui dit le chef de la troupe. Avec les quatre qui ont été précipités par la fenêtre, cela fait sept. Il ne faudrait pas beaucoup de nuits pareilles à celle-ci, monseigneur, pour que la police se trouve décimée.

— Et lui ! lui ! gronda Bembo.

— Celui que nous venions arrêter ? Envolé, disparu, réduit en fumée, c'est le cas de le dire !

— Que signifie ?

— Cela signifie que l'homme et son compagnon, car ils étaient deux, ont pris le chemin que prend ordinairement la fumée pour s'envoler au ciel...

— Ils ont fui par la cheminée ?

— Tout juste.

Bembo étouffa un juron, donna l'ordre de fouiller tout le quartier et de laisser dans la maison des hommes en surveillance.

Puis il se retira, plus pâle peut-être de terreur que de colère.

— C'est un démon, un vrai démon, grondait-il en regagnant à grands pas son palais, escorté de six ou huit sbires dont il avait réclamé la garde. Attention ! La bataille est à sa période aiguë... Si je ne tue pas Roland Candiano, il va me tuer !

En parlant ainsi, il frissonnait. Il regardait autour de lui, à peine rassuré par la présence des sbires armés qui l'accompagnaient.

Rentré dans son palais, Bembo fit soigneusement fermer toutes les portes, ordonna de n'ouvrir à qui que ce fût, sous aucun prétexte, avant le retour du jour, et alla s'enfermer dans son cabinet après s'y être fait servir près d'un bon feu ce qu'on appelait alors un en-cas.

Cet en-cas se composait d'un poulet froid, d'un pâté d'anguilles et d'un flacon de vieux vin de Bourgogne dont le cardinal avait une provision et qu'il affectionnait particulièrement.

Le poulet englouti, le pâté dévoré, le cardinal se versa une dernière et forte rasade, se renversa sur le dossier de son fauteuil, allongea les pieds vers le feu, et, levant son verre à la hauteur de ses yeux, en fit miroiter les rubis fondus devant l'incendie rouge du foyer.

Alors il but lentement et pieusement sa rasade.

Puis il poussa un grand soupir.

Le commencement d'une heureuse digestion est toujours le signal d'une petite évolution de l'âme. C'est à croire que l'âme siège vraiment dans le ventre. Après un bon repas, le lâche se sent brave, le bourgeois se découvre des trésors de bonne fraternité et s'attendrit sur lui-même, croyant s'attendrir sur les autres ; après un bon repas, le cuistre a de l'esprit, le magistrat de la pitié, le ministre du bon sens, le prêtre de la foi.

Bembo se sentit plus brave.

Il put envisager l'hypothèse qu'il pourrait tout à coup se trouver en présence de Roland et il ne trembla pas.

— Voyons, dit-il en faisant tomber d'une chiquenaude des miettes de pain arrêtées au pli de son pourpoint de cavalier, envisageons froidement la situation... Il existe dans nos montagnes une race de mouflons, armés de cornes solides, puissantes... Le mouflon traqué par le chasseur commence par fuir ; puis, acculé, il tient tête, et ses cornes lui servent à éventrer les chiens imprudents qui se hasardent trop près de lui. Enfin, s'il devine qu'il va être vaincu, que fait le mouflon ? Il se jette dans quelque précipice, la tête en bas. Or, s'il tombe sur ses cornes dans un terrain dur et rocailleux, il se brise la tête. C'est fini. Un point, c'est tout. Oui, mais s'il tombe sur un terrain mou, les cornes s'enfoncent, le mouflon n'est pas tué, il se dépêtre comme il peut et s'en va, riant du chasseur et des chiens arrêtés là-haut, sur les bords du précipice... (1) Pourquoi ne ferais-je pas comme le mouflon ? Je suis traqué par Roland Candiano. S'il m'atteint, il me fera piller par ses chiens. J'ai tenu tête comme j'ai pu. Il ne me reste plus qu'à tenter le coup du précipice... Voyons, en quel précipice pourrai-je bien me jeter tête basse ?

Il se mit à méditer longuement :

— Rome !... Rome, avec sa cour pontificale, avec ses traquenards, ses rochers et ses terrains mous, ses cardinaux armés de poignards et de poison, ses postes et ses prébendes offerts au plus habile, à celui qui sait le mieux tomber, Rome, voilà le beau précipice où je dois me jeter !... Une fois là, si j'ai su tomber juste, et mon instinct est là pour guider ma chute, une fois perdu dans cette foule d'évêques, de cardinaux, de dignitaires, broussaille humaine, je me ris de Roland et de ses chiens...

Bembo se leva, fit le tour de son cabinet en fredonnant un air de danse. Décidément, le vieux bourgogne est un souverain remède contre la peur, la sottise, la méchanceté, l'égoïsme et en général toutes les maladies du cerveau. Il se complaisait à son projet, le complétait, l'amplifiait ; son ambition même y trouvait son compte, et peut-être allait-il jusqu'à entrevoir la tiare au fond du verre où quelques rubis jetaient leurs feux.

Tout à coup, il tressaillit, retomba en pâlissant dans son fauteuil, et murmura :

— Bianca !...

Oui, Bianca !...

Il avait oublié sa passion. Il avait combiné, pensé, parlé, comme si une chaîne plus forte que les chaînes de la peur ne l'eût attaché sur ce rocher de Prométhée où le vautour — l'amour — lui rongeait la poitrine.

(1) *Ce trait de mœurs des mouflons, évoqué par le cardinal, est d'une rigoureuse exactitude.*

Bianca !... s'en aller, fuir à Rome, sans Bianca, vivre sans elle, vivre avec cette odieuse pensée qu'un autre la possédait, qu'un autre l'enlaçait de ses bras et la dévorait de ses baisers !...

Dès lors, l'image de Sandrigo remplaça l'image de Roland dans les évolutions de ses pensées. L'autre face du problème de sa vie l'absorba tout entier, et il se mit à préciser le plan qu'il avait ébauché depuis quelques jours pour que Bianca fût à lui.

C'est ce plan que nous allons voir se développer.

Bembo finit par se coucher plus calme, plus sûr de lui.

Le lendemain matin, vers dix heures, il courut au palais de l'Arétin.

Ce matin-là, maître Pierre Arétin s'était levé de bonne heure et s'était rendu au palais ducal où il s'était présenté pour toucher les 1.000 écus que le cardinal lui avait promis.

A son grand étonnement, à peine eut-il dit son nom au trésorier que celui-ci, avec un sourire empressé, lui compta les mille écus.

L'Arétin s'en retourna tout joyeux.

— C'est tout de même vrai, grogna-t-il en comptant sur une table les pièces blanches. Voilà bien les mille écus, pas un de moins, dois-je ajouter pour être juste. Ce Bembo est un grand homme. Aurait-il vraiment la clef des trésors ? En ce cas, les neuf mille que je dois toucher encore seront bientôt dans mes coffres.

Et se tournant vers les Arétines, qui, essaim de papillons, étaient accourues autour des piles d'écus comme autour d'une lumière :

— Vous autres, écoutez-moi bien. Lorsque monseigneur Bembo me fera l'honneur de me rendre visite, j'entends que vous lui fassiez bon visage, comme à un digne et généreux seigneur qu'il est. Grâce à lui, je suis plus d'à moitié consolé de la mort de mon illustre ami Jean de Médicis, que Dieu ait pitié de sa belle âme ! Et je ne doute pas qu'avant peu, le restant de la consolation ne vienne me trouver. Donc, lorsque ce cher cardinal paraîtra en ces lieux, qu'on sourie, qu'on prenne les guitares, qu'on revête les plus belles écharpes, qu'on se rue en cuisine, car le cher homme ne déteste pas plus que moi les fins morceaux, quelque belle langouste femelle, quelque tranche de venaison à point. Je pense que vous m'avez entendu, toutes ! Si j'en prends encore une à détourner la tête avec dégoût, je l'étrangle avec ses propres cheveux. Par tous les diables, qu'a donc Bembo, après tout, à exciter ces airs de pies déplumées qu'il vous plaît de prendre en sa présence ? A peine l'annonce-t-on que vous fuyez, telle une couvée de pintades. Il me paraît beau, à moi, et je veux qu'on le trouve beau, qu'on le cajole, et qu'il entre ici parmi vos sourires, comme Phébus lui-même parmi des rayons joyeux.

L'Arétin répéta avec complaisance :

— Comme Phébus parmi des rayons d'or... La comparaison me semble bien venue. Eh bien, coquines, qu'avez-vous à faire la grimace ?

Elles faisaient en effet la grimace, les chères folles créatures, et la seule annonce qu'il leur faudrait désormais plaire à Bembo leur donnait une moue d'ennui.

— Cher seigneur, commença Margherita, j'aime mieux faire ma risette aux pourceaux que l'on conduit au marché.

— Oui, Pocofila, tonna Pierre, chacun sait que tes goûts vont aux groins qui groinent plutôt qu'aux bouches qui parlent d'or.

— Bembo ne parle pas d'or, observa Chiara ; sa voix seule me donne la colique.

— Puisses-tu en avoir une colique telle qu'il faille t'ouvrir le ventre pour te l'extirper avec des tenailles rougies au feu !

— Il est laid comme un singe ! dit Paola.

— Tais-toi, guenon. N'injurie pas ton portrait.

— Il me fait peur, susurra Perina de sa voix douce.

— C'est toi qui fais peur aux miroirs, avec tes yeux verts de chatte enragée !

Inutile de dire que chacune des ripostes de l'Arétin amenait un joli cri d'horreur aussitôt suivi d'un déluge de larmes.

— Ohimé ! tonitrua l'Arétin. L'infernale musique ! ô saints du paradis ! ô diables rouges de messire Satanas ! Qui me délivrera de ces misérables coquines qui vont me changer tout mon sang en bile ? Silence, pendardes ! silence, ou je vous conduis toutes ensemble à l'église, et vous condamne à vous confesser à Bembo !

La menace produisit son effet. Il y eut un silence général.

Pierre Arétin en profita pour continuer :

— A quoi êtes-vous bonnes, pendardes, si vous ne m'aidez à gagner honnêtement ma vie et la vôtre en recevant avec honneur les dignes amis qui m'assurent la pitance pendant les mauvais jours ! Par la vertu de ma mère, tout va de mal en pis. J'ai insulté le roi de France et il ne m'a fait tenir qu'une pauvre chaîne, valant tout au plus deux cents ducats. J'ai couvert d'éloges Charles-Quint et j'attends encore sa réponse. Les temps sont durs, vous dis-je. Ma garde-robe est en piteux état. J'en passai la revue ce matin au saut du lit. Savez-vous ce que j'ai vu ? Dites ! parlez, fainéantes, savez-vous ce que j'ai vu ? De mes six pourpoints, l'un n'a plus d'aiguillettes, l'autre est déchiré aux jointures des crevés, un autre n'a plus de broderies ; il y a une grande tache d'huile à mon pourpoint de satin vert ; l'hermine de mon manteau d'hiver est toute dévorée ; mes hauts de chausse sont en piteux état. Et les plumes de mes toques, qu'en avez-vous fait ? Et mes trois justaucorps de laine qui ont des trous à y fourrer le poing ! Et mes huit jaquettes qui sont fripées comme si vous aviez dansé dessus ! Ah ! brigandes, vous me mettez sur la paille ; je n'aurai bientôt plus un seul vêtement avec quoi j'ose me montrer en public. Jusqu'à mes chemises qui sont devenues de vraies loques ! Mais à quoi passez-vous le temps ? Dites-le un peu, osez le dire !... C'est bien, prenez garde ! Et pour commencer, je jette par la fenêtre le premier maure marchand de bijoux que vous aurez appelé. Je mets à la broche la première Egyptienne marchande d'écharpes à qui vous aurez fait signe. Je...

— Bravo, Arétin ! ricana une voix. Bravo ! c'est ainsi que doit parler un maître, sage administrateur de ses deniers.

L'Arétin et les Arétines se retournèrent vivement et aperçurent Bembo qui, s'étant fait conduire par un valet, venait d'apparaître sans bruit.

— Toi ! s'écria Pierre, dont le visage se dérida.

— Moi qui viens m'inviter à ton déjeuner si tu veux bien de moi.

— Par les saints ! Si je veux de toi ! Vous avez entendu vous autres !

Les Arétines firent à Bembo leur plus belle révérence et se précipitèrent vers les cuisines.

— Qu'ont-elles donc aujourd'hui ? fit Bembo. Elles daignent me saluer.

— Laissons cela et viens dans mon cabinet, nous y serons à l'aise pour causer. Quant aux Arétines, je t'assure qu'elles ont pour toi plus d'affection que tu ne penses. mais viens...

— Tu sais, insista ironiquement Bembo, que tes antichambres sont pleines...

— Des solliciteurs ! qu'ils aillent au diable !

— Non pas. J'ai vu deux envoyés du Grand Turc.

— Qu'ils attendent...

— Une douzaine de jeunes seigneurs qui ont sans doute quelque sonnet à te soumettre.

— Je n'y suis pas, tant que tu es là !

— De plus, il m'a semblé reconnaître les armes de l'empereur sur le pourpoint d'une sorte de laquais.

— Diavolo !... La réponse de Charles-Quint !...

— Va voir.

— Tu consens ?

Et l'Arétin se précipita. Dix minutes plus tard, Bembo entendit des hurlements de fureur. L'Arétin entra en faisant violemment claquer les portes.

— Qu'y a-t-il ? fit le cardinal.

— Le misérable ! se jouer de moi à ce point ! Ah ! il verra de quel bois je me chauffe et que roi de poésie vaut bien empereur des Allemagnes ! Quelle insulte ! Je n'en dormirai pas tant que je ne me serai vengé...

— Mais enfin, explique-moi...

— Léchez une main et cette main vous souffiettera. Mordez la main et cette main vous caressera !

— Si tu parles par énigmes...

— Eh bien ! je m'étais mis en tête de devenir un brave homme de poète qui ne veut plus regarder l'humanité de travers. Jusque-là, toutes les fois que je considérais un bipède de notre espèce, surtout un de ceux qu'on appelle grands, parce que nous rampons à leurs pieds, je ne me disais jamais : « Voici un homme ». Tout de suite j'apercevais l'animal véritable sous son masque humain. Celui-ci était un tigre, et celui-là un cochon ; celui-ci un chacal, et celui-là un singe ; cet autre, un rat comme on en voit sur les immondices au milieu des rues ; cet autre, un chien ; je voyais des loups en petit nombre et des moutons stupides en immense quantité... Je n'entendais pas rire, pleurer, chanter, parler autour de moi. J'entendais hurler, bêler, rugir, mugir et miauler... comprends-tu ?

Bembo s'était assis et, pensif, écoutait l'Arétin.

— Et moi ? demanda-t-il.

— Toi ! fit Pierre. Passons. Toi, tu es un ami. C'est-à-dire que je ne vois en toi qu'un reflet de moi-même. Passons, te dis-je. J'avais donc ce travers de voir l'humanité comme une fameuse collection de monstres. Je pénétrais les âmes du premier coup. Sous la chevalerie de ce noble baron, j'apercevais la lâcheté du cœur ; sous la pitié de ce bourgeois, je voyais la férocité de l'hyperégoïsme ; sous la grandeur de ce roi, je distinguais nettement la bassesse des sentiments. Et alors... Tu ne comprends pas ?

— Va toujours, dit Bembo.

— Alors je n'avais qu'à prouver que j'avais compris, moi ! que je pouvais arracher un masque ! que je pouvais dénoncer le tigre, le chacal, le cochon ! Or, tigre, chacal et cochon tiennent absolument à passer pour des hommes. Et ils payaient sans marchander au premier mot que je disais de leur infirmité secrète.

— Ah çà ! tu penses donc que chaque homme a une infirmité ?

— Je ne le pense pas, j'en suis sûr. La faiblesse, la stupidité, c'est de ne pas proclamer son infirmité. Moi, je proclame que je suis goinfre et lâche. Les autres hommes veulent absolument qu'on les admire

— Et toi ?

— Moi je ne tiens qu'à l'admiration monnayée. N'ayant aucune estime pour mes semblables, je ne tiens pas à leur estime. Seulement, dès que je vois un richard, je me dis : cet homme a sûrement volé, pillé, assassiné pour être si riche. La richesse n'est pas une chose naturelle en soi. Regarde autour de toi les riches. Ils ont tous des têtes de voleurs et d'assassins, malgré le soin qu'ils prennent de se farder, il est impossible d'être riche si on ne vole pas.

— Cependant...

— Oh ! tu m'entends bien. Je ne parle pas du voleur à main armée, de l'assassin qui prend un vulgaire poignard. Ceux-là sont des fous, et les justes lois les offrent en holocauste à l'éternelle justice, c'est-à-dire au besoin éternel, à l'ineffable nécessité de démontrer au pauvre qu'il doit rester pauvre, et qu'il lui est seulement permis de travailler et user son corps, ses muscles, son cerveau, son intelligence, moyennant un morceau de pain. Non, Bembo, je ne parle pas de ces misérables voleurs. Le véritable voleur, le véritable assassin est estimé, admiré, adulé. C'est Foscari, jetant des centaines de pauvres diables en prison ; c'est toi-même, assurant ta fortune à force de coups d'audace ; c'est moi-même, visant le riche passant à coups d'inoffensifs sonnets, et non à coups d'escopette, ce qui m'enverrait à l'échafaud ; c'est...

— Assez, je t'ai compris...

— Bon. Je continue donc. Toutes les fois que j'apercevrais un riche — un voleur, si tu aimes mieux — je me dirais donc : Pourquoi ne l'obligerais-je pas à partager avec moi ? Quand je voyais un François Ier, un Charles-Quint — un assassin, si tu aimes mieux — je me disais : Pourquoi ne lui demanderais-je pas une faible rançon de ses crimes ?... Alors j'écrivais. Ma plume laissait couler d'horribles vérités, et le monde faisait semblant d'être épouvanté. Et le roi payait ! Et l'empereur payait ! Tous payaient ! Riches, puissants, cardinaux, princes, rois, tributaires de cette plume corrosive qui distillait de la vérité, c'est-à-dire du poison. La vérité ! la vérité, Bembo ! C'est-à-dire la chose la plus effroyable, la plus monstrueuse, ce qui terrorise les hommes et lentement désorganise l'univers.

— Diavolo !... Il est heureux que je sois ton ami. Sans quoi, je t'enverrais sous les plombs avec la centième partie de ce que tu viens de dire.

— Tu mens, Bembo. Dis simplement que tu as besoin de moi.

— Ah çà ! mais tu n'es pas à ramasser avec des pincettes aujourd'hui. Est-ce la lettre de l'empereur, qui te met en pareil état ?

— Eh oui, par tous les diables ! Que te disais-je ? Que j'avais voulu renoncer à dire la vérité, que j'en eus assez, un jour, d'être craint, et que je voulus être aimé ! Que je voulus cesser de menacer, et que je me fis le brave homme de poète qui caresse. Voici ma récompense. J'ai écrit à Charles-Quint, moi Pierre Arétin, pour lui dire que je l'admirais. Sais-tu ce qu'il me répond ? Tiens, lis !

D'une main tremblante d'indignation, l'Arétin tendit à Bembo la lettre que, depuis quelques minutes, il froissait dans ses mains.

Bembo, froidement, défripa le parchemin et lut :

« Au seigneur poète Pierre d'Arezzo,

« L'empereur mon maître m'ordonne de vous écrire qu'il a reçu et daigné lire la poésie que vous lui avez adressée. L'empereur mon maître, dans sa haute magnanimité, a bien voulu m'ordonner de vous remercier, ce que je fais par la présente. En vous envoyant ce témoignage de la satisfaction de mon maître, j'ose ajouter, seigneur poète, l'assurance de l'estime en laquelle je vous tiens moi-même.

« SCHWETZER,

« *valet de chambre*

« *de S. M. l'Empereur et Roi.* »

Bembo éclata de rire.

— Eh bien, fit-il, je ne vois rien là que de très honorable.

— Me faire écrire par son valet de chambre !...

— Personnage plus influent qu'un premier ministre.

— Pas un liard ! Pas une baïoque !

— Honneur passe richesse. L'impériale satisfaction...

— J'aimerais mieux un plat de saucisses ! Vraiment ! l'impériale satisfaction ! Est-ce la satisfaction, si impériale qu'elle soit, qui me nourrira et qui nourrira ces coquines ! Tu n'as pas idée de ce qu'elles dévorent, avec leur air de faire la bouche en cul de poule. Il m'en faut de l'argent !

Ah oui ! Mais Charles verra ce qu'il en coûte de se moquer de moi. Par Satan, je veux lui faire suer de l'or ou des larmes. Je connais un secret tel que, si je le divulgue, il en sera atterré, tué, anéanti, et qu'il en sera réduit à se cacher, à fuir sous terre, à s'enterrer vivant ! (1)

— Tu dis donc, reprit Bembo, qu'il te faut de l'argent ?

— Sans les mille écus que j'ai touchés grâce à toi, je me demande ce que je deviendrais.

Bembo jeta un regard oblique vers un coffre devant lequel Pierre se plaça aussitôt.

— Tu regardes mon coffre ? demanda-t-il avec inquiétude. Je te jure qu'il est vide.

Il mentait effrontément, Roland ayant fait porter chez lui les dix mille écus convenus au moment du départ pour le camp du Grand Diable.

— S'il est vide, il faut le remplir, dit Bembo.

— Je sais bien qu'il me reste à toucher neuf mille écus au trésor ducal, insinua l'Arétin.

— Oui, fit le cardinal. Mais tu sais aussi à quelle condition ?

— Je ne l'oublie pas, dit l'Arétin en faisant une grimace de désappointement. Il faut pour cela que je livre Roland Candiano.

— Cette condition a l'air de te déplaire ?

— Non pas, diavolo ! s'écria l'Arétin avec empressement. Mais si ce Roland ne revient jamais ici ?... Que deviennent mes pauvres neuf mille écus ?

— Sois tranquille, dit Bembo d'une voix sombre, il reviendra.

— Tu crois ?

— J'en suis sûr... Cependant, il est un autre moyen pour toi de t'assurer chez le trésorier ducal l'accueil que tu rêves...

— Ah ! ah !... Je savais bien que nous dirions ce matin des choses intéressantes ! Voyons le moyen, Bembo de mon cœur ?

— Tu veux dire « de ton coffre » !

— C'est la même chose. Parle donc. Mes oreilles s'ouvrent, telles des escarcelles avides de s'emplir.

A ce moment, un valet en grande livrée entra, ouvrit toute grande une porte à deux battants qui donnait sur la salle à manger du palais et prononça gravement :

— Les viandes du seigneur d'Arezzo sont sur la table.

— Monseigneur, dit l'Arétin, en reprenant ce ton de respect qu'il affectait en public pour Bembo, tout indigne qu'elle soit d'un vénérable prince de l'Eglise, ma table sera infiniment honorée si vous consentez à prendre place devant elle.

— J'accepte votre invitation, mon cher poète, dit Bembo. Malgré que la bonne chère ne soit pas mon péché habituel, et j'en rends grâce au ciel, le plaisir que j'éprouve en votre société me fait un devoir de m'asseoir à votre table.

Ayant échangé ces phrases alambiquées, comme avaient d'ailleurs l'habitude d'en échanger les seigneurs de l'époque, les deux compères entrèrent dans la salle à manger.

Une table y était magnifiquement dressée. Elle supportait en de grands plats d'argent deux langoustes, un cuissot de chevreuil entouré d'alouettes rôties, un pâté à la croûte dorée, et une véritable collection de pâtisseries variées que la Margherita et la Chiara excellaient à préparer.

Plusieurs flacons au ventre arrondi et au mince goulot que l'on brisait d'un coup sec offrirent à l'œil expert de l'Arétin les rubis du Bordeaux et du Bourgogne, les topazes des vins du Rhin, et l'or fondu des Xérès.

Pierre Arétin, ayant embrassé d'un regard cet admirable ensemble disposé en bon ordre sur une nappe éclatante où ruisselaient les argenteries, fit claquer sa langue, s'épanouit en un large sourire, et désignant un siège à Bembo, s'assit lui-même avec un soupir de béatitude.

Un grand feu flambait joyeusement dans la vaste cheminée.

Aux murs, des vaisselles de prix encadraient des panoplies d'armes précieuses, présents de princes — tous tributaires de l'Arétin, comme il l'avait dit lui-même.

De hauts dressoirs sculptés élevaient leurs élégantes architectures, et des tableaux occupaient aux murs les places vides.

Des crayons, des ébauches, des études arrachées par l'Arétin aux artistes qui le venaient voir, étaient accrochés en un pêle-mêle savant et achevaient de donner à cette vaste pièce une apparence de splendeur artistique.

Telle était la salle à manger de Pierre Arétin, célèbre dans Venise et même aux alentours, à tel point que le duc de Ferrare fit exprès le voyage pour y venir manger.

A la magnificence des meubles, des dressoirs et des buffets, à l'éclat des argenteries, à la richesse des aiguières et des brocs sculptés sur étain, à la confusion superbe des œuvres d'art, au miroitement des verreries, au scintillement des armes précieuses, on demeurait ébloui, étonné.

L'Arétin, qui travaillait sur une pauvre table de bois blanc dans un étroit cabinet, sans aucun ornement, avait accumulé des trésors dans sa salle à manger... Il prétendait que, dans une maison sagement comprise, la salle à manger est la pièce importante ; il disait : ma salle à manger est la capitale de mon appartement, comme Rome est la capitale du monde.

[illegible] reste à mettre en lumière la dernière merveille qui achevait de rehausser tant de merveilles.

L'Arétin faisait servir ses convives par ses Arétines, admirables servantes-maîtresses dressées à l'art de plaire et d'enivrer, toutes dignes du pinceau d'un génial artiste, puisque Titien les prit pour modèles, toutes expertes aux sourires qui enchantent, aux regards qui brûlent, aux attitudes innocemment perverses qui grisent, en sorte que, généralement, les convives princiers que le maître poète admettait à sa table s'en allaient ravis, en extase, préoccupés du présent qui serait digne de récompenser ces enchantements.

(1) *Est-ce la menace de Pierre Arétin qui, réalisée, aurait forcé Charles-Quint à se réfugier dans un monastère, après avoir abdiqué ? C'est bien possible.*

Chacune des Arétines avait sa fonction bien précise.

La Margherita découpait les viandes.

La Franceschina versait les vins rouges.

La Marietta versait les vins blancs.

La Périna offrait des tranches de pain dans une corbeille d'osier doré.

La Paolina et l'Angela servaient dans les assiettes les mets que la Margherita avait découpés.

La Chiara était préposée aux sauces, condiments, conserves, fruits et pâtisseries.

Toutes ensemble, dès que le xérès qui couronnait le repas avait été versé, prenaient leurs guitares et chantaient des poésies de la façon de leur maître.

Il va sans dire que pour ces solennités gastronomiques, les Arétines revêtaient des costumes dont la somptuosité voilait à peine la légèreté.

— Peste ! s'écria Bembo en s'asseyant et en jetant un coup d'œil sur la table, je vois, mon cher poète, que vous avez fait des folies de victuailles.

— Je vous en demande pardon, monseigneur, dit l'Arétin, cette table est au contraire pauvrement servie et l'on ne vous attendait pas.

— Je vous fais compliment d'une telle pauvreté.

— C'est que tous les jours l'Arétin dîne chez l'Arétin. Mais attaquons ces langoustes de Corse qui sont, comme vous le savez, les plus savoureuses de la Méditerranée.

Autour de la salle à manger, des valets en grande livrée, immobiles, solennels.

— Allez dire aux antichambres que je ne reçois pas aujourd'hui, dit l'Arétin.

L'un des valets se détacha et bientôt on entendit sa voix :

— Les audiences du seigneur Arétin sont terminées pour ce jour.

— On ne fait pas mieux au palais ducal, dit Bembo.

— Eh ! monseigneur, l'Arétinal ne vaut-il pas le Ducal à mes yeux, lorsque vous l'honorez de votre présence ?

— Bravo pour l'Arétinal !

Pierre s'inclina modestement.

Le reste du repas fut ainsi un échange de compliments alambiqués.

L'Arétin récita ensuite des vers. Bembo, qui se piquait de poésie, lui soumit un sonnet que le compère déclara sublime, glorieux comme le soleil et tendre comme la lune.

Enfin, sur un signe imperceptible de Bembo, l'Arétin ordonna aux valets et aux Arétines de se retirer.

Alors, le cardinal rapprocha son siège du feu, et l'Arétin vint s'asseoir près de lui.

La physionomie de Bembo était redevenue sombre.

— Par tous les diables, s'écria le poète, viens-tu de faire Quatre-Temps ? As-tu déjeuné d'une sardine et d'un oignon comme jadis ? Était-ce de l'eau de puits qui ruisselait de ces flacons ? As-tu été servi par des guenons d'auberge puant la mauvaise cuisine ? Enfin, de quoi te plains-tu, avec ta mine de carême ?

— Pierre, dit Bembo, ton Arétinal est la plus magnifique auberge qui se puisse concevoir pour héberger un roi. Donne-moi une plume, de l'encre, du papier... il faut que je paye mon écot royalement.

— Voici ! fit l'Arétin en apportant avec empressement les objets demandés qu'il prit sur un dressoir.

Car, dans toutes les pièces du palais, l'Arétin voulait toujours avoir sous la main ce qu'il appelait ses armes de bataille.

Bembo écrivit :

« De par Son Excellence le doge, plaise « au trésorier ducal de payer à Pierre d'Ar- « rezo, poète et scribe, quatre mille écus « à valoir sur le crédit qui m'est ouvert « à moi, Bembo, cardinal-évêque de Ve- « nise. »

Il signa et tendit le papier à l'Arétin qui ouvrit des yeux ébahis.

— Or çà, tu as donc vraiment un crédit sur la caisse ducale ?

— Il y paraît.

— Vive la lune, mon compère ! Puisse cet astre bienveillant te procurer ta vie durant les heureux songes que je te souhaite.

— *Amen !*

L'Arétin serra dans son pourpoint le précieux papier, et murmura :

— Reste à cinq mille.

— Que tu toucheras quand tu auras gagné ces quatre. Je paie toujours d'avance, moi.

— Per bacco, ce n'est pas comme moi ! Mais voyons, que dois-je faire pour avoir honnêtement gagné la rutilante signature ?

— Je vais te le dire.

— Il ne s'agit pas de ton Roland Candiano, n'est-ce pas ?

— Non, il s'agit de tes Arétines.

— Ah ! ah !... Est-ce que tu me les achètes ? s'écria Pierre, non sans inquiétude.

— Au contraire. Je veux que tu les conserves.

— Tu me rassures. C'est que, vois-tu, je ne les céderais ni pour or ni pour argent. Elles sont dressées. Elles comprennent mon petit doigt qui remue, mes yeux s'ils s'ouvrent ou se ferment ; ma façon de marcher leur indique ce que je veux, et un seul de mes jurons est pour elles tout un discours à la Cicéro.

— Et, dis-moi, sont-elles farouches, tes Arétines ?

L'Arétin ouvrit de grands yeux.

— Que veux-tu dire ?

— Ceci : puisque tu les as si bien dressées, tu as dû leur apprendre à tout entendre et à tout comprendre ?

— Elles entendent tout sans faire semblant de rougir, c'est vrai. Ce ne sont pas des bégueules qui, au moindre mot, se couvrent le visage.

— Très bien. Supposons maintenant... combien sont-elles ?

— Sept. Je veux aller jusqu'à neuf, et alors je donnerai à chacune le nom de l'une des muses... Cléo, Terpsichore...

— Fais-moi grâce du reste. Je disais donc : supposons que tu leur amènes une nouvelle compagne...

— Cela m'en ferait huit, et il ne m'en resterait plus qu'une à trouver... la neuvième muse.

— Ecoute-moi bien, Pierre. Il s'agit d'une jeune fille pure comme le lis, immaculée comme le nuage blanc qui traverse l'azur, farouche comme une gazelle qui n'a jamais vu le chasseur.

— Et belle ?

— Belle à ravir les démons en extase.

— Quel feu ! Quel enthousiasme ! Quelles métaphores, s'écria l'Arétin réellement étonné de l'ardeur de Bembo.

Le cardinal, en effet, se livrait.

Il éprouvait, comme tous ceux qui aiment, le besoin irrésistible, absolu de dire sa passion, d'entendre lui-même parler de la femme aimée.

L'Arétin se tut, examinant avec curiosité la physionomie bouleversée de Bembo. Il comprenait qu'un mot pouvait rompre le charme, arrêter l'élan, et il voulait savoir, flairant vaguement dans cette passion qu'il découvrait au cardinal un moyen assuré d'augmenter ses forces.

— Tu me demandes si elle est belle, continua Bembo. Tous ceux qui ont pu seulement l'apercevoir un instant la comparent aux madones les plus accomplies de l'Urbin, et aux Vénitiennes les plus langoureuses de Titien. Pour moi, j'ignore si elle est belle. Qu'est-ce que la beauté, d'ailleurs ? Est-ce pour l'ovale de son visage que je l'aime ? Est-ce pour la pureté de son front ou pour la splendeur de sa chevelure ? Est-ce pour les reflets magnétiques de ses yeux qui m'attirent, et dont un regard me rendit fou ? Est-ce pour le subtil parfum qu'elle dégage d'elle, pour la grâce infinie de ses mouvements ? Je ne sais pas, Pierre. Je ne sais pas et je ne veux pas le savoir ! Je sais seulement que je l'aime, moi qui jamais n'aimai, que mes sens, mon imagination, mon corps tressaillent et vibrent douloureusement à la seule évocation de cette fille et que je la porte dans mon cœur avec plus de ferveur que je ne lève dans mes bras l'ostensoir d'or devant lequel se prosternent les foules...

Bembo s'arrêta haletant.

Il remplit son verre de xérès et l'avala d'un trait. La pâleur louche de ses joues se plaqua de tons rouges.

— Comprends-tu cela ? reprit-il en ricanant. Moi qui me croyais fort parmi les forts, moi qui voulais n'avoir d'autre passion que la noble ambition de dominer et d'écraser des peuples, je suis arrêté par cette petite fille. Ah ! Pierre, tu ne sais pas, toi, heureux homme, tu ne sais pas ce que c'est que l'amour...

— Moi ! Par Vénus, tu profères là un blasphème abominable !

— Tu ne sais pas, continua Bembo sans relever l'interruption, peut-être sans l'avoir entendue, laisse-moi te le dire, laisse-moi rire et pleurer. Laisse-moi devant toi lacérer ma poitrine... Tu ne sais pas, te dis-je. C'est un feu, une lave dévorante, et je te jure que cela me brûle réellement. Une fièvre continuelle, une exaspération de tout ce qu'il y a en moi de sens et de sentiment. Une torture qui n'est comparable à aucune autre. J'ai souffert de la faim et de la soif ; j'ai souffert du chaud et du froid, j'ai subi des humiliations qui me lacéraient l'âme comme des coups de fouet lacèrent le dos du condamné. Tout cela n'est rien, tout cela c'était de la joie en comparaison de ce que je souffre maintenant.

En parlant ainsi, Bembo pleurait réellement, versait de grosses larmes qu'il ne songeait pas à essuyer.

— Est-ce que je te parais ridicule ? demanda-t-il brusquement.

— Jamais tu ne m'as paru plus digne de mon amitié, dit sincèrement Pierre Arétin, ou, si tu aimes mieux, de ma pitié.

— Oui, Pierre, je suis à plaindre. Je le sais. Jamais tu ne me plaindras autant que moi-même.

— Ah çà ! pourtant, je ne vois pas dans tout cela ce qu'il y a de si terrible ! Tu aimes cette fille ; elle est belle, je veux bien, autant que toutes les Arétines ensemble. Mais pourquoi diable pleurnicher !

Bembo jeta un regard d'indicible désolation sur l'Arétin.

— Suppose que toutes tes Arétines se réunissent pour te cracher au visage...

— Je les fouetterais, les coquines !

— Suppose que la femme que tu as le plus aimée dans ta vie t'ait dit qu'elle préférait rencontrer un crapaud que de te voir...

— Je lui eusse envoyé cent crapauds dans un sac et j'en eusse cherché une autre.

— Tu vois bien que tu n'as jamais aimé ! Moi je serais heureux qu'elle me crache au visage ! Moi, elle ne m'a même pas dit qu'elle me trouvait plus laid que le crapaud. Ce n'est pas de l'effroi qu'elle témoigne lorsqu'elle me voit. Ce n'est pas du mépris. C'est quelque chose de plus bas encore et de plus triste... C'est du dégoût !

— Eh ! mort-diable, prends-la par la force !

— J'ai essayé...

— Eh bien ?

— J'ai été vaincu.

— Diavolo, cela se complique.

— Ce n'est pas tout, Pierre. J'ai un rival.

— Aimé ?...

— Je ne sais pas, je ne crois pas... non... je ne puis croire que Bianca aime ce Sandrigo.

— Bianca, dis-tu ?

— Tel est son nom.

— La fille d'Imperia ?

— Elle-même ! La connaîtrais-tu, d'aventure ?

— Non, mais je sais qu'Imperia a une fille et que cette fille s'appelle Bianca. Mais tu disais donc que tu as un rival ?

— Un rival dont je ne puis, pour le moment, me débarrasser, un rival qui nous est utile... comprends-tu ? Eh bien, c'est moi qui vais être forcé de bénir leur union !...

— Pourquoi ce rival est-il utile ?

— Parce que je compte sur lui pour prendre Candiano s'il ne vient ici.

— Cornes du diable ! Choisis entre l'amour et la haine...

— Je ne veux pas choisir. Je veux que ma haine et mon amour reçoivent la même satisfaction, que Candiano meure et que Bianca soit à moi. Je veux ces deux choses. C'est toute ma vie qui tient là... Pour Candiano, je compte sur Sandrigo.

— Ton rival ?

— Oui. Et pour Bianca, je compte sur toi.

— Tu sais combien je te suis dévoué...

— Oui, mon cher Pierre. Je vais donc maintenant te dire ce que j'attends de toi... Le mariage de Bianca et de Sandrigo doit avoir lieu. Il faut qu'il se fasse...

— Quand ?

— Je ne sais. Cela dépend de Sandrigo. Mais aussitôt après la cérémonie, Bianca disparaîtra.

— Comment ?

— C'est mon affaire. Donc j'aurai donné pleine satisfaction à Sandrigo, mais du mariage rien ne s'accomplira que la cérémonie.

— Que deviendra Bianca ?

— C'est toi qui lui donneras l'hospitalité.

— Ah ! ah !

— Tu commences à comprendre ?

— Je t'admire, Bembo. J'ai toujours songé que si le sort t'eût fait naître près d'un trône, tu eusses escamoté le trône à ton profit.

— Es-tu résolu à m'aider ?

— Oui, en cela, complètement.

Bembo tressaillit. Une lueur de défiance s'alluma dans ses yeux d'un gris pâle.

— Pourquoi dis-tu « en cela » ? Y a-t-il donc quelque chose en quoi tu ne puisses m'aider complètement ? As-tu des engagements ? Parle...

— Compère ! s'exclama l'Arétin épouvanté de l'imprudence qu'il venait de commettre, tu es trop habile à te tourmenter pour rien.

Bembo passa une main sur son front.

— C'est vrai, balbutia-t-il.

— Au surplus, si tu te défies de moi, adieu !

Et l'Arétin se leva, se promena à grands pas, donna deux ou trois coups de poing sur la table.

— Dévouez-vous donc, grommelait-il. N'ayez qu'un ami au monde, et cet ami un beau jour vient vous insulter !

— Allons, la paix !

— Ah ! Bembo, c'est mal, très mal...

— Reviens t'asseoir, et qu'il n'en soit plus question.

— Tu disais donc, fit l'Arétin en revenant prendre place auprès de Bembo, que les cinq mille écus me seraient versés du jour où Bianca entrerait ici ?

Ce fut au tour du cardinal de jeter sur son compère un regard d'admiration.

— Soit ! dit-il enfin, mais ton amitié, en cette occasion, m'aura coûté cher.

— De quoi te plains-tu ? C'est le trésor de la république qui paie ! Allons, la paix, comme tu disais. Et achève de me révéler ton plan.

— Tu donneras donc l'hospitalité à Bianca. Tu la présenteras à tes Arétines comme une nouvelle compagne que tu leur amènes.

— Il y aura des pleurs et des hurlements de rage.

— Tu sais l'art de sécher les uns et de faire taire les autres. Bianca une fois installée chez toi, me réponds-tu que nul, hormis les Arétines, ne la verra ni ne l'approchera ?

— Je t'en réponds.

— Bien. Mais c'est en somme la partie la plus facile de l'opération. Reste une deuxième partie plus délicate...

— Explique nettement, et quant à la délicatesse, ne t'en inquiète pas.

— Voici donc ce que je veux. As-tu, parmi tes Arétines, une ou deux filles intelligentes, dévouées, capables de tout comprendre et de tout entreprendre pour te complaire ?

— Elles sont toutes ainsi ! fit l'Arétin, non sans un naïf orgueil.

— Sont-elles capables d'entreprendre la destruction lente d'une vertu jusqu'ici impossible à entamer ?

— J'en réponds.

— Tu penses donc qu'au bout d'un mois...

—Au bout de quinze jours, ta farouche Bianca ne sera plus reconnaissable.

— Tu penses donc qu'une quinzaine passée parmi tes Arétines...

— Je pense que la vertu est un mot, la résolution des femmes une plume qui tourne au vent. Le tout est que le vent souffle du bon côté. Je pense qu'une jeune fille qui doit avoir en elle des ardeurs ignorées d'elle-même prend son ignorance pour de la fermeté. Toi-même tu t'y es trompé. Qu'est-ce que Bianca ? Une fille de l'amour. Crois-moi, sous cette neige immaculée, couve le feu que lui a transmis sa mère. Il ne faut que faire fondre la glace, et ce sera l'œuvre de mes petites Arétines, filles expertes, non seulement savantes, mais capables d'enseigner leur science. Amène-nous ton élève : les maîtresses d'amour l'attendent.

— Ce n'est pas tout, dit alors Bembo.

— Diable ! tu as l'amitié tyrannique.

— Nous ferons le compte de ton amitié et de ma tyrannie, et si l'une des deux balances l'emporte, eh bien, je rétablirai l'équilibre à poids d'or.

— Voilà, s'écria l'Arétin, la comparaison la plus poétique, la plus magnifique qui ait jamais été brodée. Ni l'Arioste, ni le Tasse, je dirai plus, ni moi-même...

Bembo calma d'un geste impatient l'enthousiasme de Pierre Arétin.

— Ecoute-moi, compère, est-ce que tu ne t'ennuies pas à Venise ?

— Moi ? m'ennuyer dans cette ville du rire, de l'amour et des arts !

— Eh bien, cher ami, je m'y ennuie, moi.

— Voyage !

— C'est justement ce que j'ai l'intention de faire. Seulement, si je voyageais seul, je m'ennuierais encore plus !

— Ah ! ah ! tu veux donc que je t'accompagne ?

— Tu l'as deviné.

— C'est facile. Il n'est rien que je ne fasse pour toi.

— Oui, mais toi-même, je suis sûr que tu ne voudrais pas laisser ici les Arétines pendant que tu serais au loin ?

— Je l'ai fait pour aller accomplir une mission auprès du Grand Diable. Je puis le refaire encore.

— Crois-moi ; cette fois, il faudra que tu voyages avec tes Arétines.

— Bon ; j'ai compris. Tu veux que je fasse sortir Bianca de Venise, et pour que nul ne s'en doute, elle passerait parmi mes servantes ?

— C'est cela même.

— Où faudra-t-il la conduire ?

— Je te le dirai quand le moment sera venu. Je résume : tu as touché mille écus ; je viens de te remettre un bon de quatre mille. Total, cinq mille.

— Tu calcules admirablement.

— Pour ces cinq mille écus, tu hébergeras bien Bianca pendant dix jours, ce qui remet à cinq cents écus par jour la nourriture de cette enfant.

— Et son instruction !

— Il te reste donc cinq mille écus à toucher. Je te remettrai le bon hors de Venise.

— Donnant donnant. C'est parfait.

— Ainsi, tu acceptes toutes mes propositions ?

— Toutes. Ne suis-je pas ton véritable ami ?

Les deux compères se serrèrent la main. Puis Bembo se retira, escorté par l'Arétin, qui lui prodigua ses marques de respect devant les valets qui s'inclinaient.

Bembo rentra à son palais content de sa journée.

Il trouva Sandrigo qui l'attendait.

Le cardinal prit son air le plus riant, entraîna l'ancien bandit dans son cabinet et lui demanda :

— Eh bien, mon cher lieutenant, à quand ce mariage ?

Sandrigo regarda fixement le cardinal et répondit :

— Cela dépend de vous, monseigneur.

Sandrigo donnait à Bembo du monseigneur comme Bembo lui avait donné du lieutenant. De plus, il pensait, et non sans raison d'ailleurs, qu'en prodiguant autour de lui les titres pompeux, il en ferait rejaillir sur lui-même un peu de ce sentiment qu'on appelait la considération, et qui s'appelle maintenant l'honorabilité.

— Comment votre mariage dépend-il de moi ? fit Bembo en pâlissant. Le drôle se douterait-il de quelque chose ? acheva-t-il mentalement.

— Voici, monseigneur, dit Sandrigo. Je sors de chez la signora Imperia. Et comme je la pressais de me fixer elle-même la date de mon bonheur, elle a fini par me répondre textuellement : « Allez demander conseil au cardinal Bembo avant que nous n'arrêtions rien de définitif. » Je suis donc venu, je vous ai attendu, et sans vouloir vous rappeler nos conventions...

— Que je n'ai pas oubliées, croyez-le bien, cher ami.

— J'en suis sûr, fit Sandrigo avec un sourire narquois. Donc, sans vouloir vous rappeler ce que vous m'avez promis, et que vous me devez la vie, en somme...

— Vous ne voulez pas me le rappeler, interrompit encore Bembo en souriant avec contrainte, mais vous ne vous faites pas faute de me répéter ce que je vous dois...

— Que voulez-vous, monseigneur ! Je ne crois guère à la reconnaissance, moi, et j'estime que celui qui a rendu service doit, en bon comptable, tenir note de ce qu'on lui doit encore.

« Je poursuis en vous priant de fixer vous-même la date de la cérémonie.

— Eh bien, répondit Bembo sans hésitation, mais le plus tôt possible !

La physionomie de Sandrigo s'éclaira.

— Rude jouteur, pensa le cardinal, autrement redoutable que ce brave Arétin...

Tout psychologue qu'il fût, le cardinal se trompait.

Sandrigo parlait en brute.

L'Arétin pliait comme le roseau pour se redresser après la bourrasque.

— Le plus tôt possible ! s'écria l'ancien bandit. Ah ! voilà enfin une parole raisonnable. Mais qu'est-ce exactement que ce plus tôt ?

— A mon tour, cher ami, de vous rappeler nos conventions.

— Faites.

— Vous avez juré de nous amener Roland Candiano mort ou vif.

— Ainsi ferai-je. Mais c'est donnant donnant. Qu'on me donne Bianca et moi je donne Candiano. Quinze jours après la cérémonie publique de mon mariage, Roland sera ici pieds et poings liés, — à moins que je ne sois forcé de le tuer, auquel cas je vous apporterais sa tête.

Ces effroyables paroles furent prononcées avec une simplicité sinistre. Bembo les écouta sans étonnement. Les deux tigres en présence rugissaient, et chacun d'eux songeait qu'il fallait rugir plus fort que l'autre.

— Quinze jours après votre mariage, vous nous apportez la tête de Candiano ? reprit lentement le cardinal.

— C'est dit : ce que j'ai dit, je le fais toujours.

— Et aucun obstacle ne pourra vous arrêter ?

Sandrigo sourit dédaigneusement.

— Aucun événement ne pourra vous empêcher de tenir parole ? insista Bembo.

— Aucun, rien au monde.

— Il faut tout prévoir, lieutenant.

— J'ai tout prévu, monseigneur.

— Même... il faut tout prévoir, vous dis-je, même la mort de votre fiancée ?

— La mort même de Bianca ne m'arrêterait pas, dit Sandrigo qui cependant ne put réprimer un tressaillement.

— Je vois que vous êtes réellement décidé, mon cher. Je retiens donc votre parole. Dans la quinzaine qui suivra la cérémonie, Candiano sera à nous. Dans ces conditions, votre intérêt est de hâter votre mariage. Prenons jour, si vous voulez. Nous sommes aujourd'hui mardi. Voulez-vous samedi ?

— Samedi me convient... Je compte donc sur vous pour lever les dernières hésitations de la signora Imperia.

— Ceci me regarde, soyez tranquille.

— Et aussi pour décider Bianca.

— Diavolo, mon cher, mais je ne la connais pas...

— Vraiment ? fit Sandrigo en dardant un regard aigu sur le cardinal.

— Je ne puis me charger de cette partie de la combinaison, affirma Bembo.

— Soit, fit Sandrigo qui parut soulagé d'on ne sait quel grave soupçon. Ne vous occupez donc que de la mère. Et à samedi !

— A samedi, heureux triomphateur !

Sandrigo sourit, serra la main que lui tendait le cardinal et s'éloigna pleinement rassuré.

Dès qu'il fut parti, la figure de Bembo se décomposa.

— J'ai plus souffert en ces quelques minuits, gronda-t-il, que pendant les journées et les nuits funèbres où j'attendais la mort dans mon cachot de la Grotte-Noire. Donne-moi Roland Candiano, misérable bandit ! Et je me charge de toi !... De bonnes chaînes au fond des puits... ou plutôt non, la chaise de pierre du Pont des Soupirs !... Toi, l'époux de Bianca !...

Bembo éclata d'un rire terrible, tandis qu'un frisson convulsif l'agitait.

Peu à peu, cependant, il se calma.

Il se rendit chez Imperia.

Et son premier mot fut celui-ci :

— Samedi, nous marions notre ami Sandrigo et votre chère Bianca.

— Samedi ! s'écria la courtisane en pâlissant.

— Ce sera votre rôle que de décider votre fille à ce mariage.

— Est-ce vous qui parlez ? fit-elle avec stupéfaction.

Bembo se pencha vers la courtisane.

— Bianca est à moi, murmura-t-il, Sandrigo à vous.

« Ce sont bien là nos conventions, n'est-ce pas ?

Elle fit un signe de tête affirmatif.

— Ne vous inquiétez donc de rien, reprit-il. La cérémonie aura lieu samedi, si vous décidez votre fille... et il faut que vous la décidiez. Seulement, après la cérémonie, Bianca s'en ira d'un côté, Sandrigo de l'autre.

« Vers qui s'en ira Bianca ? C'est mon affaire. Vers qui s'en ira Sandrigo ? Faites-en votre affaire à vous !...

Imperia, muette d'étonnement, frappée de cette terreur qui s'emparait d'elle dès qu'elle se trouvait en présence de Bembo, n'eut que la force d'esquisser un geste de soumission.

Déjà Bembo avait disparu...

IMP. CRÉMIEU, R. DES SUISSES, PARIS

www.ingramcontent.com/pod-product-compliance
Lightning Source LLC
LaVergne TN
LVHW012020220826
846092LV00001B/423

9782329754031